GOLDMANN

Buch

In einem Labor der Biochine Medical Corporation lebt, in keimfreier Nährlösung, das scheinbar erinnerungslose Gehirn eines Menschen. Es kommuniziert mit einem Forscherteam, das ihn immer wieder neuen, reizenden Experimenten aussetzt, und verliebt sich wider besseres Wissen in eine attraktive Laborantin... Das ist der Ausgangspunkt für das jüngste Buch Per Christian Jersilds, der neben Lars Gustafson als der bedeutendste schwedische Gegenwartsautor gilt. Seine Bücher erreichten Millionenauflagen und wurden in fünfzehn Sprachen übersetzt.

Jersilds Roman *Stielauge* ist eine schaurig-makabre und philosophisch tiefgründige Tour de force des schwarzen Humors. Und er ist zugleich eine sarkastische Abrechnung mit der modernen »Human«-Medizin und der »schönen neuen Welt«, die zu bereiten sie sich scheinbar unaufhaltsam anschickt.

»Der Roman spielt in einer Zukunft, die von heute aus vorstellbar und erreichbar ist und deren biotechnische und gentechnologische Möglichkeiten aus ihr sogar schon in die Gegenwart zurückwirken. Er wärmt nicht mythenfreundlich an, er schreckt auf.

Per Christian Jersild, der in seinem Roman *Stielauge* an den Fassaden des spätindustriellen wissenschaftlichen Zeitalters rüttelt – er ist ein Moralist dieses Zeitalters.«

(Heinrich Vormweg, *Süddeutsche Zeitung*)

»*Stielauge* hat nicht nur ein dringendes gesellschafts- und wissenschaftspolitisches Anliegen, es ist auch eines der wichtigsten Werke eines Autors, der in der schwedischen Gegenwartsliteratur zu Recht eine zentrale Stellung einnimmt. In seinen unermüdlichen Warnungen läßt sich Jersild auf keinerlei Kompromisse ein. Unversöhnlicher ließe sich ernsthafte Kulturkritik nicht mehr gestalten.«

(Jürg Glauser, *Neue Züricher Zeitung*)

Autor

Per Christian Jersild wurde 1935 in Katrineholm (Schweden) geboren. Er praktizierte als Arzt und war bis 1977 Dozent der medizinischen Hochschule, Stockholm. Zugleich ist er Autor zahlreicher auch international erfolgreicher Romane. Auf deutsch wurden vor allem bekannt: *Die Insel der Kinder* und *Das Haus zu Babel.*

P. C. JERSILD

Stielauge

Roman

GOLDMANN VERLAG

Aus dem Schwedischen von Verena Reichel
Titel der Originalausgabe: »En levande själ«

Der Goldmann Verlag
ist ein Unternehmen der Verlagsgruppe Bertelsmann

Made in Germany · 3/88 · 1. Auflage
Genehmigte Taschenbuchausgabe

Umschlaggestaltung: Design Team München
Druck: Elsnerdruck, Berlin
Verlagsnummer: 8972
G.R. / Herstellung: Heidrun Nawrot
ISBN 3-442-08972-7

1

Essenszeit. Ich sehe das Mädchen zwischen den vollgestellten Labortischen näherkommen. Für einen Augenblick verschwindet sie hinter dem weißen Behälter mit destilliertem Wasser. Jetzt kommt sie genau auf mich zu. Sie trägt einen grünen, knöchellangen Kittel, einen Mundschutz aus gepreßtem Kunststoff und eine alles andere als kleidsame Mütze aus Kreppapier. Die Mütze ist weit, am Rand gekräuselt und bis zu den Augenbrauen herabgezogen. Sie sieht aus wie eine Badekappe aus den zwanziger Jahren. Ihre Hände stecken in gepuderten Gummihandschuhen. Sie hat sie über der Brust gekreuzt und schiebt den chromglänzenden Wagen mit dem Bauch. Auf dem Wagen stehen die Flaschen und Behälter, zugedeckt mit einem grünen Tuch.
Ich kann nur geradeaus sehen. Als sie wieder in mein Blickfeld kommt, ist sie ganz nah. Sie beugt sich spähend vor. Dann nimmt sie eine große Zange und hebt den Deckel vom Aquarium. Sie hockt sich davor und schaut. Ich bemerke, daß sie ihre Augenlider heute grünsilbern schattiert hat.
Das Mädchen hantiert mit den Flaschen auf dem Wagen. Mit einer Pipette saugt sie eine rosa Flüssigkeit auf. Das ist mein Frühstück. Sie taucht die Pipette ein und läßt das Frühstück auf mich herabtropfen. Nach einigen Minuten spüre ich die Wirkung des Frühstücks. Dies ist der schönste Moment des Tages, wenn sie sich über mich beugt und mir neue Kraft einflößt. Nach der Nährlösung entleert sie noch vier kleinere Pipetten in

mein Aquarium. Ich nehme an, es sind Vitamine und Spurenelemente, vor allem Zink. Zink macht intelligent. Wenn alles erledigt ist, reguliert sie die Sauerstoffzufuhr und den Tauchsieder. Dann nähert sich mir ihr Gesicht zum drittenmal, und sie klopft sanft mit ihrem gummibekleideten Zeigefinger ans Aquarium. Ein Schauer der Wollust durchzieht die Flüssigkeit, in der ich schwebe.

Nun erwarte ich die Visite. Das Aquarium ist hoch oben in einem Abzugschrank plaziert, so daß ich einen guten Überblick habe. Das Labor ist nicht größer als ein gewöhnliches Wohnzimmer. Zwei Labortische unterteilen das Zimmer in drei Gänge. An der Wand gegenüber sind Rattenkäfige übereinander gestapelt. Etwas weiter rechts kann ich einen Hund im Profil erkennen. Es ist ein Beagle, an breiten Gurten unter dem Bauch aufgehängt. Rote Schläuche baumeln von seinem Bauch herunter. Aus den Schläuchen tropft ein glyzerinartiger Saft in kleine Kolben.

Mein Zeitgefühl wechselt wie Ebbe und Flut. Manchmal träume ich mich in andere Zeiten, andere Welten hinein. Dann vergeht die Zeit sehr schnell. Meistens aber vergeht sie sehr langsam. Ich starre geradeaus und sehe immerzu dasselbe: die Rattenkäfige, den Hund, die mit gläsernen Utensilien überladenen Labortische und die Leitungsrohre der Behelfsdusche am linken Rand meines Blickfelds. Neben der Dusche befindet sich eine der beiden Türen des Labors. Die andere ist in der rückwärtigen Wand, aber so weit rechts, daß ich sie nie gesehen habe. Trotzdem weiß ich, daß sie da ist. Wenn das Mädchen aus dem Zimmer geht, verschwindet sie stets nach rechts. Ich nehme an, daß sie dann das Zimmer verläßt. Die andere Möglichkeit wäre, daß sie zwischen vier Uhr nachmittags und sieben Uhr morgens, wenn sie das Frühstück bringt, an das Fensterbrett gelehnt steht. Die Fenster sind rechts. Auch sie habe ich nie gesehen. Doch wenn die Sonne hereinscheint, wandern Schattenstreifen von Jalousien und rhombische Lichtfelder an den Wänden entlang. Es ist, als ruhe man im Zentrum einer mittelalterlichen Sternuhr.

Da ich im Wasser schwimme, höre ich nichts, und so werde ich stets von der Visite überrumpelt. Drei Personen in weißen Kitteln stehen plötzlich in meinem Blickfeld: ein älterer Mann, eine Frau in mittleren Jahren und ein junger Mann. Ich habe sie den Professor, die Dozentin und den Medizinstudenten getauft. Oh, wie ich hoffe, daß sie lange bei mir bleiben werden! Mit dem Hund gegenüber konkurriere ich um ihre Zeit während der Visite. Der Professor trägt keinen Mundschutz. So ist sein Gesicht das einzige, das sich nackt zeigt. Er ist immer braungebrannt. Seine Gesichtszüge sind breit und vertrauenerweckend. Die Dozentin ist käsebleich und hat den Mundschutz wie ein Zelt über die Nasenspitze gestülpt. Der Medizinstudent hat den Mundschutz bis zu den Augen hochgezogen. Aber er trägt keine Badekappe wie das Mädchen, das mich versorgt.

Der Professor lächelt aufmunternd. Er hat Jacketkronen. Die grauen Augenbrauen sind gestutzt wie ein Schnurrbart und verleihen dem Gesicht einen leicht erstaunten Ausdruck. Nun spricht er zu den beiden anderen. Gierig versuche ich, ein paar Worte aufzuschnappen; mittlerweile kann ich ganz gut von den Lippen ablesen. Aber er dreht sich zur Seite. Was die anderen antworten, kann ich wegen des Mundschutzes nicht erkennen.

Heute bleibt die Visite zirka 30 Sekunden. Ich zähle stets die Zeit: 1001, 1002, 1003... Dann nickt der Professor wieder, und alle drei marschieren rasch zum Beagle hinüber. Sie beschäftigen sich immer lange mit dem Hund, und das macht mich eifersüchtig. Sie hocken sich um ihn herum. Manchmal wird der Hund nachts unruhig. Das Licht brennt hier ständig, und so ist man gezwungen, alles zu sehen. Wenn der Hund unruhig wird, können die Schläuche verrutschen. Heute nacht war er zwischen zwölf und zwei unruhig. Das Mädchen wird gerufen und erhält ihre Instruktionen.

Als die Visite das Zimmer verläßt, bereite ich mich auf ein Vormittagsschläfchen vor, um die Zeit herumzukriegen. Da passiert etwas Ungewöhnliches: Das Mädchen kehrt zu mir zurück. Sie schleppt einen mittelgroßen, viereckigen Spiegel. Vorsichtig hebt sie ihn in den Abzugschrank und stellt ihn vor mich hin. Der Spiegel steht sehr schräg. Ich kann nur die Decke sehen. An der Decke des Abzugschranks hängt ein Ventilator, daneben ein Bündel dünner, zusammengezwirbelter Kabel in verschiedenen Farben. Als sie den Spiegel zurechtrückt, kann ich die Kabel bis hinunter zu meinem Aquarium verfolgen. Auf seinem Deckel sind Bananenstecker in doppelten Reihen befestigt.

Jetzt stellt sie den Spiegel senkrecht, und ich komme ins Bild. Es ist kein erbaulicher Anblick. Von einem Gesicht zu reden, wäre übertrieben. Ich bin ein nacktes Gehirn, das in einem Aquarium schwimmt. Ein Auge haben sie mich behalten lassen. Es sitzt wie ein kleines, bemaltes Ei an seinem Stiel vor dem Gehirn. Sie haben alles entfernt, was ich nicht brauche: den Körper, den Hals, das Gesicht, den Schädel, die Augenmuskeln. Aber ein Auge durfte ich immerhin behalten. Ich kann gut sehen – aber nur geradeaus. Aus irgendeinem Grund haben sie auch die Ohrmuscheln belassen. Sie hängen traurig zu

beiden Seiten der faltigen Gehirnhälften herab. Hinter den Ohrmuscheln sitzen die Gleichgewichtsorgane – aber ich verstehe nicht, wozu die äußeren Ohren im Wasser gut sein sollen. Vielleicht dienen sie als Stabilisatoren, wie Flossen oder Kiele. Alles in allem sehe ich aus wie eine verschnörkelte Qualle mit einem aufgesperrten Emailleauge.
Als ich mein Spiegelbild sehe, ekelt es mich. Es fällt mir schwer, ein solches Aussehen zu akzeptieren. Aber ich versuche mir einzureden, daß ich mich freue. Hat man so lange im Ungewissen geschwebt, dann ist es ein großes Geschenk, eine äußere Identität zu bekommen. Ein Aussehen.

2

Wozu braucht man einen Körper? Die Beine zum Beispiel: sie sind zu nichts anderem gut als zum Laufen. Sie sind ein Relikt aus unserem Nomadendasein, als wir den Rentierherden über die Tundren der Eiszeit folgten. Und die Arme? Sie sind ein Überbleibsel aus der Zeit in den Bäumen am Rand der afrikanischen Savannen. War ein Baum abgeerntet, dann galt es, zum nächsten überzuwechseln: klammern, klettern, baumeln, pendeln. Der Körper ist eine Konstruktion aus der Steinzeit, aus der Knochenzeit.
Die ganze Welt hat im Gehirn eines einzigen Menschen Platz. Doch das Gehirn ist auf einen großen Versorgungsapparat angewiesen. Es ist zum Teil sogar selbst an dieser Versorgung beteiligt. Eine große Kapazität ist erforderlich, um Muskeln, Atmung, Verdauung, Fort-

pflanzung, Körpertemperatur und andere Belanglosigkeiten zu steuern. Nur ein Teil des Gehirns bleibt für das eigentliche «Ich». Ich würde schätzen, daß mein Kern – das, was mich eigentlich ausmacht – zwischen 200 und 300 Gramm wiegt, mit anderen Worten soviel wie eine durchschnittliche Streifbandsendung. Um das zu unterhalten, braucht ein gewöhnlicher Mensch 70 Kilo Körper.

Um *mich* in Gang zu halten, braucht man nicht mehr als ein paar Taschenbatterien von 1,2 Volt. Ich setze die gleiche Menge Energie um wie eine 20-Watt-Birne. Die Wasserlösung, in der ich schwimme, muß völlig steril sein. Sonst könnte es passieren, daß Moos auf mir wächst. Die Temperatur darf nur um wenige Grade schwanken. Wenn es zu warm wird, kann meine Phantasie mit mir durchgehen. Wird es zu kalt, falle ich in einen Betäubungsschlaf.

Wie kann ich das alles wissen? Ich, der ich nicht einmal weiß, wie ich heiße, wie alt ich bin – und welches Geschlecht ich habe? Letzteres ist unter den jetzigen Umständen möglicherweise nicht so interessant. Wie kann ich das wissen? Die Antwort lautet: Als man meinen Körper amputierte, wurde etwa ein Kilo Gehirnmasse freigestellt, die zuvor von banalen Körperfunktionen beansprucht wurde. Indem ich das befreite Gewebe für eine intellektuelle Tätigkeit benutze, rechne ich damit, mindestens fünfmal so intelligent zu werden wie ein normaler Mensch. Abgerundet ergibt das einen Intelligenzquotienten von 600 Einheiten.

Außerdem habe ich ein ewiges Leben – im Prinzip. Ein gewöhnliches Gehirn altert und stirbt aufgrund der schlechten Blutversorgung. Doch ich habe keine Blutgefäße mehr. Die hat man mit einer Pinzette entfernt,

genauso wie man die Gräten aus einem Lachs zupft. Statt dessen plätschert die 37 Grad warme Flüssigkeit frei durch die Kanäle und Hohlräume. Dennoch bin ich nicht vollständig von Flüssigkeit durchtränkt. In den Ventrikeln – den innersten Gehirnkammern – habe ich ein wenig Luft behalten. Und zwar, damit ich mich im Aquarium heben und senken kann.
Ich glaube, es ist eine Übertreibung, von ewigem Leben zu sprechen. Selbst bei perfektester Pflege muß irgendwann ein Mißgeschick geschehen. Sie können das Aquarium fallen lassen. Oder der Blitz kann ins Stromnetz einschlagen. Deshalb rechne ich nicht mit dem ewigen Leben. Sondern mit einer faktischen Überlebenszeit von 800 Jahren. Also etwas mehr als mein Intelligenzquotient. Mein Gedächtnis haben sie mit Elektroschocks weggepustet. Die größte Bedrohung kommt daher nicht von außen. Da ich aller Orientierungspunkte beraubt bin, muß ich mich ständig an das wenige klammern, was noch da ist. Tag und Nacht liege ich auf der Lauer. Fällt eine einzige Masche im Gewebe, kann jeder beliebige mich aufdröseln wie einen Faden.

3

Es ist Visite. Man hat sich bereits mehrere Minuten bei mir aufgehalten. Ich sehe, daß der Hund anfängt, ungeduldig zu werden. Der Medizinstudent hat einen Stuhl für den Professor geholt. Dieser sitzt genau vor mir, die Hände auf den Knien, und starrt mich an. Ich starre zurück – was soll ich sonst tun? Jetzt reicht die Dozentin ihm ein Blatt Papier. Er liest es mehrmals durch. Dann reicht er es dem Medizinstudenten, der das Blatt vor mir hochhält. Ich lese:

Hiermit versichert der Unterzeichnete, daß er aus freiem Willen und in Gegenwart von Zeugen die Biochine Medical Corp. bevollmächtigt, mein Großhirn, Kleinhirn und das verlängerte Rückenmark mit den daran befindlichen Gehirnnerven in ihre Obhut und Fürsorge zu nehmen.

Unterzeichnet:

Ja, ich erinnere mich! Das einzige, woran ich mich aus meinem früheren Leben entsinne: Ich lag in einem Respirator. Täglich hatte ich Gespräche mit der Psychiaterin. Nach vielen Unterredungen akzeptierte ich meine Situation. Ich würde den Respirator nie mehr verlassen können. Jahraus und jahrein würde er Luft in meine Lungen pumpen. Aber dann würde mein Körper gegen die Maschine protestieren. Meine Lungen würden hart und zäh werden. Schließlich würde mein Herz stehenbleiben. In dieser Lage machte man mir einen Vorschlag: Laß uns den Körper wegnehmen. Was *du* bist, steckt im Gehirn. Um ein Gehirn am Leben zu erhalten, braucht man keinen Körper und keinen Respirator.

Wochenlang haben die Psychiaterin und ich darüber geredet. Schon nach wenigen Unterredungen habe ich mit einem Blinzeln mein «ja» signalisiert. Doch man wollte mich überzeugen. Die Gespräche wurden endlos fortgesetzt. Man kann sie kaum Gespräche nennen: die Psychiaterin sprach, und ich blinzelte. Ich war zu allem bereit, um der Eisernen Lunge zu entkommen. Die ethische Kommission wurde einberufen. Juristen wurden herbeizitiert, Verträge abgefaßt und abgeändert.

Das ist alles, woran ich mich entsinne. Alle anderen Erinnerungen haben die Scharfschützen mit gerichteten Elektroschocks weggepustet – eine Form von feinkalibriger Elektrobehandlung, spitz und präzise. Deshalb ist mir unter anderem die Sprache geblieben.

Wieder und wieder betrachte ich die unleserliche Unterschrift, den Namenszug. Ich möchte meinen Namen wissen. Aber ich kann ihn nicht entziffern. Schließlich nimmt der Medizinstudent den Vertrag wieder weg, laut dem ich mich der *Biochine Medical Corp.* übermache. Der Professor läßt sich von der Dozentin einen Block geben. Buchstaben für Buchstaben schreibt er etwas auf seinem Schoß und reicht dann dem Medizinstudenten das Papier. Dieser drückt den Zettel ans Aquarium:

Wir wollen jetzt den letzten Rest deines Gedächtnisses entfernen. Alles Gute!

Nein, nein! möchte ich schreien. Ihr dürft nicht das Letzte von mir ausradieren! Ich zerre an meinen Fesseln. Versuche, den Blick des Hundes einzufangen. Natürlich merken sie, wie unruhig ich werde. Ich bin nicht so dumm, daß ich nicht begreife, wozu all diese Kabel gut sind. Sie haben mich an einen EEG-Apparat angeschlossen. Sobald ich unruhig werde, ist das an den EEG-Kurven abzulesen. Der Professor winkt die Dozentin heran. Sie hält eine kleine Pipette mit einer klaren, blauen Flüssigkeit in der Hand. Die blauen Tropfen kullern vor meinem weit offenen Auge herunter und lösen sich auf.

Zehn Sekunden später kann ich nichts als Dankbarkeit empfinden. Ich habe nichts dagegen, noch einmal anzufangen. Nachdem sie meine lichten Erinnerungen ausradiert haben, können sie ebensogut auch die dunklen löschen. Der Professor erhebt sich, sobald er merkt, daß die Tropfen wirken. Der Medizinstudent stellt den Stuhl weg. Dann bleiben sie alle drei vor mir stehen. Der Professor hebt die Hand und winkt.

4

Es ist, als ob der ganze Sommer – ist es Sommer? – dort draußen im Regen ertrinkt. Grauer Regen trommelt gegen Glas. Ich stelle mir vor, daß die Tropfen in Zickzackspuren gegen das Fenster gepreßt werden, wenn es stürmt. Selbst wenn ich könnte, hätte ich keine Lust, auf den Balkon zu gehen und nach dem Wetter zu sehen. Ich kann mich kaum wachhalten, bin aber auch nicht schläfrig genug, um einzuschlafen.
Die Außenwelt verursacht mir Brechreiz. Wäre ich noch im Besitz meiner Lider, würde ich mich weigern, sie zu öffnen. Nun aber ist das Auge Tag und Nacht in Betrieb wie eine Überwachungskamera. Doch wenn man nicht sehen will, ist man natürlich nicht dazu gezwungen. Ich kann den Drehstuhl herumschwenken, den Bildern der Wirklichkeit den Rücken zukehren, aufstehen und gehen – in mich hinein. Man tut gut daran, keine allzu großen Erwartungen an seine innere Landschaft zu haben. Ein Gehirn ist entblättert und kahl wie eine Insel im Nordatlantik. Nur in den tiefsten Furchen findet sich eine Spur von Grün – außer an einer Stelle, wo einige anämische Espen stehen. Wenn der Wind durch die Espen weht, rauscht es wie aus einem offenen Wasserhahn. Es gibt keine Farben. Alles ist grau in grau, bis auf die Sonne, die teigig weiß ist. Übrigens sieht das ganze Gehirn aus wie ein ehrgeiziges, aber unfertiges

Backwerk, wie ein wulstiger, gesprungener Gipslaib aus einem Heimatmuseum, dem man die Mittel gestrichen hat.

Was für Flüssigkeiten haben sie heute zugegeben? Ich bin ein entblößtes und ungeschütztes Opfer der Körpersäfte. Die echten Körpersäfte sind natürlich weg. Es sind synthetische Nachahmungen, denen ich ausgesetzt bin, scharf-grelle Chemikalien mit künstlichem Fruchtaroma.

Bin ich deprimiert oder klarsichtig? Diese Frage kann keine EEG-Kurve beantworten. Mir ist, als empfände ich Lebensüberdruß. Ich glaube, sie haben zwei Säfte, mit denen sie experimentieren, der eine schwarz, der andere grau.

Die schwarze Flüssigkeit, die schwarze Galle, läßt mich in eine tiefe, kalte, pechschwarze Kluft fallen. Man fällt und fällt, ohne je am Boden zu zerschmettern – was eine unsägliche Erleichterung wäre. Wenn sie das Schwarze zugeben, ist es, als würde man in Ketten geschlagen. Es gäbe nur einen Ausbruchsversuch: sich das Leben zu nehmen. Aber nicht einmal dafür kann man mehr kämpfen. Die schwarze Galle wird über die Seele geschwemmt wie ausgelaufenes Öl. Die ganze Nacht hält das an. Im Morgengrauen sind die Gehirnwindungen angefüllt mit Teer, schwarzem Tang und sterbenden Vögeln.

Nein, heute ist es nur der graue Saft, den sie ins Seelenbad gegossen haben. Die graue Depression ist keine Kluft, in die man stürzt. Vielmehr ist sie ein kahler Berg, den man zu besteigen hat. Meilenweit sieht man durch die Nebelschwaden. Die Landschaft ist starr, stumm und grenzenlos. Es gibt nicht die geringsten Variationen, nur Wiederholungen. Die nächstgelegenen

Dinge treten mit schamloser Deutlichkeit hervor. Ein Stein auf dem Boden bewirkt Brechreiz; der weiße Punkt auf einem Nagel wird überdeutlich, aufdringlich und hassenswert. In der grauen Depression steht die Zeit still. Nichts geschieht, nicht einmal Angst kommt auf.

Wenn die Substanz ihre Wirkung verliert, gewöhnlich nach etwa vier Stunden, überkommt mich eine starke Sehnsucht nach Farben. Vor allem nach den Farben Gelb und Rot. Sind in den Farben Vitamine enthalten? Ich wünschte, jemand würde den Tauchsieder des Aquariums auf die höchste Stufe schalten. Kocht mich, laßt mich koagulieren, bis ich leuchtend gelb und rot wie ein Hummer werde!

Ich bin so tief in meine Melancholie versunken, daß ich nicht merke, daß die Dozentin-Psychiaterin ins Labor gekommen ist. In ihrer Begleitung ist ein unbekanntes Mädchen. Das Mädchen schleppt ein Tablett, auf dem sich Reagenzgläser, kleine Kolben, Pipetten, Plastikspritzen und allerlei Einwegmaterial türmen. Zuerst entnehmen sie der Flüssigkeit, in der ich schwimme, Proben; sie saugen Zentiliterportionen auf, die sie in verschiedene Reagenzgläser tröpfeln lassen.

Die Gläser werden sorgfältig mit Zahlenkombinationen versehen.

Dann zieht das Mädchen Gummihandschuhe an, taucht die Hände ins Aquarium und nimmt mich in einen behutsamen, aber festen Griff, so wie man eine empfindliche Frucht hält. Unterdessen arbeitet die Psychiaterin mit einem glänzenden Instrument, das mit einer zirka 25 Zentimer langen, blitzenden Nadel versehen ist. Ich spüre nichts. Ein Gehirn kann keinen physischen Schmerz empfinden. Sie könnten mich langsam mit

einem Käsehobel in Scheiben schneiden, ohne daß ich schreien würde. Jetzt entnehmen sie nur ein paar Punktionsproben, minimale Gewebepartikeln, die von der langen Nadel aufgesogen werden.

5

Die Wanduhr geht auf sieben zu, und das Mädchen betritt pünktlich die Bühne von der rechten Seite des Blickfelds her. Sie kommt am Behälter mit destilliertem Wasser vorbei und schwenkt in meine Richtung ein. Die Hände über der Brust gekreuzt wie üblich; den Wagen schiebt sie mit dem Bauch – wie üblich. Aber das Gesicht ist nicht wie sonst: *Sie trägt keinen Mundschutz!* Mein Herz klopft heftig... Natürlich ist es nicht mein Herz, das klopft, denn es wurde ja entfernt. Aber wenn man sogar ein amputiertes Bein fühlen kann, spürt man selbstverständlich ein verlorenes Herz. Es ist schließlich das Gehirn, in dem alles Eigentliche geschieht.
Ihr Gesicht hat nichts Bemerkenswertes. Die Stirn ist wegen der Mütze nicht zu sehen – und auch die Augenbrauen wären nicht zu sehen, wenn sie sie nicht mit einem schwarzen Stift nachgestrichelt hätte. Die Augen sind graugrün, doch sie haben etwas von ihrer Intensität verloren, nun da sie nicht mehr das einzig Sichtbare sind. Nachdem der Mundschutz weg ist, werden sie von einer schmalen Nase, einem großen Mund mit vollen Lippen und kindlichen Pausbacken gestört.
Als sie sich zu mir vorbeugt, wird mir ganz heiß. Im nächsten Moment kriege ich Angst. Ist es wirklich Absicht, daß sie keinen Mundschutz trägt? Hat sie ihn

nur vergessen? Dann wäre ich in diesem Augenblick einer tödlichen Ansteckungsgefahr ausgesetzt. Einige für normale Menschen völlig harmlose Mikroorganismen können sich aus ihrem Speichel lösen, zum Aquarium herüberwehen, durch das Loch für den Tauchsieder fallen und in Zirkulation geraten. Es wäre eine Frage von Stunden, bis sie in mich eindringen und in mir Wurzel schlagen wie Brennesseln auf einem jungfräulichen Komposthaufen.

Aber sie beruhigt mich. Sie muß den Schrecken in meinem Auge bemerkt haben. Sie lächelt mit ihrem großen, orangefarbenen Mund und fährt sich gleichzeitig mit dem Zeigefinger um die Lippen. Sie will mich auf den fehlenden Mundschutz aufmerksam machen. Also ist es keine Schlamperei, sondern etwas, das im Einverständnis mit dem Professor geschieht. Ich bin ein bißchen ärgerlich auf mich; ich hätte mir gleich denken können, daß das Mädchen ohne Mundschutz nicht gefährlich ist. Schließlich ist der Professor, solange ich mich erinnern kann, ohne Mundschutz aufgetreten. Professoren können schwerlich schlechtere Krankheitsüberträger sein als Laborassistentinnen.

Einer ihrer Schneidezähne steht schief. Sie schließt den Mund, winkt mit den Fingerspitzen und zieht sich zum Essenswagen zurück. Mein Magen knurrt. Sie saugt die rosa Flüssigkeit mit der großen Pipette an. Ich schließe genüßlich die Augen und stelle mir vor, daß ich an der Brust meiner Mutter liege. Während das Mädchen die Tropfen ins Aquarium perlen läßt, überlege ich: meine Mutter? Habe ich eine Mutter gehabt? Oder bin ich hier geboren – in irgendeiner Brutmaschine?

Bald bin ich satt und bekomme meine Vitamine und Spurenelemente. Während ich das Essen verdaue, steht

sie vorgebeugt da, die Ellbogen auf den Boden des Abzugschranks gestützt, und schaut mich erwartungsvoll an. Noch nie sind wir einander so nah gewesen. Was mir in diesem Augenblick am meisten von meinem alten Körper fehlt, sind die Zähne. Ohne Zähne kann man nicht lächeln. Wie soll ich mich ihr verständlich machen? Meine einzigen mir verbleibenden beweglichen Teile sind die äußeren Ohren. Ich versuche, meine Ohrenmuskeln zu aktivieren, doch ich fühle mich wie ein Wackelpudding, es ist zu lange her. Habe ich je mit den Ohren wackeln können? Ich wage nicht weiterzumachen: wenn ich die Ohren plötzlich in Schwung bringe, kann nach ein paar kräftigen Schlägen mein nacktes Auge direkt gegen die Scheibe des Aquariums prallen.

Vor allem möchte ich eines wissen: wie ich heiße. Ich konzentriere mich auf die Frage: w i e h e i ß e i c h ? Sie sieht ein wenig konsterniert aus, als höre sie ein sehr fernes Geräusch, eine kaum vernehmliche Grille. Dann beugt sie sich noch weiter vor. W i e h e i ß e i c h ? Zögernd beginnt sie, ihre Lippen zu bewegen. Ich kann nicht besonders gut von den Lippen ablesen, aber jetzt bin ich sicher:

«Wiiii... Wie?» sagen ihre Lippen.

«H e i ß e i c h ?»

«Eeeeeiii-ssss... iiiiii-ch»!

Es kommt durch! Die Gedankenübertragung funktioniert. Ausgerechnet, wo ich doch immer – immer? – allem mißtraut habe, was siebter Sinn heißt.

Sie lacht verwirrt, sie freut sich. Wir haben etwas gemeinsam entdeckt, einen Bereich unserer Sinne, von dem wir nicht glaubten, daß es ihn gibt. Dann beugt sie sich ganz nah zu mir, so nah, daß ich fürchte, sie könnte

Lippenstift auf das Aquarium schmieren. Sie formt die Lippen zu einem Kuß.
Mir wird wieder warm. Nicht in der Kopfhaut, sondern weiter unten, in dem Klumpen darunter, und im Stummel des verlängerten Rückenmarks. Aber ein Kuß ist nicht das, was ich will. Ich will eine Antwort. Wie heiße ich? Es ist kein Kuß. Es ist der Anfang des Wortes, der aussieht wie ein Kuß. Welche Namen beginnen wie «küssen»? A, B, C, D... Die Antwort lautet Y. Nach dem Y kommt ein kleiner Puster... P! Beim nächsten Laut zeigt sie die Zähne... S! Dann grimassiert sie, als hätte sie den Fuß in eiskaltes Wasser gestippt... I!
«Ypsilon», sagt sie also.
Ich bin ziemlich erstaunt. Ich habe mir vorgestellt, daß ich eine Nummer trage, eine Zahlenkombination. Und außerdem habe ich angenommen, das Personal hätte einen Kosenamen für mich. Warum nicht «Klümpchen»? Oder «Genie»?
Mein Name ist Ypsilon. Ypsilon ist der zwanzigste Buchstabe des griechischen Alphabets. Ein ziemlich edler Name, ein Name für einen Staatsmann. Aber ich bin nicht ganz hinter dem Mond: Wenn sie mich auf den zwanzigsten Buchstaben des Alphabets getauft haben, bedeutet das wahrscheinlich, daß es vor mir einen Alpha, einen Beta, einen Gamma und so weiter gegeben hat. Nicht weniger als neunzehn an der Zahl – wo sind sie? Sind sie ihnen mißraten? Sind sie koaguliert? Hat man meine neunzehn Vorgänger durch den Ausguß hinuntergespült?
«Ypsilon», sagt sie noch einmal und grinst.
Ich weiß, ich weiß. Jetzt will ich wissen: wie alt bin ich? Von wo habt ihr mich geholt... Nein, geh nicht weg! Sie zieht sich zurück, winkt und dreht mir den Rücken zu.

Warte! Ich versuche, quer durch ihren Rücken hindurch zu denken: Wie heißt *du?*! Ich weiß nicht, ob sie antwortet; ich kann ihren Mund nicht sehen. Jetzt zieht sie rasch mit dem Wagen los. Wahrscheinlich ist es Zeit, für die Visite Kaffee zu kochen. Lange liege ich da, bevor die Oberfläche des Aquariums wieder still wird.

6

Es ist Nacht. Nur der Hund ist wach. Ein Gurt unter dem Kinn hat sich gelockert. Der Hund senkt den Kopf und glotzt mich an. Speichel tropft von den Lefzen. Woran denkt er? Ans Fressen? Er kann sein Maul nicht mehr gebrauchen. Die Nahrung geht durch einen Schlauch direkt in seinen Magen. Begreift der Hund, was er sieht, wenn er mich sieht? Ein blaßgelber Klumpen in einem grünlich schimmernden Aquarium – wie werde ich von meiner Umwelt gesehen? Ich wünschte, man ließe den Hund nachts frei laufen. Sie könnten einen Tisch vor das Aquarium stellen. Der Hund könnte sich drauflegen, den Kopf auf den Pfoten. Ein Auge auf mich gerichtet, das andere auf die Tür. Hin und wieder würde der Hund aufstehen, sich strecken, gähnen, am Aquarium schnuppern, mit dem Schwanz wedeln und die Scheibe ablecken.

Vielleicht könnten wir zusammen von hier verschwinden. Wie lange kann ich ohne Wasser sein? Manche Hunderassen haben ein weiches Gebiß – wie weich? Wäre der Hund in der Lage, ganz behutsam die Schnauze ins Aquarium zu stecken und mich ins Maul zu nehmen? Wie man einen Welpen trägt. Wären wir erstmal draußen, müßte ich schleunigst in die nächste Wasseransammlung. Und dann? Ich kann mich ja tatsächlich bewegen. In letzter Zeit habe ich meine äußeren Ohren immer besser unter Kontrolle bekommen. Mit den Ohren im Takt rudernd, könnte ich wie ein kleiner Raddampfer durchs Wasser pflügen. Doch wenn die Ohren nicht den Takt halten, würde ich herumtrudeln, bis mir die Kräfte schwänden.

Es gelingt mir, den Blick des Hundes einzufangen. Sofort hebt er den Kopf und spitzt die Ohren. Ich konzentriere mich aufs äußerste. Da ich mich dem Mädchen durch Gedankenübertragung mitteilen konnte, müßte es mit dem Hund auch gehen. Können Hunde sprechen – oder denken? Was soll ich dem Hund sagen – Apport!? Gib mir ein Zeichen, denke ich. Belle, jaule oder kläffe! Der Hund wird unruhig. Die Beine zappeln, die Schläuche schlenkern. Er zieht die Schnauze in Falten, zeigt die Zähne und macht einen Ausfall gegen den nächsten Schlauch. Es klappt. Er zerrt und schüttelt. Was habe ich angestellt?! Ich denke so intensiv, wie ich nur kann: Braver Hund, braver Hund... nur ruhig. Der Hund läßt den Schlauch los, sein Kopf hängt herab, er hechelt. Eingeschüchtert schaut er mich von unten her an.

Soll ich einen neuen Versuch wagen? Ich muß wissen, ob ich den Hund erreiche oder ob sein Verhalten ein Zufall war. Ich suche wieder den Blick des Hundes, schalte auf Hypnose und denke: Gib Pfötchen! Der Hund versucht, meinem Blick auszuweichen, aber ich gebe nicht nach: Gib Pfötchen! Da beginnt es in der rechten Pfote zu zucken. Die Pfote hebt sich, immer höher. Sie kratzt ziellos in der Luft herum. Dann fängt der Hund an, die Pfote zu lecken. Er leckt mit langer

Zunge, immer schneller. Schließlich bekommt das Lekken einen nahezu unanständigen Charakter.

7

Die Seele befindet sich zwischen den Zellen des Gehirns. Vielleicht braucht man nicht einmal die Gehirnmasse. Dann wäre die Seele ein frei fließendes Kraftfeld. Kann Darwin Antwort darauf geben, wie viele Milliarden Jahre eine solche Entwicklung brauchen würde? Bisher wirkt die Seele wie ein Magnetfeld. Um dieses Feld an seinem Platz und im Gleichgewicht zu halten, sind Pole nötig, Gehirnzellen.

Man denkt viel nach, wenn man so daliegt. Ob das wohl gesund ist? Damit ich meinen Zustand kontrollieren kann, haben sie drei Oszillographen angebracht. Ein Oszillograph ist ein schmaler Blechkasten mit einem kleinen Bildschirm. Darauf flimmern helle Kurven vor einem grünen Hintergrund. Überkommt mich ein heftiges Gefühl, so beginnen die Kurven im Oszillographen auf dem Labortisch auszuschlagen. Wenn ich vor mich hindöse, ebben die Kurven in waagerechte Linien aus.

Ich habe die drei Oszillographen von oben nach unten auf WÜTEND, SATT und SEHNSUCHT getauft. Das sind natürlich Vereinfachungen. WÜTEND reagiert nicht nur auf Zorn, sondern auf alle Erregungszustände. SATT zeigt nicht nur an, wenn der Bauch voll ist. SATT mißt das Wohlbefinden im weitesten Sinn. Auf SEHNSUCHT verstehe ich mich am wenigsten. Manchmal schlägt SEHNSUCHT aus, ohne daß ich begreife, warum.

Heute, während der Visite, wurde ich an einen vierten Apparat angeschlossen, ich glaube, er heißt TÜCHTIG. Sie kamen im Gänsemarsch an. Zuerst der Professor, dann die Dozentin mit dem Aktenordner unter dem Arm, und schließlich der Medizinstudent, der eine schwere Kiste schleppte. In der Kiste lag TÜCHTIG. TÜCHTIG besteht aus einer roten und einer grünen Lampe, die auf eine Konsole montiert sind. Neben den Lampen hängt ein kleiner Glasbehälter mit einer blauen Flüssigkeit. Er ist durch ein dünnes Rohr mit meinem Aquarium verbunden. Immer wenn die grüne Lampe aufleuchtet, gibt der Behälter einen Tropfen der blauen Flüssigkeit ab. Dann überkommt mich augenblicklich ein starkes Glücksgefühl. Und ich meine, ich könnte die Welt beherrschen.
Sie haben TÜCHTIG ein paarmal ausprobiert. Jedesmal bin ich wie eine Rakete senkrecht in den Himmel geschossen. Und immer bin ich wieder heruntergefallen und kopfüber im Matsch steckengeblieben. Bevor die Visite zum Hund hinüberstolzierte, beugte sich der Professor in den Abzugschrank, klopfte an die Scheibe, lächelte und sagte sehr deutlich:
«Tüchtig, tüchtig…»

8

Unbestreitbar habe ich nur ein Auge. Trotzdem war es, als hätte ich zwei, als das Mädchen heute morgen hereinkam. Mit dem einen verfolgte ich, wie sie zuerst auftauchte, dann für einen kurzen Moment hinter dem Wasserbehälter verschwand, um sich schließlich in einem langsamen Triumphzug genau von vorn dem Aquarium zu nähern. Das andere Auge hatte ich auf den untersten Oszillographen, SEHNSUCHT, geheftet. Sobald ich sie erblickte, verringerte sich die Aktivität von SEHNSUCHT. Vielleicht ist das die Erklärung dafür, daß Begegnungen am schönsten sind, bevor sie zustande kommen.

Mittlerweile trägt sie keinen Mundschutz mehr. Statt mich von ganzem Herzen darüber zu freuen, liege ich den größten Teil des Tages da und hoffe, daß sie die Badekappe abnimmt.

«Guten Morgen, Ypsilon», sagt sie. «Wie hast du die Nacht verbracht?»

Ich erzähle nicht von dem, was mein Gemüt bewegt, nichts von meiner Sehnsucht, meinen Phantasien, der Angst vor den Ratten und meiner Sorge um den Hund – statt einer Gedankenübertragung von alldem mache ich einen Kotau und verbeuge mich leicht, indem ich ein paarmal fast unmerklich mit den äußeren Ohren wackle. Mag sein, ich unterschätze sie, vielleicht ist es nur ein Vorurteil, daß man Mädchen durch allzu große Aufrichtigkeit zu Beginn einer Beziehung in die Flucht schlägt.

Unsere morgendlichen Schäferstündchen haben sich in den letzten Wochen erheblich ausgedehnt. Sie füttert mich nicht mehr so zerstreut wie jemand, der ein paar Heringe in ein Seehundbecken wirft. Vor der Fütterung plaudern wir ein wenig über Wind und Wetter – und wenn ich satt bin, holt sie sich einen Hocker, nimmt eine Plastiktasse und eine Dose Pulverkaffee und gießt heißes Wasser aus dem Hahn des Abzugschranks auf. Dann sitzt sie da und stützt ihren Ellbogen im Schrank auf. Ich kann sie im Profil sehen, wenn sie trinkt. Zwischen den Schlucken aus der Kaffeetasse schaut sie mir gerade ins Auge, und wir üben uns darin, Gedanken zu übertragen und von den Lippen abzulesen. Ich bitte sie stets darum, so nahe wie möglich heranzukommen. Nicht weil ich besonders kurzsichtig wäre, sondern weil sie auf diese Weise die Apparaturen auf dem Tisch dahinter verdeckt. Es ist reichlich störend, wenn man immerzu sein eigenes Seelenleben auf den Oszillographen ablesen muß.

Gewöhnlich laufen wir uns zu Beginn ein bißchen warm. Sie ist nämlich morgens sehr müde, besonders die Lippen. Ihre Augen sind wach, ihr Mund aber nicht. Die Zunge und die Lippen müssen behutsam durch Gymnastik gelockert werden. Sind wir übereifrig, so beginnt sie, undeutlich zu sprechen, und alles wird unverständlich. Wird alles unverständlich, errege ich mich. Und wenn ich mich errege, reagiert der oberste Oszillograph, WÜTEND – und dann ist es vorbei mit dem Tête-à-tête.

«Wie heißt du?» beginnt sie programmgemäß.

«Ypsilon. Wie der zwanzigste Buchstabe im griechischen Alphabet. Und wie heißt du?»

«Mmmmmm-a!»

Darüber müssen wir jedesmal lachen. Es ist unser gemeinsamer Scherz, und darauf gründet sich unsere Vertraulichkeit.

«Heißt du wirklich Mama?» frage ich sie durch Gedankenübertragung.

«Emmm-mmma!» verdeutlicht sie dann.

«Ich liebe Emma!»

Darüber muß sie so lachen, daß sie fast ihren Kaffee verschüttet. Lauter und lauter lacht sie jeden Tag. Zwischen uns beginnt es ernst zu werden.

Einmal in der Woche darf ich baden. Ich habe mich jetzt stabilisiert und kann mein steriles Aquarium verlassen. Dazu stellt Emma einen Topf mit körperwarmem, destilliertem Wasser in den Abzugschrank. Dann ordnet sie behutsam die dünnen Kabel und die Bananenstecker. Die ersten Minuten sind köstlich. Sie hält mich in ihren Händen. Aber wenn sie dann die rechte Hand wegzieht, um mit dem Ausschalten zu beginnen, erlischt mein Bewußtsein Stück für Stück. Ich werde zu einem großen Haus, in dem der Nachtwächter herumgeht und in einem Zimmer nach dem anderen die Lichter löscht. Wenn sie mich dann in den Topf hinüberhebt – sie hat mir erzählt, wie es ist –, bin ich ganz und gar weg; eine träge, verdunkelte Eiweißmasse. Ohne größere Menschenwürde als ein Omelett.

Ich möchte so gern das ganze Bad von Anfang bis Ende erleben. Besonders gern würde ich spüren, wie es ist, in das gesäuberte und mit neuer Flüssigkeit gefüllte Aquarium zurückzukommen. Es muß so sein, wie wenn man in ein Bett mit frisch gemangelten, kühlen Laken kriecht. Wir haben darüber gesprochen. Aber Emma sagt, sie wagt es nicht, gegen die Vorschriften zu verstoßen. Keiner von uns weiß, was passieren würde, wenn ich immer noch angeschlossen bin, während ich aus dem Aquarium heraus- beziehungsweise hineingehoben werde. Vielleicht würde ich dieses Ereignis nicht überleben.

Als sie gegangen ist und ich frischgespült und wartend daliege, kann ich es nicht lassen, über den neu hinzugekommenen Apparat nachzugrübeln, über TÜCHTIG also mit den beiden Lämpchen und dem Behälter mit Freudensaft. Ich kann kein besseres Wort finden als Freudensaft. Ich habe Emma gefragt, aber sie weiß es nicht. Sie sagt, am Boden des Behälters klebe ein kleiner Zettel. Darauf ist eine lange chemische Formel mit rotem Filzschreiber notiert. Die Kombination hat sie mir mehrmals mit den Lippen übermittelt. Doch sie selbst versteht nichts von Chemie, und hier im Aquarium fehlen mir die Nachschlagewerke.

Ich fürchte mich ein wenig vor TÜCHTIG; ich kann nicht entscheiden, ob TÜCHTIG eine Bedrohung oder eine Quelle der Freude ist.

Mache ich übrigens Fortschritte? Ich glaube schon. Mit jedem neuen Tag wage ich mich immer tiefer in das Labyrinth vor, das die freigestellten Teile meines Gehirns bilden. Die Teile, Knotenpunkte, Nervenzentren und Kerne, die früher mit meinen banalen Körperfunktionen verbunden waren. Ich durchstreife sie schweigend auf leisen Sohlen. Ich befinde mich in einem Palast, der für den Winter geschlossen ist. Möbel, Gemälde, Spinette, Lampen, Betten, Skulpturen, Fenster… alles ist mit weißen Laken verhüllt. Doch eines Tages wird man sie aufdecken, säubern, entstauben und in Gebrauch nehmen; eines Tages werden die Fenster zum Park geöffnet, und von kleinen Flößen auf den Teichen des Palasts wird ein buntes Feuerwerk aufsteigen.

9

Heute morgen kommt die Visite mehrere Minuten zu früh. Die arme Emma wird überrumpelt. Sie ist in ihr Strickzeug versunken, wie sie da auf dem Hocker neben dem Aquarium sitzt. In den letzten Tagen hat sie

angefangen zu stricken, während sie meinen Gedankenübertragungen lauscht. Nur wenn sie antwortet, muß sie den Kopf heben. Was strickt sie? Ich wage es nicht, sie zu fragen. Allmählich nimmt es das Aussehen eines Teewärmers an. Es wird doch nicht am Ende eine Überraschung für den Unterzeichneten sein?
Ich sehe die Visite kommen, kann sie aber nicht mehr rechtzeitig warnen. Erst als der Professor den Essenswagen anrempelt, entdeckt auch Emma sie. Überstürzt verschwindet sie nach rechts aus meinem Blickfeld und läßt alles liegen: die Kaffeetasse, das Strickmuster, das sie ans Aquarium gelehnt hatte, ein Wollknäuel. Die drei Weißkittel bleiben stehen, sie wissen nicht recht, was sie mit Emmas Sachen anfangen sollen. Schließlich stopft der Medizinstudent das Knäuel in die oberste Kitteltasche, wo es sich wölbt wie eine Brust.
Offenbar haben sie endlich den restlichen Bausatz für TÜCHTIG bekommen. Sie schrauben einen Schreiber an TÜCHTIG. Er besteht aus einer elektrisch betriebenen Schreibvorrichtung mit einer Kugel und einem Papierstreifen, der aus der Schmalseite der Maschine kommt. Ins Aquarium senken sie zwei Metallstäbe auf jeder Seite, etwas schräg vor meinem Auge. TÜCHTIG wird mit einem großen Bildschirm versehen, einem Viereck von etwa einem Quadratmeter. Schließlich kleben sie einen Zettel ans Aquarium. Nicht direkt vor das Auge, sondern etwas links davon. Ich muß schielen, um den Text lesen zu können. Es ist ein Morsealphabet. Nach dem Buchstaben A steht .–, nach B –..., nach C –.–. und so weiter.
Der Professor steckt die Hand ins Aquarium und pufft mich behutsam vorwärts. Zuerst mit einem kurzen Puff und dann mit einer etwas verzögerten Bewegung, also

entsprechend .–, was soviel wie der Buchstabe A bedeutet. Ich habe schon verstanden, was er will: Mit Hilfe meiner beweglichen äußeren Ohren soll ich mich auf Kommando vorwärts bewegen. Aber wie soll ich mich wieder zurückziehen können? Auch dafür gibt es eine Lösung; man spannt einfach ein Gummiband um die Gehirnwurzel und befestigt es an der dahinterliegenden Wand. Sobald ich aufhöre, mit den Ohren vorwärts zu schwimmen, zieht mich das Gummiband in die Ausgangslage zurück.

Auf dem Bildschirm, der auf TÜCHTIG montiert ist, erscheint jetzt ein blasses Farbbild. Das Bild stellt einen Affen dar, einen sitzenden Affen, der gerade seine Banane zur Hälfte geschält hat. In der linken oberen Ecke des Bildes ist ein großes A zu sehen. Der Professor beugt sich wieder herein, steckt die Hand ins Aquarium und kitzelt mich leicht am verlängerten Rückenmark. Als ich mich nicht bewege, gibt er mir einen Stoß nach vorn, als wäre ich ein Borkenboot. Doch ich rühre keinen Finger. Was will er? Wozu dieses teure Spielzeug?

Ich schalte die Gedankenübertragung ein und sende ihm direkt in die Stirn:

«Ich wäre äußerst dankbar, wenn Sie mir erklären würden, wozu das gut sein soll? Wozu will *Biochine* mich benutzen? Interessiert Sie meine Ansicht über Affen, oder über Affendiät, oder über Bananen, oder über Unhöflichkeit gegenüber Laborgehilfinnen, *oder was?*»

Die Gedankenübertragung funktioniert nicht. Ich mache drei sehr intensive Versuche. Das einzige Ergebnis ist, daß er sich die Schläfen massiert wie bei beginnenden Kopfschmerzen.

Ich verliere die Geduld und beginne hektisch mit den Ohren zu wackeln, so daß ich vorwärts getrieben werde und in unregelmäßigen Abständen die Photozelle durchbreche, also den unsichtbaren Strahl, der sich zwischen den beiden Metallstäben vor mir spannt. Immer wieder werde ich vom Gummiband zurückgerissen. Die elektrische Schreibvorrichtung beginnt zu arbeiten und spuckt ruckartig den Papierstreifen aus. Die Dozentin und der Medizinstudent halten ihn hoch. Darauf steht: $BBGN_3WWQ_{34}$. Erschöpft liege ich da und starre auf den Streifen. Es schmerzt in den Ohrenmuskeln und in der Gehirnwurzel mit dem Gummiband.

Alle sind unzufrieden. Nicht zuletzt TÜCHTIG, der sein rotes Lämpchen blinken läßt. Sie machen einen Intelligenztest: eine kleine Pipette wird ins Aquarium gesteckt. Sie heben sie hoch und kontrollieren. Der konkave Flüssigkeitsspiegel liegt bei 500 IQ. Dann gibt die Visite auf. Ich vermute, daß sie sich in die Kaffeeküche zurückziehen. Trübsinnig liege ich da und starre die Instrumente an. Ein miserabler Vormittag. Ich möchte, daß Emma bei mir ist. Möchte ich das? Ja, die Kurven in dem untersten Oszillographen, SEHNSUCHT, fangen schon an, einen Buckel zu machen: Ich habe Sehnsucht, ich habe Sehnsucht...

Bisher haben Emma und ich die Gedankenübertragung nur über kurze Entfernungen ausprobiert; ich schätze den weitesten Abstand auf vierzig Zentimeter. Eine dünne Glaswand, das Aquarium also, scheint kein Hindernis zu sein. Aber wie ist es mit Türen, Betonwänden, Treppenhäusern – Aufzügen? Obwohl ich nach dem Schwimmen ermattet bin, strenge ich mich aufs äußerste an und übertrage:

«Emma, Liebste, komm her!»

Dann warte ich. Geduldig wie ein Troubadour unter dem Balkon der Jungfrau. Hat sie mich gehört? Hat mich auch jemand anders gehört? Es muß ja nicht jeder so unempfänglich sein wie der Professor. Soll ich es riskieren, noch ein Ständchen darzubringen... Ich tue es. Auf die Gefahr hin, daß alle Soldaten des Schlosses angestürmt kommen.

«Emma, mein Alles, ich habe Sehnsucht, ich habe Sehnsucht...»

Der Oszillograph SEHNSUCHT schlägt ermunternd aus. Atemlos kommt Emma von links herein. An den Händen trägt sie dicke Handschuhe und über dem Kittel eine Gummischürze. Sie steckt den Kopf in den Abzugschrank. Sie ist so ärgerlich, daß ich kaum ablesen kann.

«Ich war bei den Ratten. Was willst du?»

«Ich brauche Hilfe, Emma.»

«Womit denn? Ich bin mit den Ratten beschäftigt!»

«Was wollen sie, der Professor und die anderen, was wollen sie, daß ich tue?»

«Kooperieren.»

«Aber wie?»

«Das kannst du dir doch selber denken! Übrigens darf ich mich da nicht einmischen. Jetzt gehe ich zurück zu den Ratten!»

«Nein, nein... Emma, du bist die einzige, der ich vertraue.»

«Tu, was sie sagen. Wenn du nicht zum Psychiater willst! Das ist der einzige Rat, den ich dir geben kann.»

Emma macht auf dem Holzschuhabsatz kehrt und geht.

«Grüß die Ratten...», sage ich viel zu matt, als daß es sie erreichen könnte.

Wenn ich nicht zum Psychiater will? Ist das eine Drohung oder ein Versprechen? Ich bin doch schon beim Psychiater gewesen. Ich erinnere mich nicht an Einzelheiten – aber ich *weiß*. Vielleicht war es in einem frühe-

ren Leben. Am Grunde des Gehirns, unten im Kiel liegt Gerümpel aus einer anderen Zeit. Jedesmal, wenn mein Weg mich dort unten vorbeiführt, mache ich die Augen zu, schalte den Geruchssinn ab.
Altes Eiweiß riecht nach Schwefel. Aus dem Haufen der ausrangierten Erinnerungen gärt ein Bild hoch und nimmt Form an: ein Krankenzimmer, vom Bett aus gesehen. Das Ich gelähmt auf dem Rücken, nur die Augen sind beweglich. Eine Frau in Schwarz kommt herein, nickt an der Tür, holt sich einen Stuhl, setzt sich ans Bett und berührt meine Wange. Ich habe kein Gefühl in der Wange. Aber wenn ich nach rechts schiele, kann ich ihre Hand sehen.

10

Es ist Nacht. Eine Neonröhre flackert an der Decke. Lange hält sie den Takt, dann kommt eine rasche Serie hintereinander, gefolgt von einer Pause. Jedesmal denke ich, das Licht werde endgültig erlöschen, wie das Herz eines alten Menschen. Ich kann nicht schlafen. Ich döse tagsüber so viel, daß ich meinen nächtlichen Schlaf sabotiere. Vielleicht sollte ich darum bitten, daß man mir etwas für die Nacht gibt. Aber wen soll ich bitten? Mit Emma habe ich einen gewissen Kontakt – doch sie hat keine Kompetenzen. Die Frage müßte dem Professor oder der Dozentin gestellt werden. Mit denen kann ich nicht reden.
Ich warte darauf, daß der Hund, der am anderen Ende des Zimmers aufrecht in seinen Gurten hängt, unruhig wird. Zwischen Mitternacht und zwei Uhr bekommt er

seine Anfälle. Er zittert am ganzen Körper, die Beine laufen mit kurzen Schritten, als wären sie mit Gummibändern festgebunden; sein Maul zuckt, und wenn er richtig in Fahrt kommt, zeigt er die Zähne. Die Augen sind meist halb geschlossen, aber manchmal starren sie wild. Das hat nichts zu besagen. Der Hund träumt. Aber die Schläuche unter seinem Bauch könnten verrutschen. Und das mag ich überhaupt nicht, denn dann muß die Visite den größten Teil ihrer Zeit darauf verwenden, die Schläuche des Hundes wieder in Ordnung zu bringen – für mich bleibt nur eine Kußhand.
Heute nacht träumt der Hund nicht. Er ist ebenso wach wie ich und hängt regungslos da. Nur die Ohren zucken dann und wann, wie um eine Fliege zu verjagen. Aber hier drinnen hat es noch nie Fliegen gegeben. Ich möchte wissen, wie die Welt draußen aussieht. Habe ich sie schon gesehen? Gibt es sie überhaupt? Ich nehme an, daß es sie gibt. Wohin geht das Mädchen sonst nach sechzehn Uhr? Vielleicht gibt es die Außenwelt nicht, vielleicht löst sich das Mädchen in eine Elfe auf, die zwischen den Galaxien herumschwebt, bis der Wecker früh am nächsten Morgen klingelt.
Die drei weißbekittelten Personen, der Professor und Konsorten, müssen sich ebenfalls den größten Teil des Tages irgendwo aufhalten. Oder begeben sie sich nur ins Nachbarzimmer und warten dort wie Holzpuppen – wenn die Uhr am nächsten Tag neun schlägt, stolzieren sie im Gänsemarsch herein.
Jetzt passiert etwas! Ich sehe es dem Rücken des Hundes an; er krümmt sich, wie er es sonst nur tut, wenn er seinen Darm in die Plastiktüte entleert, die unter der Schwanzwurzel befestigt ist. Aber jetzt ist nicht die Zeit dafür! Etwas hockt auf dem Rücken des Hundes und

läßt ihn einen Buckel machen. Es ist weiß und rosa und bewegt sich ruckartig. Es ist eine weiße Ratte. Sie ist ungewöhnlich groß, der Körper fast wie der eines Eichhörnchens. Noch eine! Eine große weißrosa Ratte klettert an der Aufhängung des Hundes hoch und setzt sich auf einen Querbalken. Dort hockt sie und schaut hinunter. Macht sie sich lustig, oder ruft sie die anderen herbei? Eine dritte und vierte Ratte rücken von rechts vor. An dem weißen Behälter mit destilliertem Wasser stellen sie sich auf die Hinterbeine und schnuppern eifrig. Eine fünfte, sechste und siebte eilen Schnauze an Schwanz an der schwarzen Kante des Labortisches entlang.

Ich würde gern die Augen schließen. Ich würde die Augen schließen, den Kopf schütteln, meine Augenbrauen mit den Fingerspitzen massieren und mich dann in den Arm kneifen: Träume ich? Stimmt etwas nicht mit meiner Nährlösung, hat mich ein chemisches Delirium überkommen? Aber es ist kein Traum. Träume sind elastisch, die Perspektiven werden ausgedehnt oder zusammengepreßt. Was ich jetzt sehe, hat Konsistenz in Zeit und Raum. Rund ein Dutzend große, weiße Ratten sind dabei, das Labor zu besetzen. Dafür kann es eine ganz banale Erklärung geben: Irgend jemand hat einen Käfig nicht ordentlich verschlossen.

Es zuckt in den Beinen, die ich nicht mehr habe. Im nächsten Moment bin ich wie gelähmt. Eine Ratte klettert genau vor mir den Abzugschrank hinauf. Sie setzt sich im Abstand von etwa zehn Zentimetern vor mich hin und putzt mit niedlichen Marzipanpfoten energisch ihre Schnauze. Dann starrt sie mich an, den Mund halb offen und die Pfoten leicht erhoben. Und macht wieder weiter. Ohren und Schnurrhaare werden

fleißig nach hinten gekämmt.
Ich spüre, wie eine Erschütterung sich in der Flüssigkeit fortpflanzt. Etwas bewegt sich auf dem Dach des Aquariums. Die Ratte vor mir schaut nach oben und kratzt mit beiden Pfoten in der leeren Luft. Haben sie mich entdeckt? Was werden sie anfangen: die anderen herbeirufen oder mich für sich behalten? Die Ratte über mir läuft rasch vor und zurück. Ich kriege ein paar kräftige Stöße ab, als sie sich an den Kabeln vorbeidrängt. Nur noch einen Wunsch habe ich: daß sie die elektrische Leitung zernagen, damit sich mein Inneres verdunkelt, bevor sie mich fressen.
Mit einem brutalen Platschen werde ich zur Seite gestoßen und beginne, nach Steuerbord zu rollen. Ich habe im Aquarium Gesellschaft bekommen. Zum erstenmal bin ich einem lebenden Wesen so nahe, daß es mich berühren kann. Ich spüre einen Peitschenhieb über einem Ohr und sehe im nächsten Moment eine Ratte mit herabhängendem Unterkörper über mich hinwegschwimmen.
Ihr Schwanz peitscht. Die Ratte wirkt verwirrt, sie kratzt am Glas, wendet und taucht. Mit aufgeblasenen Backen und zusammengekniffenen Nüstern starrt sie mir genau ins Auge.
Ich darf keine Angst bekommen! Ich darf keine... Doch!!!
Heftig lasse ich mich von meinen Gefühlen überschwemmen. Durch das aufgewühlte Wasser sehe ich die drei Oszillographen gegenüber; sie schlagen aus. Angst! Angst! Ich muß noch mehr Angst kriegen, ANGST, ANGST! Endlich reagiert das Instrumentarium: der Alarm wird ausgelöst, als alle Kurven völlig aus ihren Bahnen zu geraten drohen.

Vielleicht falle ich für einige Sekunden in Ohnmacht – oder ich bin nur seekrank. Als ich wieder zu Bewußtsein komme, steht vor mir ein Nachtwächter mit einer durchnäßten Ratte in der Hand. Dann wird das Fenster des Abzugschranks zugeschoben. Hier drin ist doch hoffentlich keine mehr? Irgendein äquilibristischer Rattenakrobat, der sich mit seinem Schwanz an einem Kabel am Deckel festklammert?
Nach einer halben Stunde treffen die Dozentin und der Medizinstudent ein. Der Nachtwächter hat unterdessen noch einige weitere Ratten eingefangen. Jetzt beginnt eine systematische Jagd. Sie steigen sogar in den Abzugschrank und leuchten ihn mit Taschenlampen aus. Ich beruhige mich allmählich. Sie sind gründlich wie Zollbeamte.

11

Ich bin beim Psychiater gewesen. Die Dozentin ist nicht nur eine Frau, sie ist auch Psychiaterin. Immerzu hat sie sich schräg hinter dem Professor gehalten und ihm die Ohren vollgeblasen wie ein zweiter Richelieu.
Die Dozentin-Psychiaterin und ich haben keine tiefere Beziehung. Es liegt an meinem Mißtrauen. Solange ich nichts über den Zweck meines Aufenthalts in diesem Aquarium erfahre, kann ich mich nicht öffnen. Warum habe ich keine Erinnerungen? Weil sie mit Elektroschocks weggeschossen wurden. Sie müssen angenommen haben, daß ein Gehirn, das seine Vergangenheit wie ein Schleppnetz voller Erlebnisse hinter sich herzieht, in seiner Funktion beeinträchtigt ist. Ich glaube,

sie täuschen sich. Ich kann mich an nichts erinnern – und diese Tatsache nimmt 90 Prozent meiner Zeit in Anspruch; ein fruchtloses Tasten nach einem früheren Leben. Ich überlege, ob ich meine fingierten Memoiren aufschreiben soll, um mich ein für allemal des Problems zu entledigen. Aber wer garantiert mir, daß sie mir nicht wieder Elektroschocks geben, um meine erfundenen Erinnerungen auszuradieren?

Als die Psychiaterin zu mir kam, wurden die Jalousien heruntergelassen wie bei einer Séance. Danach schlossen sie den EEG-Apparat an, der meine Gehirnströme abliest. Dann setzte sich die Dozentin-Psychiaterin auf einen Hocker schräg vor dem Abzugschrank. Bevor ich mich auf ihre hohe Stirn konzentrieren konnte, um sie zu beeindrucken, fing sie an, mir Bilder zu zeigen. Auf dem großen Bildschirm, der zum TÜCHTIG-System gehört, zeigte sie mir die sattsam bekannten Rorschach-Kleckse. Die dadurch entstanden sind, daß man Tinte und Tusche auf Papierbögen spritzte und sie anschließend in der Mitte faltete.

Woher weiß ich das? Bin ich selbst Psychologe gewesen – oder Patient? Wir gingen die ganze Bilderserie durch: die Schmetterlinge, die Gewitterwolken, die Nieren, die Bäume und dasjenige, das aussieht wie der Kopf eines Insekts in 150facher Vergrößerung. Bei jedem Bild wurde eine neue EEG-Kurve aufgezeichnet.

Ich fühlte mich fast die ganze Zeit über ruhig. Ich weiß, daß mein Innerstes nicht auf so grobe Taschenspielertricks hereinfällt wie Elektro-Enzephalographie. Doch nach einer halben Stunde, als ich langsam ermüdete, überkam mich eine nagende Unruhe: kann ich ganz sicher sein? Vielleicht sind die Forscher intelligenter, als man denkt? Vielleicht führen sie mich systematisch hinters Licht. Vielleicht ist das Ganze eine hinterhältige Verschwörung mit Emma als Doppelagentin? Vielleicht ist die Psychiaterin eine simple Provokateurin, vielleicht ist das Lächeln des Professors in sich ein Rorschach-Bild? Vielleicht, es gibt so viele Vielleicht. Wenn ich gekonnt hätte, hätte ich die Psychiaterin angeschrien: Gebt mir meine Vergangenheit zurück! Solange ihr mich hier im Aquarium im Ungewissen schweben läßt, werden wir nichts erreichen. Wenn ihr meinem Gehirn etwas abgewinnen wollt, muß das zu meinen Bedingungen geschehen! Muß es? Ist das nicht nur eine Beschwörung, ein eitler Wunsch, ein Selbstbetrug, der vergebliche Glaube an die Freiheit des Geistes? Eines Tages, wenn sie ihre Instrumente scharf genug geschliffen haben, werde ich hinter ihnen herwackeln wie ein Dackel, wie ein in Pappe geprägtes Entenküken an einer Schnur. Ich habe so wenig eine Wahl wie eine transplantierte Niere: Entweder müssen wir zusammenarbeiten – oder wir lassen uns abstoßen, herausnehmen und schließlich durch den Ausguß spülen.

12

Manchmal juckt es so fürchterlich zwischen den Schulterblättern. *Wie bin ich hergekommen?* Diese Frage ist für mich zur Zwangsvorstellung geworden. Es muß eine Medizin dagegen geben, irgendwas Auflösendes vielleicht? Die Erinnerungen kehren allmählich zurück. Wie kann ich sonst die Sequenzen aus einem früheren Leben erklären: Gesichter, ein bestimmtes Milieu, jemand, der weint ... Wie ferne Störungen im Fernsehapparat flak-

kern diese Vorstellungen auf. Sobald ich die Erinnerungen festzuhalten versuche, gleiten sie weg wie ein Staubkorn im Auge.
Mein Name zum Beispiel, Ypsilon. Er wirkt künstlich. Ich muß früher anders geheißen haben. Gestern abend, als der Trübsinn sich grell wie das Licht der Neonröhre im Labor ausbreitete, kam mir die Idee, ich hieße Pavlov. Mehrmals probierte ich, «Pavlov» zu sagen. Doch keiner der Apparate reagierte auch nur im geringsten, weder WÜTEND, SATT, SEHNSUCHT – noch TÜCHTIG. Daher nehme ich an, daß es eine falsche Fährte war. Ich lasse den Gedanken fallen, daß ich in einem früheren Leben mit Pavlov identisch sein könnte. Im übrigen beschäftige ich mich viel mit dem Morsealphabet. Den Zettel, den sie links unten angeklebt haben, habe ich sofort auswendig gelernt. Ich entschlüssele alle möglichen Signale. Die defekte Neonröhre, die da oben an der Decke Tag und Nacht ihr Kauderwelsch daherplappert – kann denn keiner dieses Scheusal zum Schweigen bringen! Jeden Wetterumschlag draußen versuche ich zu entziffern. Ein langer Schatten, eine kurze Aufhellung, und so weiter. Wenn der Professor morgens kommt, beginnt er seine Kontaktversuche stets damit, daß er mit dem Zeigefingernagel an die Scheibe klopft. Was klopft er? Mehrmals habe ich S.O.S. herausgehört, «Save Our Souls!».
Eine Weile dachte ich, ich sei ein Kindergehirn. Kein Babygehirn, das von seinen Saugreflexen beherrscht ist – ich habe nie auch nur die geringste Lust verspürt, an irgendeinem der Gegenstände in meiner nächsten Umgebung zu saugen, weder am Tauchsieder, noch am Thermometer, noch an der Photozelle. Falls ich ein Kind bin, müßte ich eher zwischen zehn und zwölf

Jahre alt sein. Immer noch ziemlich weich, aber mit Nervenbahnen, die lang genug sind, um abstrakte Konstruktionen in die Luft zu setzen. Aber ich glaube, daß ich älter bin. Mein Verhältnis zu Emma – sie ist weit über zwanzig – deutet darauf hin, daß ich zumindest die Pubertät hinter mir habe.

Mein Gehirn ist ein Schloß, dessen Herrschaft sich in drei Zimmer mit Küche in einem Seitenflügel zurückgezogen hat. Ich möchte das Schloß bevölkert sehen, die Zimmer bewohnt, die Schornsteine rauchend und das ganze Anwesen brodelnd wie am Abend vor dem Karneval: Im Speisesaal übt das Blasorchester, im Keller schlägt man den Spund aus den Fässern, auf dem Doppelbett der Herrschaft liegt ein großer Kopf aus Papiermaché wie ein lächelnder Luftballon.

Warum muß das Gehirn im Kopf liegen? Wenn es in der Brust oder im Bauch läge, wäre die Versorgung erheblich einfacher. Oder im Hodensack: warm und sicher, kann nach Bedarf hochgezogen oder hinuntergelassen werden. Einige Tierarten, wie beispielsweise die Würmer, haben ja ein Gehirn an jedem Ende. Daß der Mensch den dezentralisierten Weg wählte, hat ihn auch sehr verwundbar gemacht.

Der Grundfehler besteht darin, daß wir individuelle Lösungen suchen. Mehrere Menschen sollten sich in ein Gehirn teilen. Dann würde *ein* Körper reichen, der gesündeste der Familie. Einige unvorhergesehene Probleme könnten entstehen, wenn mehrere Menschen gemeinsam in einen Kopf ziehen sollten. In diesem Fall scheint es am einfachsten zu sein, die natürlichen Aufbruchsperioden zu nutzen, die für den Menschen nicht Frühjahr und Herbst sind, sondern der Tod. Stirbt ein Mensch, so wird die Behausung seiner Seele zerstört. Sie wird verscheucht wie eine arme Elster, die verwirrt im Wind herumflattern muß, um sich einen neuen Ast als Sitzplatz zu suchen. In diesem Fall glaube ich an die Politik der offenen Tür.

In Zukunft wird man die Behausung vielleicht noch weiter ausbauen können. Das menschliche Bewußtsein wird höchst variable Formen annehmen. Einige werden ein Kollektiv der Geister in den guten alten Prachtwohnungen gründen, in den Jugendstilschnörkeln der Gehirne. Manch anderes Bewußtsein wird sich in Pflanzen oder Tieren niederlassen. Aber warum nicht einfach in einem erwärmten, angefeuchteten Brotlaib; genauso wie man Bakterien auf einer gelierten Bouillonplatte züchtet?

In einem Aquarium scheint das Leben zu stagnieren. Bin ich ein beschädigter Goldfisch in einem Teich, oder bin ich das Orakel von Delphi? Zuweilen, wenn ich mich verwässert und versumpft fühle, wünschte ich, in einer Eiche zu wohnen wie das heilige Orakel von Dodona. Durch dieses Orakel hat Zeus gesprochen. Das Windesrauschen im Wipfel der Eiche war die Form, in die seine Worte sich kleideten. Eine Form, die sowohl mein übersteigertes Selbstgefühl befriedigen würde – als auch mein Interesse für Natur und Poesie.

Wenn ich nicht das Orakel in der heiligen Eiche sein darf, könnte ich mir als etwas weniger attraktive Alternative vorstellen, mich als Orakel des Zeus-Ammon in der Libyschen Wüste anheuern zu lassen. Dort tut der Gott seinen Willen durch die Schwankungen eines Götterbildes kund, das von einer Prozession getragen wird. Doch diese Aufgabe würde ich nur zögernd übernehmen, da ich seit jeher zur Reisekrankheit neige.

13

Die wissenschaftlichen Spitzenleute von *Biochine,* darunter der Professor und die Dozentin, sind zu einem Kongreß gefahren. Der Medizinstudent macht die Visite jetzt allein. Aber er widmet sich mir wenig. Er interessiert sich offenbar mehr für die Apparate. Beschriebene Streifen, die Produkte meiner mißlungenen Bemühungen, bedecken den größten Teil der Innenwand des Labors. Dort hat er meine unbegreiflichen Äußerungen in langen Reihen aufgepiekt. Darunter hat er die EEG-Kurven gehängt, die die elektrischen Ströme in meinem Gehirn aufzeichnen. Stundenlang kann er dasitzen und mit der gleichen verdrossenen Faszination auf die Streifen starren, die der Ägyptologe Champollion einst für den Stein von Rosette aufgebracht haben muß, bevor er das Rätsel der Hieroglyphen knackte.

Der Student hat sich offenbar in den Kopf gesetzt, daß es sich um einen Fehler in der Apparatur handeln muß. Also liegt es nicht daran, daß ich nicht buchstabieren könnte, sondern irgendein Teil der Maschine muß falsch aufzeichnen. Gestern hat er nicht nur TÜCHTIG auseinandergenommen, sondern auch SEHNSUCHT. Für mich war es eigentümlich, einen so wesentlichen Teil meines Gefühlslebens nicht mehr registrieren zu können. Ich habe kein einziges Mal an Emma gedacht. Um das Maß voll zu machen, hat der Student es nicht geschafft, den Oszillographen wieder zusammenzubauen. Er mußte den Kundendienst der Firma rufen. Was nicht ganz billig gewesen sein kann, da es drei Uhr

morgens war. Aber das geht vielleicht auf Garantie. Bin ich ebenfalls in der Garantie enthalten?
Wir haben lesen geübt. Mehrmals hintereinander wurde das Bild mit dem bananenfressenden Affen auf dem Bildschirm gezeigt. Doch ich habe es konsequent vermieden, mit dem Morsesystem A zu signalisieren. Ich war außerdem darauf bedacht, nicht jedesmal denselben Fehler zu machen. Manchmal zeigte ich Q an, manchmal Z, oder sonst irgendein beliebiges Abrakadabra. Alle meine Äußerungen werden sorgfältig verwahrt und an die Wand gepinnt.
Heute morgen gab es eine tolle Überraschung. Als ich gerade mein Frühstück verdaute, erschien die Visite. Aber der Medizinstudent kam nicht allein. Er hatte einen Schimpansen bei sich, der laut Emma hier im Hause auf den Namen Flink hört.
Im Gänsemarsch kamen sie angetrabt: zuerst der Student in seinen abgetretenen Holzschuhen, den Kittel wie üblich offen – und hinter ihm Flink, den kleinen, maßgeschneiderten Kittel ordentlich von oben bis unten zugeknöpft. Mit seinen auf dem Rücken verschränkten Händen und den tiefen Falten auf der Stirn war Flink eine Kopie des Professors. Sie hatten sogar die gleiche Gesichtsfarbe.
Während der Student sich vorbeugte und an der Scheibe des Aquariums kratzte, hangelte Flink sich hoch und setzte sich auf den obersten Oszillographen. Da hockte er und blies sich auf, als sei er der Boß der *Biochine.* Flink wohnt sonst auf dem Speicher, wo sie eine eigene Affenabteilung haben. Aber jetzt lassen sie ihn frei laufen. Ich vermute, daß es nicht nur eine Marotte der Institutsleitung ist, sondern zu einer Form von Resozialisierungsprogramm gehört.

Jetzt ist Flink heruntergeklettert. Knickebeinig wie Groucho Marx fegt er in den Gängen zwischen den Labortischen herum. Alles muß er betasten. Man kriegt richtig Lust, ihm eins auf die Finger zu geben. Der Student beaufsichtigt ihn nicht. Im Gegenteil, er hat anscheinend Spaß daran, diesen herumtollenden Langfinger auf den Fersen zu haben.
Noch etwas anderes habe ich entdeckt, was mich beunruhigt: der Student ist an Emma nicht ganz uninteressiert. Er biedert sich an. Heute nachmittag hat er Torte zum Kaffee gekauft. Er und Emma sitzen am hinteren Ende des langen Tisches, mit ihren Plastiktassen und aufgerissenen, plattgedrückten Pappbechern als Tortenteller. Sie haben eine Zeitung über das Gestell gehängt, damit der Hund die Tortenstücke nicht sehen kann. Wenn er etwas Leckeres sieht, könnte der Magensaftversuch außer Kontrolle geraten. Flink hat gleich ein Stück bekommen, damit er die Finger von den beiden anderen läßt. Dafür hockt er jetzt in der Öffnung des Abzugschranks und verdeckt mir die Aussicht, die Aufsicht. Mit seinem breiten Maul grinst er mir mitten ins Gesicht. Er grapscht mit seinen langen Fingern hier und da herum. Aber vor allem plappert er. Flink hat mehrere hundert Zeichen der Taubstummensprache gelernt. Sein Kehlkopf ist so konstruiert, daß er ein Sprechen im üblichen Sinn nicht zuläßt. Statt dessen gehört er zu der rasch anwachsenden Schar der mit Zeichen sprechenden Affen, deren bekannteste Vertreterin das Gorillaweibchen Koko ist.
Für mich ist es viel einfacher, Flinks Zeichen zu lesen, als das schlaffe Lippengenuschel des Studenten zu deuten. Doch leider hat Flink sehr wenig Interessantes zu sagen. Das ist schade. Wie die Dinge stehen, ist Emma

die einzige, von der ich Informationen bekommen kann. Flink wäre eine hervorragende Ergänzung, wäre er nicht so entsetzlich erfüllt von seiner eigenen Bedeutung, und wäre das meiste von dem, was er sagt, nicht eine fast wortgetreue Wiederholung der Visitenphrasen des Professors. Aber das Schlimmste ist: Er sitzt mir im Weg! Was treiben der Student und Emma da hinten?! Jetzt rauchen sie sogar – was hier strengstens verboten ist!

Flink wiegt seinen Kokosnußkopf hin und her; plötzlich fragt er:

«Warum willst du nicht mit ihnen zusammenarbeiten?!»

«Das geht dich einen Scheißdreck an!» sage ich via Gedankenübertragung. Einen Moment lang sieht Flink perplex aus und greift sich an seine Stirn. Die Mitteilung ist also angekommen. Ich bin ganz aus dem Häuschen – bisher sind nur Emma und möglicherweise der Hund für die Übertragung empfänglich gewesen. Ich bin so exaltiert, daß WÜTEND Alarm gibt. Sofort kommt der Student angeschlurft, schaut zuerst auf WÜTEND, dann auf Flink. Er erhebt einen strafenden Zeigefinger gegen den Schimpansen, der also zu Unrecht angeklagt wird, an einem der Bananenstecker herumgefingert zu haben. Nachdem der Student WÜTEND abgeschaltet hat, kehrt er zu seinem Kaffeestündchen mit Emma zurück.

Ich versuche, Emma zu rufen, aber Flink sitzt im Weg, und daher muß ich sofort aufhören. Ich habe ja nicht gerade den Wunsch, daß Flink als Zwischenträger dasitzt und meine Liebesbriefe an Emma liest.

«Warum willst du nicht mit ihnen zusammenarbeiten?!» fragt Flink noch einmal in seiner Fingersprache. «Sieh mich an! Der bevorzugteste von allen Schimpansen der *Biochine*. Und zwar wegen meiner *Zusammenarbeit!*»

Ich erwidere nichts.
«Du bist natürlich zu doof!» sagt Flink und zieht sich an beiden Ohren, um richtig blöd auszusehen.
Auch jetzt antworte ich nicht. Nicht einmal, als Flink seinen schwarzen Finger ins Aquarium steckt und mich befummelt, sage ich etwas. Ich verneige mich nur demütig. Im Nu schwingt sich Flink am Elektrokabel zu den Apparaten hinüber. Für einen Augenblick ist meine Welt von Sternen und kreiselnden Sonnen erfüllt. Das Kabel hört auf zu schaukeln, und die Sinneseindrücke nehmen wieder ihren festen Platz ein: links die Behelfsdusche, geradeaus der Hund, und von rechts das Tageslicht. Flink hat sich jetzt auf TÜCHTIG gekauert und drückt eifrig auf die Knopfkombinationen. Auf dem Bildschirm flattern die Figuren vorbei wie in einem hastig durchgeblätterten ABC-Buch. Er stoppt bei dem Bild mit dem Affen und der halbgeschälten Banane. Er klopft sich auf die Brust, kratzt am Bild und wiederholt immer wieder:
«Affe, Affe, Affe ...»
«Idiot», denke ich, was ihn für einen Moment verstummen läßt.
Sogleich bereue ich meine Aufrichtigkeit. Ich weiß ja nicht, was Flink anstellen kann, wenn man ihn provoziert. Für ihn wäre es die Tat eines Augenblicks, sich einen schweren Gegenstand zu grapschen, ein Gestell oder ein Mikroskop, und es gegen das Aquarium zu schmettern.
Statt dessen macht Flink etwas ganz anderes; er fingert am Behälter mit Freudensaft herum, der mit TÜCHTIG gekoppelt ist und sich einschaltet, wenn man richtig antwortet. Ich schreie, um ihn aufzuhalten ... Im nächsten Moment senkt sich eine Spraywolke auf meinen

Kopf herab. Und bald steige ich, erhebe mich wie ein Lachgasballon über die Umwelt. Das Institut, der Schimpanse, Emma und der Student verschwinden unter mir. Mein Gehirn wächst wie die pilzförmige Wolke einer Wasserstoffbombe und breitet sich über gigantische Glücksländer aus.

14

Nachts tauschen der Hund und ich Erfahrungen aus. Bei diesem Austausch komme ich zu kurz. Was habe ich zu tauschen? Der Hund ist hier geboren. Unentwegt käut er die beiden glücklichen Perioden seines Lebens wieder: als er ein Welpe war – und die Zeit im Zwinger. Er hat sechs Geschwister. Seine Mutter hat er nie gesehen. Am meisten liebt er die Zeit, als er klein war. Sie schliefen immer ineinander verknäuelt auf einem Haufen. Mehrmals wäre er fast erstickt, als er zuunterst zu liegen kam. Er gluckst zufrieden. Beim Erzählen sieht er mich nicht an. Vielmehr starrt er vor sich hin; ein Gedankenmonolog, der an keinen Bestimmten gerichtet ist.

Das zweite große Ereignis seines Lebens war der Zwinger. Es war ein großer Zwinger, mindestens doppelt so groß wie unser jetziges Labor. Dort gab es eine Wurfmaschine von ähnlicher Art wie die, mit der man Tontauben in die Luft schießt. Im Zwinger wurde die Maschine mit Stöcken und Bällen beladen. Kein Mensch war dabei. Das Laden und Abfeuern wurde elektronisch gesteuert. Anders als die Menschen wurde der Apparat nie müde. Einmal vergaßen sie, ihn über Ostern abzu-

stellen. Fast sieben Tage und Nächte lang war die Wurfmaschine ununterbrochen in Betrieb. Eine Orgie des Apportierens.
Er verstummt und mümmelt vor sich hin. Um seine Zähne scheint es schlecht bestellt zu sein. Er braucht sie ja auch nicht. Er lacht über etwas, das ich so schnell nicht deuten kann. Dann sinkt er in seinen Gurten zusammen. Ich weiß nicht, ob er schläft. Schließlich rappelt er sich aus seiner Lethargie hoch und erzählt von vielerlei Visiten. Drei Stunden lang tauschen wir Erfahrungen aus über verschiedene Arten, Visite zu machen. Er findet, es gehe neuerdings zu schnell. Früher wurde so vieles mit der Hand besorgt, daß sie lange bleiben mußten, ob sie wollten oder nicht. Jetzt brauchen sie kaum die Hände aus den Kitteltaschen zu nehmen.
Ich weiß nicht, womit ich seine Erinnerungen aufwiegen soll. Ich kann ja etwas erfinden. Ich erzähle, ich hätte einen Brief von meiner Mutter bekommen. Sie wolle mich besuchen. Wie ich mich freue! Aber ich fürchte, daß ich mich verändert habe. Man kann nicht verlangen, daß sie mich erkennt. Ich möchte sie nicht traurig sehen, oder peinlich berührt.
Jetzt merke ich, daß der Hund nicht zuhört. Er hat nicht das geringste Bedürfnis, an meinem Leben teilzunehmen. Ich lasse die Gedankenübertragung immer weiter von meiner Mutter schwatzen. Mit der anderen Gehirnhälfte denke ich: Wenn der Hund praktisch keine Zähne hat, kann er mir nicht schaden. Mit seinem ausgeleierten Greisenhals müßte er mich im ganzen schlucken können. Es kann schwierig werden und ein gerütteltes Maß an Zeit verlangen. Aber nicht mehr als bei einer Geburt. Wenn ich nur in den Magen des Hundes gelan-

ge, wird es schon in Ordnung gehen. Ätzende Säfte und Enzyme kann er kaum noch haben, nach der jahrelangen Drainage. Er muß trocken und zerschnitten sein wie ein ausgemolkener Gummibaum. Im Magen des Hundes kann ich weiterleben. Mein einziges Auge kann ich – mit etwas Glück – durch eine der Bauchfisteln stecken. Dann gilt es nur herauszubekommen, wie wir den Hund befreien können. Ausgediente Versuchstiere läßt man zuweilen leben. Vielleicht können wir es hinkriegen, daß der Hund hinter dem Wärter herschlurfen darf, der die Post holt. Und eines Tages auf dem Heimweg von der Post, an einem Vormittag, wenn der Wärter alle Hände voll hat mit zerbrechlichen Sendungen, Pakete mit Reagenzgläsern, Warensendungen mit Objektgläsern – eines Tages, wenn der Wärter auf der Stelle tritt und sich nicht entscheiden kann, ob er die Wertsendungen ablegen oder den alten, zerforschten Köter laufen lassen soll, hauen wir ab! Es wird nicht ganz einfach sein, einen Hund mit dem Gehirn eines Menschen einzufangen.

15

Vorgestern war ich beim Wärmeröntgen. Das ist bisher meine einzige Reise gewesen. Von der Reise selbst weiß ich nichts mehr, weil sie die elektrische Apparatur abgeschaltet haben. Im Untersuchungszimmer haben sie mich wieder angestellt. Es gab nicht viel zu sehen. Das Zimmer war fensterlos, das Licht heruntergedreht. Sie haben mich in eine rotierende Trommel gesteckt, die die Wärme in verschiedenen Teilen des Gehirns maß. Wenn man beispielsweise das Gehör benutzt, sammelt

sich Blut in den Schläfenlappen – das kann man mit Wärmeröntgen ablesen. Die Psychiaterin war mit dabei. Sie zeigte mir während des Röntgens verschiedene Bilder: idyllische Landschaften, leckere Gerichte, nackte Frauen, gefolterte Menschen und ganz abstrakte Bilder mit Vierecken und Dreiecken. Bin ich gesund?
Ungefähr einen Tag darauf nahm man große Veränderungen in meiner Umgebung vor. WÜTEND, SATT, SEHNSUCHT und TÜCHTIG wurden mit großen grünen Laken zugedeckt. Direkt vor mir prangt jetzt eine Alpenlandschaft mit steilen Abhängen. Man erwartet, daß jeden Moment ein Modellzug aus einer Tunnelmündung kommt. Aber sie haben mir keine Spielzeugeisenbahn gegeben; obwohl das eine passende Beschäftigung wäre. Statt dessen haben sie mir einen Farbfernseher hingestellt. Er steht auf WÜTEND, also ein bißchen zu hoch oben, um es mir wirklich bequem zu machen. Wenn ich daliege und ins Fernsehen schaue, muß ich hin und wieder einen Schlag mit den Ohrenflossen tun, um den richtigen Blickwinkel zu bekommen.
Gestern und heute habe ich Kindersendungen gesehen. Sie sind sehr phantasievoll und lebendig. Es sind keine richtigen Menschen, die man auf dem Bildschirm sieht, sondern bewegliche Stoffpuppen. Sie bestehen aus bunten Strümpfen, die über eine Hand und einen Arm gezogen werden; die Strümpfe stellen einen Frosch, einen Hahn, ein Schwein etcetera dar. Sie spielen mit großen Buchstaben aus Plastik, die sie einander auf den Kopf hauen. Der Sinn der Sache ist, daß ich buchstabieren lerne. Aber da ich bereits buchstabieren kann, liege ich lieber da und denke an Emma. Wenn sie mir Emma wegnehmen, habe ich nichts, wofür es sich zu leben lohnt.

Ich liege da und starre die albernen Stoffpuppen an. Eine der Puppen ist ein Monster, das Kuchen liebt. Jetzt schluckt es gerade das Mikrophon, im Glauben, es sei ein Backwerk. Ich hoffe von Herzen, daß es den ganzen Fernsehapparat auffrißt. Starr blicke ich genau auf die Stirn des Krümelmonsters, um meinen Willen zu übertragen. Es klappt überhaupt nicht. Natürlich nicht, denn die Sendung ist aufgezeichnet.
Vorgestern, zwischen zwei Röntgenuntersuchungen, habe ich eine neue Kraft in mir entdeckt: Ich kann die Bewegungen anderer Menschen beeinflussen, also nicht nur die von Hunden. Seit langem schon spüre ich hin und wieder etwas von meinen amputierten Körperteilen: Es juckt am Rücken, ein Bein zuckt, im Bauch grummelt es. Als ich zwischen zwei Untersuchungen zum Abkühlen dalag, begann plötzlich ein Reißen in meinem linken Arm. Ich kümmerte mich nicht weiter darum. Aber zugleich entdeckte ich, daß ein Röntgentechniker Schwierigkeiten mit seinem linken Arm hatte: Er stand da und starrte darauf, wie der Arm sich bog und die Finger sich spreizten. *Genauso* fühlte ich mich. Sogleich verschwanden meine Phantomgefühle – und der Techniker nahm seine Arbeit wieder auf. Bald darauf befand sich ein ausländischer Raumpfleger im Zimmer, ein kleiner, zierlicher Mann mit blauschwarzen Haaren. Er begann plötzlich zu hinken, während ich *zugleich* merkte, daß mein eines Bein einschlief und ganz taub wurde. Es kann kein Zufall gewesen sein. Aber ich bin mir noch nicht ganz klar darüber, wer wen beeinflußt hat, ob ich das Hinken des Mannes ausgelöst habe, oder ob er es war, der mein Bein zum Einschlafen brachte.

16

Sonntag. Ich liege wie üblich da und starre auf meine niederschmetternden Ergebnisse. Auf die Apparate vor mir haben sie die Sprechstreifen geklebt, also das, was ich letzte Woche mit Hilfe des Schreibers von TÜCHTIG von mir gegeben habe. Auf den Streifen steht GHHJQ700P, MNBVCXZ, HGH68YT, QWERTYUI$_9$ und SDFTIJLK. Kein einziges Mal hat TÜCHTIG mit dem grünen Lämpchen geblinkt; sämtliche Äußerungen sind mangelhaft.
Sonntags haben wir besondere Gewohnheiten. Die Visite findet nur bei Bedarf statt. Aber die Versorgung funktioniert wie üblich. Ich und die Tiere müssen Essen bekommen. Es soll allerdings, laut Emma, von Automatisierung die Rede gewesen sein. Neuerdings gibt es von Mikrocomputern gesteuerte Roboter, die zu festen Zeiten genau dosierte Portionen abgeben können. Doch das Labor hat die nötigen Mittel für diese Investition nicht erhalten. Also tauchen mehr oder weniger routinierte Helfer auf, oft von verschiedenen Überwachungsgesellschaften. Natürlich kommen Fehler vor. Am letzten Sonntag wurden meine B-Vitamine vergessen.
Ich habe angefangen, mein Dasein einzuteilen. Ich glaube, das ist notwendig, um zu überleben. Die Wochenenden benutze ich, um zu versuchen, den Rest der Schöpfung unter meine Herrschaft zu bringen; in meinem Fall ist das vor allem der Hund, seit sie die Ratten zum Spülstein hinübergestellt haben. Nach dem Frühstück, wenn wir beide unser Essen verdauen, richte ich meine

Aufmerksamkeit auf den Hund. Ich versuche, mich auf einen Punkt direkt vor seinem Ohr zu konzentrieren. Von meinem Aussichtsplatz her befindet sich der aufgehängte Hund immer im Profil. Vielleicht ist das der Fehler. Wenn ich mich an Emma richte, ziele ich immer auf ihre Stirn. Aber den Hund versuche ich im Profil zu beeinflussen, und das geht nicht besonders gut. Hin und wieder habe ich ihn dazu gebracht, mit der Pfote zu zucken und sie zu bewegen. Aber das kann auch ein Zufall gewesen sein.

Heute war nicht irgendein Sonntag: Emma hat Aufsicht! Und es gibt keinen, der uns stört. Natürlich wollen die Ratten versorgt sein. Aber es gibt keine Visite, keine blöden Buchstabenübungen, keine Kontrolluntersuchungen; sie machen jetzt beinahe täglich ein EEG von mir. Ich vermute, das hängt mit meinen miesen Ergebnissen beim Buchstabieren zusammen. Zuerst habe ich es als Bedrohung angesehen. Daß sie anfangen könnten, mich auszurangieren. Aber eigentlich bedeutet es Sicherheit. Die EEG-Kurven zeigen, daß ich vitaler und heller im Kopf bin als je zuvor. Also kann meine Wortblindheit nicht von einem Gehirnschaden stammen.

Jetzt kommt Emma vom Wiegen zurück. Jedes Wochenende müssen die Meerschweinchen auf dem Speicher gewogen werden. Offenbar nehmen sie an einem akustischen Experiment teil. Wenn sie anhaltendem Lärm ausgesetzt sind, wird ihr Wachstum verzögert. Emma weiß nicht genau darüber Bescheid, aber das eine oder andere kann man sich schließlich selbst zusammenreimen. Nach ihrer Rückkehr widmet Emma sich zuerst dem Hund. Das macht mich nicht besonders eifersüchtig, denn ich weiß, daß sie nachher zu mir kommt.

Der Hund soll für eine Weile von seinem Geschirr befreit werden. Zum erstenmal, seit ich hergekommen bin. Sie beginnt damit, die Schläuche abzustöpseln und Wattebäusche in die kurzen Schlauchenden zu stecken, die vom Bauch des Hundes herabhängen. Da baumeln ein Dutzend braune Schlauchzitzen – das verleiht dem Hund ein feierliches Aussehen. Als er die Schnauze hebt und im Labor herumspäht, gleicht er haargenau der heiligen römischen Wölfin, die Romulus und Remus säugte.

Als Emma sich dann auf mich zubewegt, folgt ihr der Hund ängstlich auf den Fersen, breitbeinig und stolpernd. Die tiefe Anhänglichkeit der Versuchstiere hat etwas Schreckliches; niemals hören sie auf, ihre Quälgeister zu lieben. Emma macht sich einen Pulverkaffee, holt den Hocker herbei und setzt sich. Sie legt das Kinn auf die Ellbogen und sieht mich an, als ob sie zum Fenster hinausschaute.

«Wie heißt der Hund?» frage ich.

«Zuerst mußt du mir ein Frage beantworten!»

«Das kommt darauf an...»

«Ypsilon, warum arbeitest du nicht mit ihnen zusammen?»

«Dann mußt du zuerst eine andere Frage beantworten!»

«Welche?»

«Wer hat den Teewärmer bekommen, den du gestrickt hast?»

«Es war eine Mütze.»

«Aber wer hat sie bekommen?»

Jetzt sind wir endgültig im Patt. Sie überlegt. Ich starre ihr unablässig genau auf die Stirn. Da ich meine Gedanken auf sie übertragen kann – warum sollte es dann nicht auch möglich sein, *ihre Gedanken zu lesen*, genau wie die des Hundes? Das würde mir eine einzigartige Machtposition geben. Doch ich will keine Macht, ich will Liebe. Erst wenn ich keine Liebe bekomme, will ich Macht. Wenn man nicht lieben kann, kann man immerhin hassen.

«Wenn du nicht lieb bist, lese ich dir nicht vor», sagt sie. Jetzt hat Emma die Oberhand. Ich möchte so gern, daß sie mir ein Stück vorliest. Der Informationsfluß hier im Aquarium ist ja nicht gerade so, wie er sein sollte. Aber ich kann ja nicht erklären, wie es sich wirklich mit meinen schlechten Lese- und Buchstabierungsergebnissen verhält. Sie könnte petzen – oder sich versprechen. Ich probiere es mit einer Halbwahrheit:

«Weil ich nicht will!» sage ich. «Man kann nichts lernen, wenn man nicht will!»

Sie sieht aus wie eine traurige Bulldogge und nickt verzagt. Ich merke gleich, daß sie Verständnis für meine Situation hat und sich mit der halben Antwort zufriedengeben wird.

«Okay, Ypsilon. Dann lese ich eben. Aber ich werde *nicht* verraten, wer die Mütze bekommt!»

Das habe ich nun davon. Als sie den Versandkatalog hervorholt, setzt sich der Hund dazu, das Kinn in ihrem Schoß. Am liebsten wäre mir natürlich, wenn wir allein sein könnten. Doch der Hund hat natürlich ein ebenso großes Bedürfnis wie ich, seinen Horizont ein bißchen zu erweitern.

Emma liest aus dem Versandkatalog:

«‹Otter›, Glasfiberkanadier. Tragfähig, geräumig und formschön. Die mäßige Höhe der Steven machen ihn weniger windanfällig. Großzügige Deckung und nach innen gewendete Kiele. Feste Schwimmelemente in den Steven machen ‹Otter› unversenkbar. Außerdem hat er zwei wasserdichte Schotte, die einen guten Platz für die Kameraausrüstung und anderes bieten, was man wasserfest verwahren will...»

Der Hund und ich nicken. Der Hund hängt hingebungsvoll mit seinen Augen an ihren Lippen. Bestimmt möchte er lieber etwas von synthetischen Hundeknochen und vakuumgetrockneten Fischleckerbissen hören, was ich um jeden Preis vermeiden möchte:

«Haben sie dieses Jahr keine Sonderangebote?» lenke ich ab.

«Unsere Ausverkaufs-Schlager: Wir brauchen Platz für Neuheiten. Daher räumen wir die Lager zu Billigstpreisen. Renn- und Trainingsski. GL 4301 Fischer Europa Racing. Glasfiberski mit Kern aus Pappel. Das Modell des Jahres mit Mikroporbelag. Sonderpreis...»

«Gibt es nichts für einen alten Waldläufer?»

«Anoraks. Um am Freiluftleben Spaß zu haben, braucht man vor allem die richtige Kleidung. In der man weder friert noch naß wird. Und auch nicht zuviel schwitzt. Die Kleider müssen zweckmäßig sein. Das klassische Stück zum ‹Überziehen›, für die Pause oder für die Wanderung im kalten Wind, ist der Anorak...»

«Was verlangen sie dafür?»

«Fjällsicher, der norwegische Anorak vom berühmten UDIS, kostet zweihundertfünfundachtzig Kronen.»

«Kannst du ihn für mich bestellen?»

«Du hast doch kein Geld, Ypsilon! Soll ich vielleicht zweihundertfünfundachtzig Kronen aus der Kaffeekasse klauen?»

Der Hund ist jetzt müde und muß wieder aufgehängt werden. Emma legt den Versandkatalog für diesmal weg. Bevor sie gehen, frage ich streng:

«Wer hat die Mütze bekommen, Emma?»

17

Seit mehreren Tagen ist der Hund verschwunden. Sie haben auch die Wiege entfernt, in der er hing. Die Schläuche sind weg. Verschwunden ist auch die große Revolverscheibe darunter, die ruckweise neue Retorten heranführte, damit sie sich mit Magensaft füllten. Ich denke mir, daß der Hund jetzt ausgedient hat. Daß er dem Wärter schlurfend auf den Fersen ist. Oder vielleicht hinter einem der Büromädchen hertrippelt, wenn es zum Kaffee Kopenhagener kaufen geht. Ich mache mir etwas Sorgen, ob ein neuer Hund kommt. Ein jüngerer, scharfzähniger, ungeduldiger, der von keinen Erinnerungen zu erzählen hat. Nachdem der alte Hund nun fort ist, habe ich ihm schon seine rentnerhaft mümmelnde, monotone Eigenliebe verziehen.

Heute abend ist der Hund wiedergekommen! Ich war versunken in meine Theorien über die Erschaffung der Welt. Erst als Emma zum Abschied an die Scheibe klopfte, bemerkte ich die Wiederkehr des Hundes. Er hängt nicht mehr in der Wiege. Statt dessen steht er auf dem Boden. Nur der Kopf und die Vorderbeine sind zu sehen. Da steht er regungslos. Sicher fehlt ihm die Wiege. Zuerst eine Zwangsjacke – mit den Jahren angenehm wie eine alte Bettcouch.

Sogleich erprobe ich meine Kräfte. Bewege die Pfote! funke ich, eifrig wie ein frisch examinierter Telegraphist. Doch der Hund bewegt sich nicht. Spitze ein Ohr, wirf einen Blick! Kein Lebenszeichen. Ich verdoppele meine Anstrengungen. Wenn ich den Hund auch nur millimeterweise beeinflussen kann, läßt sich das im Lauf der Monate ausbauen. Auf lange Sicht kann der Hund mein treuer Diener werden. Ich kann meine Fluchtpläne verwirklichen. Sobald wie möglich versuche ich Emma zu überreden, für mich einen Kanadier aus dem Versandhaus zu bestellen.

Es wird Morgen. Emma kommt. Sie wirkt albern und hektisch. Wieder und wieder versuche ich, mit ihr ein Wort zu wechseln. Sie hat keine Zeit. Auch mit meinem Essen schludert sie. Ich bekomme die doppelte Nahrung und zu wenig Zink. Sie macht sich mit dem Hund zu schaffen. Kurz vor der Visite bedeckt sie ihn mit einem Laken. Dann schminkt sie sich die Lippen und kichert. Die Visite benimmt sich auch nicht wie sonst. Der Professor trägt eine Nelke im Knopfloch. Sie stellen sich vor den Hund. Der Student tritt von einem Fuß auf den anderen, als ob er pinkeln müßte. Plötzlich reißt die Dozentin das Laken von dem Hund. Der Professor lacht. Dann hebt er den Hund hoch und umarmt ihn. Aber der Hund reagiert nicht. Er ist steif wie eine Puppe.

«Emma! Emma!»

Sie reißt sich von der abmarschierenden Visite los und küßt die Scheibe des Aquariums.

«Was ist mit dem Hund passiert?»

«Sei nicht traurig, Ypsilon. Der Hund war alt und müde. Der Chef wird heute sechzig. Wir konnten kein besseres Geschenk für ihn finden, als den Hund auszustopfen. Schließlich haben sie vierzehn Jahre lang zusammengearbeitet!»

18

Ich bin auf meiner zweiten Reise unterwegs. Mein Aquarium haben zwei schnaufende Wärter auf den Schreibtisch der Psychiaterin gestellt. Zuerst plazierten sie mich – vermutlich aus alter Gewohnheit – auf der Ledercouch der Psychiaterin. Sobald sie den Raum betrat, ordnete sie an, mich auf den Schreibtisch zu stellen. Jetzt sitzt sie mit einem Taubstummenbuch auf dem Schoß da und versucht, sich durch Zeichensprache verständlich zu machen.

«Wie geht es?» signalisiert sie.

Was soll ich antworten? Ich habe keine Gliedmaßen, um damit Zeichen zu machen. Hätte sie die Morsesprache gewählt, könnte ich die Ohrwatscheln benutzen; mit langen oder kurzen Schlägen wedeln. Als ich mit dem Schimpansen redete, habe ich ihm direkt in die Stirn geantwortet. Aber das möchte ich jetzt nicht tun. Es mag klug sein, diese Fähigkeit ein wenig für mich zu behalten.

«Du wirkst niedergeschlagen ...»

Das ist völlig richtig. Schließlich hat man mir meinen Zimmergenossen, den Hund, weggenommen. Und was schlimmer ist: Wie ich mich erinnere, ist es nicht das erste Mal, daß mir jemand weggenommen wird. Ich bin zwar einigermaßen mißtrauisch gegenüber meinen Erinnerungen. Ich weiß ja, daß sie mein Gedächtnis entmagnetisiert haben, aber jetzt habe ich Bilder in einer inneren Dunkelkammer; Bilder, die Erinnerungen sein *müssen*. Warum würde ich mich sonst so aufregen?

Ich erinnere mich, daß ich in einem Bett liege. Nein, es ist kein gewöhnliches Bett, es ist ein Respirator. Ich bin dem Rhythmus der Maschine völlig unterworfen. Ich versuche, mich zu entspannen und den Respirator für mich atmen zu lassen, aber die ganze Zeit summt es in meinem Kopf: Wenn nun eine Sicherung durchbrennt!
Nun erinnere ich mich: Neben dem Respirator sitzt eine Frau. Es ist dieselbe Frau, die jetzt mit dem Taubstummenbuch auf dem Schoß vor mir sitzt und mit ihren mageren Fingern herumfuchtelt. Aber als sie am Respirator saß, hat sie nicht gefuchtelt. Da hat sie dicht an meinem Ohr gewispert. Wir haben uns öfter gesehen. Sie wußte alles über mein Leben. Sie war sehr eifrig. Eines Abends machte sie mir einen Vorschlag, ich erinnere mich an jedes Wort: *Wir können dich von deinem Körper befreien,* sagte sie. Ich wollte sofort mit Ja antworten, aber sie hielt mich zurück. Sie bat mich, die Situation genau zu überdenken. Ich glaube, wir hatten etwa zehn Gespräche, bevor sie mein «Ja» akzeptierte.
«Sind es böse Erinnerungen, die dich quälen?», bringt sie nach mehreren Versuchen heraus; wäre Flink als Dolmetscher dabeigewesen, hätten wir bedeutend flüssiger parlieren können.
Jetzt will ich mich nicht weiter erinnern. Ich will mich durchaus nicht erinnern, wie und warum ich im Respirator gelandet bin. Ich habe zugelassen, daß sie mich, das heißt mein Gehirn, aus meinem unbrauchbaren Körper nahmen und in ein Aquarium steckten. Ich weiß, daß ich dankbar sein sollte.
«Gib mir ein Zeichen...», bittet sie.
Aber ich schüttle hektisch den Kopfklumpen. Indem ich unregelmäßig mit den Ohrenflossen paddle, bringe ich mich dazu, vor und zurück zu pendeln. Das Schütteln

nimmt immer mehr zu, ich kann es nicht mehr stoppen. Das Wasser gerät in Aufruhr. Schließlich greift sie mit ihren unbehandschuhten Händen zu, um mich zu bremsen.
Dann geht sie aus dem Zimmer. Ich liege da und starre die Wasserlachen an, die sich auf der Schreibtischunterlage ausbreiten, vom Kalender aufgesogen werden und dann einen Flußarm aussenden, um die Bleistiftschale zu umspülen.
Als sie mit dem Professor wiederkommt, bin ich ganz ruhig. Er betrachtet mich durch eine Lupe, die er an einer schwarzen Kordel um den Hals trägt. Aufs äußerste gespannt verfolge ich seine Bewegungen. Er dreht mir das Profil zu, während er redet, und daher kann ich nur von der rechten Lippenhälfte ablesen. Trotzdem weiß ich, wie die Ordination lautet: erneute Behandlung mit Elektroschocks.
Ich taste ein wenig an meiner letzten Erinnerung herum: Die Frau in Schwarz kommt herein. Die Psychiaterin steht auf und grüßt. Dann verläßt sie rasch den Raum, während die Frau in Schwarz sich auf die Bettkante setzt. Sie berührt mein Gesicht, ohne daß ich es spüren kann.

19

Dies kann nicht die Abteilung für Elektrobehandlung sein. Ich befinde mich im Inneren einer enormen, rotierenden Metallkugel. Die Innenseite ist stahlblank. Dünne rote Linien unterteilen die Kugel in Längen- und Breitengrade. Ich kann mein eigenes Spiegelbild zwi-

schen den Feldern schwimmen sehen. Ich schwebe nicht mehr im Wasser – sondern in Luft, in totaler Gewichtslosigkeit. Die Kugel ist eine Raumzentrifuge.
Im Spiegel sehe ich, daß man mir ein paar Magnete wie kleine Kopfhörer umgehängt hat. Sie müssen dazu dienen, mich von der Stahlwand abzustoßen. Während die Metallkugel mit hoher Geschwindigkeit rotiert, stehen die roten Linien still. Sie sind nicht direkt auf die Kugel gemalt, sondern bestehen aus einem innen angebrachten Netz.
Im Spiegel sind die Gehirnnerven gesträubt wie ein strähniger Heiligenschein. Ich habe eine entfernte Ähnlichkeit mit einem Altarbild, mit dem dreieckigen Auge Gottes, umgeben von goldenen Strahlen. Das Schweben gibt mir ein starkes Glücksgefühl. Ich fühle mich allmächtig. Ich mache ein langsames Looping; ich spüre jede Lageveränderung in den Hohlräumen des Gehirns, in meinen inneren Wasserwaagen. Dann lege ich mich in den Brennpunkt der Kugel. So muß es gewesen sein, als die Welt erschaffen wurde: eine rasch rotierende Leere um ein Energiebündel aus Gold.
Wenn ich reden könnte, hätte ich Buchstaben und Worte über meine Lippen gelassen. Sie würden mich in Planetenbahnen umkreisen. Dann würden wir die Zentrifuge sprengen und in dem noch leeren Universum expandieren. Ich werde mir eine Behausung suchen, wo es mir gefällt. Wohl kaum im Rauschen der Eiche, doch in den polarisierten Ritzen zwischen den Flimmerhärchen der Blätter. Nun brauche ich weder Körper noch Gehirn. Frei werde ich schweben. Meistens halte ich zusammen wie ein Bienenschwarm, der seine Königin beschützt. Bei Bedarf ziehe ich mich zu einem Zellkern zusammen. Oder ich hänge die Gedanken zum Lüften

zwischen die Himmelskörper. Ein andermal rolle ich mich flach zu einer dünnen Mitteilung aus, nicht größer als das Reispapier im Behälter einer Brieftaube. Die Nacht verbringe ich in einer Bibliothek. Ich schlüpfe zwischen Buchdeckel und Papier und lege mich zwischen die Seiten. Dort werde ich wie ein Häufchen Eisenspäne zwischen den Buchstabenkombinationen festgehalten.

Am nächsten Tag erzähle ich mich weiter, übernachte in Tonbandgeräten oder Spinnweben. Zuweilen lebe ich in der Luft, bei einer anderen Gelegenheit zwischen den stacheligen Antennen der Roggenähre; an einem kalten Nachmittag krieche ich zwischen die Bleiplatten einer gewöhnlichen Autobatterie.

Wasser mag ich sehr. In einer Flüssigkeit fühle ich mich sicherer als in dem violetten Aquarellgas, das die Milchstraßen umgibt.

Vor allem möchte ich nicht als etwas Fertiges, etwas Absolutes angesehen werden. Ich ziehe es vor, ein Vorschlag zu sein, ein verirrtes Wort, das umhersummt; ein schwarzes, vakuumgetrocknetes Gedankenpulver oder der unendlich feine, weiße Staub von einer fernen Detonation.

Aber ich bin noch hier, ein Gefangener in der blanken Kugel, die sich immer langsamer dreht, wie ein Karussell, nachdem der Gong ertönt ist. Die Schwerkraft kann sich wieder geltend machen: ich trudele zu Boden. Sie fischen mich heraus, bevor ich aufschlage. Der Operateur flüstert mir ins Ohr:

«Von alledem wird dir nach der Elektrobehandlung nichts mehr im Gedächtnis bleiben.»

20

Heute abend gibt es eine Weihnachtsfeier. Emma ist nicht nach Hause gegangen, nachdem sie mit der Arbeit fertig war. Mehrere bekannte und unbekannte Menschen haben sich am Nachmittag und frühen Abend im Labor oder in der Nähe aufgehalten. Gerade eben hat sich Emma hier eingeschlossen und umgezogen. Eine Sternstunde für den Unterzeichneten! Ein Gentleman ohne Augenlider kann selbst beim allerbesten Willen die Augen nicht zumachen.

Jetzt sitzen sie irgendwo beim Essen. Wenn ich meine Aufmerksamkeit anspanne, kann ich im Äther deutlich die Kaubewegungen, Schluckarbeiten und Nervensignale an verschiedene Verdauungsorgane wahrnehmen. Die Feldtelefone laufen heiß. Auch in meinen Därmen zuckt es ein bißchen. Emma hat von den Weihnachtsgeschenken erzählt. Nicht in Einzelheiten, sondern im Prinzip. Wer die Strickmütze bekommen soll, will sie nicht verraten.

Der Tanz hat begonnen, und Emma hat sich ins Labor geflüchtet, weil sie kotzen muß. Sie sitzt zurückgelehnt auf einem Hocker; mit den Ellbogen stützt sie sich am Tisch dahinter ab. Den Kopf in den Nacken geworfen, das Kleid am Hals aufgeknöpft und den Mund weit aufgerissen. Sie zwingt sich, tief durchzuatmen wie bei Preßwehen. Ein paarmal unterbricht sie sich und ist schon halbwegs vom Hocker aufgesprungen, aber dann nimmt sie ihre Atemgymnastik wieder auf. Der Schweiß perlt ihr von der Stirn. Jetzt schnellt sie hoch, die Hand

vor dem Mund, und kniet sich vor den Abfluß der Behelfsdusche. Ohnmächtig zerre ich an meinen Fesseln – ich will raus und eine kühle Hand auf ihre Stirn legen. Statt dessen kommt der Medizinstudent herein. Er hat immer noch die Kapuze an, die er als Weihnachtsmann bei der Bescherung trug. In der einen Hand hält er einen Becher mit Glühwein, in der anderen einen bunt gemischten Stapel Pfefferkuchen. Als er mich erblickt, legt er neckisch den Kopf schief und kommt auf mich zu. Er zwinkert vielsagend und lehnt ein Lebkuchenschwein ans Aquarium. Ich hänge an seinen Lippen, um ein «Fröhliche Weihnachten» zu bekommen. Aber er sagt nichts, grinst nur bedeutungsvoll, als wüßte er etwas, was ich nicht weiß. Dann verläßt er diskret den Raum, nachdem er die kniende Emma hinten an der Dusche bemerkt hat.
Dreißig Minuten verstreichen, eine nach der andern flattert davon wie Konfetti im Wind. Emma rappelt sich aus ihrer Erniedrigung auf: spuckt, spült nach, gurgelt, wäscht sich, kämmt die Haare, knöpft das Kleid zu, schminkt sich die Lippen und zupft die künstlichen Wimpern weg, die sich in den Augenwinkeln gelöst haben. Sie kommt und setzt sich zu mir. Sehr bald sinkt die Stirn auf die Ellenbeuge. Der Kopf legt sich bequem zurecht, und sie schläft mit einer anbetenden Geste ein – als huldige sie dem am Aquarium aufgestellten Pfefferkuchenschwein. Ich lasse sie ein Weilchen traumlos schlafen. Dann schlüpfe ich in ihren verdunkelten Schädel und erleuchte ihn mit Verheißungen von Gold und weichen Stoffen. Aber ich gehe ein bißchen zu heftig drauf los: Sie wacht mit einem Ruck auf und schaut zuerst das Schwein und dann mich an. Hat das Schwein sich mit schändlichen Anträgen dazwischengedrängt?

Der Student kommt zurück, in jeder Hand einen Becher Kaffee. Er setzt sich dicht neben Emma. Sie teilen sich das Schwein. Der Student ißt seine Hälfte rasch auf, während Emma das Hinterteil unvorsichtig hineinstippt, bis es im Kaffee verschwindet.
«Geht... besser?» fragt der Student; er spricht mit Krümeln im Mundwinkel.
«Habe nur ein halbes Glas Glühwein getrunken», sagt Emma.
Sie sitzen still da, den Kopf in die Hände gestützt, wie ein müdes altes Ehepaar an einer Bartheke. Der Chronometer auf dem Tisch hinter ihnen tickt unerbittlich weiter: 23.01.44, 23.01.45, 23.01.46 ... Hätte ich die physischen Voraussetzungen dazu, würde ich den Mann rausschmeißen und die Frau zu mir hinter die Theke ziehen. Es gibt so vieles, was ich ihr anvertrauen möchte.
Jetzt wird der Student von der Psychiaterin abgeholt. Sie kommt und drängt sich mit einem Mistelzweig dazwischen, den sie über ihren Köpfen schwenkt. Als sie die beiden nicht dazu bringt, sich zu küssen, schleppt sie den Studenten zum Tanzen ab.
Endlich allein.
«Emma, ich muß dir was erzählen...»
Sie nickt schläfrig, nimmt sich dann zusammen und schüttet den kalten Kaffee in sich hinein. Verzieht den Mund über den aufgeweichten Pfefferkuchen.
«Es geht um diese Leseübungen», teile ich ihrer Stirn mit.
«Ich verstehe nicht richtig», formt sie mit den Lippen.
«Die Leseübungen. Dieser Kindergarten, den die Forscher mir aufzwingen wollen.»
«Meinst du TÜCHTIG?»

«Genau. Dieser Blödsinn, mir das Bild von einem Affen zu zeigen, um mich dann dazu zu bringen, mit Hilfe des Morsealphabets den Buchstaben A zu sagen.»
«Was ist damit?»
«Das hast du ja mehrmals gefragt: warum ich nicht zusammenarbeite.»
«Kannst du denn lesen?»
«Selbstverständlich. Wenn die Forscher schon Millionen dafür ausgeben, ein lebendes Gehirn in einem Aquarium zu präparieren, dann werden sie doch den Teufel tun, einen Analphabeten dazu auszusuchen.»
«Da mag was dran sein.»
«Genau. Also es ist so: Wenn ich richtig antworte, indem ich A signalisiere, wenn sie mir den Affen zeigen, weißt du, was dann passiert? Ja, dann kriege ich einen Schluck von diesen Freudentropfen aus dem Behälter, der auf TÜCHTIG steht.»
«Ja?»
«Na, und weißt du, wie man sich dann fühlt?»
«High.»
«Stimmt genau.»
«Magst du denn nicht high sein?»
«Doch. Ich meine nein. Ich will nicht abhängig werden, verstehst du? Ich will nicht auf diese Freudentropfen süchtig werden, ich will nicht nach ihren Bedingungen high werden, begreifst du?»
«Das macht bestimmt nicht abhängig. Der Professor nimmt es damit sehr genau.»
«Ja, aber begreifst du denn nicht? Eines schönen Tages brauchen sie nicht mal mehr Freudentropfen! Eines Tages bin ich so konditioniert, daß sie mir nur den Affen zeigen, und schon habe ich den Buchstaben A auf der Zunge ... so daß ich mich von selber high fühle!»

«Wie toll!»
«Es ist überhaupt nicht toll. Ich fühle mich hereingelegt, verstehst du nicht?»
«Ich frage mich, ob du nicht ein bißchen undankbar bist...»
«Nein, Emma! Versteh doch. Du bist die einzige, der ich vertraue. Du mußt das einfach begreifen! Sie könnten ja anfangen, mich zu manipulieren, wie es ihnen paßt. Sie könnten ein anderes Bild benutzen, irgendwas Mathematisches, das ich niemals lösen kann. Und immer wenn ich drauf reinfalle, schütten sie mir was rein, was mir solche Angst macht, daß ich mir in die Hosen scheiße! Ich will kein Sklave der Chemie werden!»
«Sind wir das nicht alle... in Wirklichkeit?»
Natürlich hat sie recht. Aus einer materialistischen Sicht des Menschen folgt, daß das Seelenleben nur aus Physik und Chemie besteht. Trotzdem hat sie unrecht: in der Praxis sind uns die feineren Mechanismen verborgen, und das gestattet uns, uns selbst als einigermaßen freie und selbständige Individuen zu empfinden.
«Sei nicht traurig, Ypsilon. Für mich bist du keine Maschine! Für mich bist du...»
«Was?»
«Genausoviel wie irgendein anderer Mensch!»
«Wirklich?»
«Wenn nicht mehr. Du bist tatsächlich ein guter Kamerad.»
«Nicht mehr als das?»
«Sei jetzt nicht dumm.»
Wir schauen einander ein Weilchen tief in die Augen, dann fängt sie an zu grinsen. Ich mag sie am liebsten, wenn sie fröhlich ist.
«Weißt du was, Ypsilon?»

«Nein?»
«Schade, daß es jetzt nicht Zeit zum Baden ist. Ich würde dich gern baden, und dann würde ich dich in ein Handtuch wickeln und dich lange auf dem Schoß halten. Und dann würde ich dich ganz, ganz behutsam abtrocknen.»

21

Ich liege da und schaue einen Film an. Im Zimmer ist es halbdunkel. In dem Gang zwischen den Labortischen steht ein Gestell mit einer Leinwand. Der Film ist in Farbe, aber er ist grell und grobkörnig. Ich bin nicht allein im Raum. Links sitzt ein jüngerer Mann mit einem aufgeknöpften Kittel. Auf dem Tisch neben ihm hockt ein Schimpanse in einem bis zum Hals zugeknöpften weißen Kittel. Zusammen schauen wir uns den Film an.
Der Film zeigt irgendein wissenschaftliches Experiment. Anfangs schwenkt die Kamera über ein Labor mit diversen elektronischen Ausrüstungen. Dann fährt sie auf einen Abzugschrank zu. Im Abzugschrank steht ein länglicher Glaskasten, der mit Wasser gefüllt ist. Von der Decke des Abzugschranks führen lange Bündel mit dünnen Kabeln zu dem Kasten. Ein junger Mann im weißen Kittel – es ist derselbe jüngere Mann, der jetzt links von mir sitzt – macht sich an den Kabeln zu schaffen. Es folgt ein großer Zeitsprung im Film: Der Mann steht mit einem Handtuch über den Händen da. In dem Handtuch liegt ein gelbrosa Klumpen, den er der Kamera entgegenhält. Es ist unmöglich, den Gegen-

stand zu identifizieren. Er hat eine entfernte Ähnlichkeit mit einem Kilo in Plastikfolie verpacktem Hackfleisch. Szenenwechsel: Man befindet sich in einem kleinen engen Raum. In der Mitte steht eine Pritsche, darauf eine mit Gummi bezogene Matratze. Die Pritsche ist schmal, es gibt Riemen für Hände und Füße. Am Kopfende steht ein gelber Blechkasten auf hohen, mit Rädern versehenen Beinen. Oben auf dem Kasten sind einige runde Schalttafeln angebracht. An einem Haken hängt etwas, das am ehesten einem Paar klobigen, schwarzen Kopfhörern gleicht. Der Mann mit dem Handtuch steht plötzlich am Kopfende der Pritsche. Er legt den gelbroten Klumpen darauf. Dann nimmt er eine Plastikflasche mit einer Gießtülle, wie man sie zum Hemdenbügeln benutzt, und besprenkelt den Klumpen mit Flüssigkeit. Ein anderer Mann im weißen Kittel steht neben dem gelben Blechkasten. Er wirkt nervös und angespannt. Er hält die schwarzen, klobigen Kopfhörer in der Hand. Im Hintergrund ist der Schimpanse zu erkennen, der neben einem runden Stahlhocker auf den Zehen steht.
Der nervöse Mann setzt dem Klumpen den Kopfhörer auf. Von den Hörmuscheln führt ein rotes und ein schwarzes Kabel zu dem Blechkasten. Ein älterer Mann betritt den Raum. Er ist ruhig und freundlich. Er begrüßt die beiden anderen, tätschelt dem Schimpansen den Kopf und beugt sich über den Klumpen mit den Kopfhörern, um die Befestigung zu kontrollieren. Dann gibt er dem Klumpen einen kleinen Klaps.
Nahaufnahme des gelben Blechkastens. Auf dem Kasten befindet sich ein Drehschalter mit zwei Stellungen, «on» und «off». Die Hand des ruhigen Mannes dreht den schwarzen Schalter von «off» auf «on». Nahaufnahme des Klumpens mit dem Kopfhörer. An der Oberflä-

che des Klumpens wechselt ein Zucken mit langsamen, wogenden Wellenschlägen. Die Prozedur wird dreimal wiederholt. Im Bild wird auch ein Amperemeter gezeigt, das heftig nach rechts ausschlägt, um dann träge in die Ausgangslage zurückzusacken. Ein letztes Bild zeigt den jüngeren Mann am Kopfende der Pritsche. Er lächelt und macht das V-Zeichen.

Der Film ist zu Ende. Das Licht geht wieder an. Die Leinwand wird eingerollt. Der Filmprojektor, der direkt neben mir gestanden hat, wird in einen Kasten aus weißem Frigolit gepackt. Alle verlassen den Raum bis auf den älteren, ruhigen und sympathischen Mann. Er steht genau vor mir und hält den Schimpansen an der Hand. Der Affe schaut zutraulich zum Gesicht des Mannes hoch, während er eine Möhre kaut.

Der Mann beugt sich zu mir vor und bewegt langsam und übertrieben deutlich die Lippen. Ich versuche, ihm zu folgen. Es ist mühsam. Ich weiß, daß er mir etwas zu sagen versucht, aber ich kann es nicht recht deuten. Da nimmt er statt dessen den Schimpansen auf den Arm. Dieser hat jetzt die Möhre wie eine dicke Zigarre im Mundwinkel und macht mit seinen Händen Zeichen. Ich versuche, sie zu deuten. Ich weiß eigentlich, was die einzelnen Zeichen bedeuten, aber ich habe Schwierigkeiten, sie zusammenzustellen und Worte daraus zu bilden; wie ein längst pensionierter Marineoffizier, der eine Flaggennachricht zu lesen versucht. Plötzlich läßt der Mann den Schimpansen auf den Boden hinunter und droht ihm mit erhobenem Zeigefinger. Der Schimpanse schlurft schuldbewußt davon und hangelt sich an einem Metallgestell hoch. Der Mann beugt sich wieder über mich und grimassiert mit den Lippen. Ich glaube, er sagt:

«Erkennst du mich?»
Ich erkenne das Gesicht. Aber ich weiß nicht recht, wo ich ihn hintun soll. Er wiederholt die Frage, und ich möchte antworten, weiß aber nicht, wie. Ich tue ein paar Schläge mit den Ohren – ich wußte gar nicht, daß ich mit den Ohren wedeln kann – und nicke auf diese Weise bejahend.
Der Mann erwidert das Nicken, beugt sich noch näher und sagt:
«Man nennt mich den Professor. Aber eigentlich heiße ich George.»
Ich nicke, verneige mich und versuche, mir den Namen zu merken. Es bereitet mir Schmerzen, wenn ich mich zu erinnern versuche. Der Kopf fühlt sich so durchgerüttelt an, als wäre ich gegen eine Wand gerannt.
«Morgen geht es dir besser», sagt der Mann namens George.
Eine junge Frau kommt zu mir her und lächelt mich an. Sie hat eine schmale Nase und einen Schmollmund. Sie beugt sich zu mir herunter und sagt:
«Hallo, ich bin Emma. Aber daran kannst du dich jetzt nicht erinnern. Nach den Elektroschocks.»
Emma und George, ich nehme mir vor, mir die Namen zu merken. Ich würde gern auch selbst dem Paar einige Fragen stellen. Aber ich schaffe es nicht, herauszubekommen, wie das zu machen wäre. Es fühlt sich so an, als hätte ich einen Mund. Im nächsten Moment ist der Mund wie weggeblasen. Nur lauwarmes Wasser plätschert gegen den Gaumen.
George – hieß er so? – sagt wieder etwas. Ich verstehe nichts, und er muß wiederholen:
«Tüchtig», sagt er und tippt aufmunternd mit dem Finger ans Aquarium.

Das merke ich mir. Da er selbst George heißt und die Frau… Mama?, muß nach der Ausschließlichkeitsmethode Tüchtig ich selber sein. Die Frau taucht eine winzige Pipette ein und saugt etwas Flüssigkeit auf.
«Er ist jetzt unter 200 IQ», sagt sie zu George.
Ich pfeife auf ihre Werte. Statt dessen versuche ich, meinen Namen auswendig zu lernen: Ich heiße «Tüchtig», wiederhole ich mir immer wieder.

22

Ich glaube, wir lernen nie, wie wir aussehen. Jedes Bild von uns erscheint wie eine Fälschung. Sie haben jetzt zum viertenmal den Film gezeigt, in dem man die Elektro-Behandlung mit mir vornimmt. Nach den drei letzten Malen hat George gesagt:
«Du mußt akzeptieren, daß *du* das bist.»
Ich möchte es ja gern akzeptieren. Aber zugleich mag ich nicht unehrlich sein. Es will mir nicht in den Kopf, daß dieser rötlich-graue, zerklüftete Klumpen im Film *ich* sein soll. Es kommt mir so erbärmlich vor.
«Schau mich an», sagt George, krempelt die Ärmel hoch und macht die obersten Knöpfe auf, so daß die Brust zu sehen ist. «Was ist denn *eigentlich* der Unterschied?»
Wir verständigen uns über einen Apparat, der in einem Winkel von 90 Grad neben mir steht, so daß ich ihn die ganze Zeit aus dem Augenwinkel überwachen kann. Der Apparat besteht aus einem Bildschirm. Auf dem Schirm ist ein Lippenpaar zu sehen. Wenn ich das Wort «hallo» denke, formen die Lippen mit lächerlicher Überdeutlichkeit «HHHAAALLLOOO». Wenn ich will, kann

ich mit mir selbst reden. Morgens nach dem Aufwachen kann ich sagen: «Grüß dich, du alte Galosche!» «Galosche» ist eins der Übungswörter. Man ermahnt mich zu üben, sobald ich eine freie Stunde habe. Ich bin schon geschickter als George, wenn ich mit den Lippen «Galosche» forme – aber der Vergleich ist natürlich ein bißchen ungerecht: Mir steht die Elektronik zur Verfügung, während George auf seine ganz gewöhnlichen Lippen angewiesen ist.
Ein Problem ist, daß George immerzu den Kopf drehen muß. Wenn er mit mir redet, muß er seinen Mund genau vor mir haben. Ich muß beide Mundwinkel sehen können. Wenn ich dann aber rede, muß George den Kopf ins Profil drehen. Sonst kann er den Bildschirm nicht sehen. Ich habe vorgeschlagen, daß man zwei Bildschirme anschafft: einen großen auf dem Tisch vor mir, an dem ich meine eigenen Worte ablesen kann – und zusätzlich einen kleinen, der neben mir steht und den das Personal einsehen kann, ohne den Blick von mir zu wenden. Aber aus Kostengründen geht das nicht.
«Aber ein Spiegel kostet doch nicht so viel?»
Jetzt suchen sie gerade nach einem Spiegel. Die Frau, die nicht Mama, sondern Emma heißt, ist ihn holen gegangen. Unterdessen fährt George hartnäckig fort:
«Wenn ich dir dein Herz zeigen würde und dir sagte: Das bist du. Würdest du das leugnen?»
Was antwortet man auf eine solche Frage? Hier können sie doch auftischen, was sie wollen: Herz, Nieren, Leber, Lungen. Wie sollte ich mich wiedererkennen?
«Du hast Vorurteile, Tüchtig», sagt George dann. «Warum sich an einem Gesicht festklammern? Angenommen, alle Menschen liefen mit dem Herzen als einem rotbraunen, pulsierenden Klumpen auf dem Hals

herum, statt ihres Gesichts. Ziemlich bald würden wir erkennen, daß unsere Herzen nicht ganz identisch sind. Das ist genau wie mit den Chinesen, Tüchtig. Wer einmal in China gewesen ist, findet nicht mehr, daß alle Chinesen gleich aussehen.»

«Bist du schon mal in China gewesen?»

Er ist unzufrieden, als er sich mir wieder voll zuwendet, nachdem er diese Frage abgelesen hat.

«Wie geht es dir eigentlich, Tüchtig? Ich frage mich allmählich, ob wir dir nicht ein paar Elektrobehandlungen zuviel verpaßt haben. Du bewegst dich ja weit unter deinem Niveau. Hast du wirklich das Gefühl, daß dein IQ etwa bei dreihundert liegt?»

«Ehrlich gesagt, nein.»

«Aber meinst du nicht, daß es vorangeht?»

«Eine Daumenbreite pro Tag, manchmal zwei.»

George hat Schwierigkeiten, «Daumenbreite» vom Lippenbildschirm abzulesen; er ist noch kein richtig routinierter Lippenleser.

«Millimeter!» sage ich statt dessen.

Jetzt kommt Emma mit dem Spiegel. Ich bin ihr gegenüber ein bißchen abwartend; sie scheint mir so nahe, aber zugleich so weit weg. Sind wir Schulkameraden gewesen? Bei Gelegenheit werde ich danach fragen. Emma ist in der Lippensprache besser zu Hause als George. Sie stellt den Spiegel vor mich hin, und George sagt:

«Schau jetzt genau hin, Tüchtig. Das bist *du.*»

Ich schaue genau hin. Von nahem sehe ich vielleicht nicht ganz so dämlich aus wie in dem Film. Mein Auge hat eine gewisse Schärfe. Die Ohren sind wohlgeformt, aber etwas abstehend. Ich sehe nicht ganz so schutzlos aus, wo ich jetzt hier im Aquarium liege, wie im Film.

Da hat man mich auf einem feuchten Handtuch herumgetragen.
«Tja, das bin ich wohl», sage ich ein wenig halbherzig.
Dann probieren wir, ob man den Spiegel anstelle eines zweiten Bildschirms verwenden kann. Aber es will nicht klappen: Ob wir nun den Spiegel auf den Tisch stellen und den Bildschirm neben mich oder umgekehrt, immer ist das Spiegelbild zu klein. Aber verwirrend ist vor allem die umgekehrte Perspektive im Spiegel, daß Rechts zu Links wird und umgekehrt. Nun könnte man meinen, das spiele keine Rolle; ein Mund sollte ganz symmetrisch sein. Weit gefehlt! Mit Mündern ist es genau wie mit Gesichtshälften, die eine Hälfte kann in einem dialektischen Verhältnis zur anderen stehen. Vermutlich verhält es sich mit den beiden Sphären des Gehirns genauso: Die eine beherbergt das Gefühl, die andere den Intellekt. Das Seelenleben kann nur gedeihen, wenn Rechts und Links in einem fruchtbaren Spannungsverhältnis stehen.
Bald wird man mir einen Silberdraht einoperieren. Der Silberdraht wird von meinem Sprechzentrum zu einer kurzen Antenne oben auf dem Gehirn führen. Durch die Antenne werde ich meine Worte direkt an die Umgebung senden können. Sie ihrerseits brauchen als einzige Ausrüstung eine ganz gewöhnliche Hörbrille.
Als Emma den Spiegel wegnimmt, sagt sie:
«Schade, Ypsilon, daß es mit dem Spiegel nicht geklappt hat.»
«Ich heiße Tüchtig und nicht Ypsilon!»
George lacht und sieht Emma an:
«Nein, ‹Tüchtig›. Du hast deinen Namen mißverstanden. Du heißt Ypsilon. Das wirst du verstehen, sobald die Stücke sich wieder zusammenfügen.»

Als sie mir die Erinnerungen mit Elektroschocks weggeschossen haben, empfand ich in den ersten Tagen eine große Euphorie und ein Glücksgefühl; als schwebte ich einen halben Meter über der Erdoberfläche, befreit von allem alten Erinnerungskrempel. Jetzt verblaßt dieses Gefühl. Statt dessen trete ich Wasser und versuche, etwas anderes Festes unter die Füße zu kriegen. Als Emma zu mir Ypsilon sagte, war mir, als hätte ich für einen Moment einen festen Stand. Aber gleich darauf glitt ich ab, als sei der Name Ypsilon mit Schmierseife eingerieben. Ist das wirklich mein ursprünglicher Name? Emma? Emma! Beuge dich herunter und küß mich. Nein, ich verlange nicht, wie die Kröte als Prinz wiederzuerstehen. Gib mir nur einen Körper.

23

Als der Affe einen Stuhl anschleppt und heraufklettert, kriege ich Angst. Er hat ein gestricktes, rundes Käppchen auf, das aussieht wie das Hütchen einer Eichel. Der Affe macht Zeichen und grimassiert. Es ist derselbe Schimpanse, der George neulich begleitet hat. Er flößt mir Unbehagen ein. Zuerst mache ich mir nicht die Mühe, seine Zeichensprache zu deuten. Aber schließlich kann ich nicht wegsehen. Obwohl ich es gern täte. Wenn ein Minderbegabter sich einem spuckend und fauchend ins Gesicht drängt, wendet man ihm instinktiv das Profil zu.

Aber der Affe gibt nicht auf. Immer langsamer und deutlicher gestikuliert er:

«Mein Name ist Flink. Mein Name ist Flink...»

Der Name sagt mir nichts. Aber um den Affen zu beruhigen, schalte ich die Gedankenübertragung ein: «Und ich heiße Tüchtig.»
Das gefällt dem Affen nicht. Zuerst glotzt er erstaunt, dann bricht er in eine Kaskade von Gesten aus – wie wenn man jemand brutal aus dem Tiefschlaf reißt.
«Dein Name ist Y-p-s-i-l-o-n.»
«Mein Name ist Tüchtig», erwidere ich. «Du bist auf dem Holzweg.»
Der Affe läßt seine langen Kranarme sinken, legt den Kopf mit dem Strickkäppchen schief und sieht sehr betrübt aus.
«Du wirst dich wieder erinnern», sagt er in Zeichensprache.
Ich will mich nicht erinnern. Ich will ganz von vorn anfangen. Sobald ich mich zu erinnern versuche, bekomme ich Migräne. Es bekommt mir am besten, wenn ich versuche, geradeaus zu starren, und auf keinen Fall zur Seite oder über die Schulter zu blicken.
«Wir müssen einander helfen, uns zu erinnern», sagt der Affe.
Ich weiß nichts von dem Affen. Er kommt meistens mit George. Das ist alles, was ich weiß.
«Wir wollen eine Abmachung treffen», sagt der Affe. «Wir werden uns gegenseitig unsere Erinnerungen aufbewahren. Wenn du mir dein Leben erzählst, werde ich es mir einprägen, bis ich es auswendig kann. Wenn sie dich dann mit Elektrizität abstellen, erzähle ich dir hinterher von deinem Leben.»
«Und ich? Du willst doch etwas dafür haben?»
«Daß du mir denselben Gefallen tust.»
«Es gibt nichts zu erzählen. Von dir weiß ich überhaupt nichts. Und von mir selber auch nicht viel mehr.»

«Doch! Irgend etwas wirst du schon wissen!»
Plötzlich horcht der Affe auf. Wieviel Uhr ist es? Ist jetzt Zeit für Essen, für die Visite, oder ist es der Nachtwächter, der kontrolliert, daß kein Wasserhahn läuft? Der Affe springt hinunter, schiebt den Stuhl zurück. Bevor er geht, stellt er sich vor mir auf die Zehen und gestikuliert:
«Wir sind Freunde. Vergiß das nicht. Aber wir dürfen nicht zeigen, daß wir Freunde sind. Sonst erlauben sie nicht mehr, daß wir uns treffen.»

24

Zum Zahnarzt gehen, das ist, als würdest du auf den Rücken geschmissen und im Mund vergewaltigt. Aber ich habe ja keinen Mund. Sie haben die Kopfstütze des Zahnarztstuhls mit Handtüchern gepolstert und mich darauf gebettet, so daß mein Auge genau auf die große, blendende Lampe gerichtet ist. Mehrere Personen hokken um mich herum; im Augenwinkel ahne ich George – genannt der Professor – sowie weitere zwei, drei Männer mit Mundschutz und nackten Unterarmen. In den Spiegeln, die die grelle Glühlampe umgeben, kann ich sie arbeiten sehen. Einer von ihnen hält eine Sprayflasche, ein anderer einen Absaugschlauch, der dritte ein schmales, spitzes Instrument, das an einen Bohrer erinnert. Da ich mich nun auf trockenem Land befinde, kann ich auch Geräusche wahrnehmen. Ich höre das Kratzen von Metall, das Plätschern von Wasser, etwas, das zischt, jemand, der mit einem Fuß scharrt; kurz angebundenes Gemurmel hinter den Gesichtsmasken.

Plötzlich sagt George:
«Lieg still, Ypsilon, wir wollen nur eine Röntgenaufnahme machen.»
Alle verschwinden. Ich ruhe einsam auf der Kopfstütze des Stuhls und warte mit angehaltenem Atem. Es ist nicht schwer, stillzuhalten. Die einzige Bewegung, die ich ausführen kann, ist das Wackeln mit den Ohren. Und nicht einmal das habe ich auf dem Trockenen auszuprobieren gewagt. Ich habe so lange im Wasser gelebt, daß ich mich vor der Luft fürchte und Angst davor habe, daß ich austrockne, daß die Ohren oder Kiemen oder was immer es ist, was von meinen Schläfen herabhängt – daß diese Hautbeutel mangels Flüssigkeit zusammenschnurren und unaufhaltsam zu Kartoffelchips erstarren, unbrauchbar für jede Art des Schwimmens.
Meine Aufmerksamkeit ist vor dem Röntgen gespannt wie eine Feder. Das Gefühl gleicht dem, das man angesichts eines Exekutionskommandos haben muß, im Warten darauf, daß es auf die Knie fällt, zielt und ... Der Röntgenapparat macht leise «klick». Natürlich ist überhaupt nichts zu spüren. Millionen Partikelchen durchdringen meine Gehirnmasse, und ich merke es nicht einmal. Was gäbe es für einen besseren Beweis dafür, daß die Seele ihren Sitz woanders haben muß? Vielleicht schwebt sie in diesem Moment wie eine große, unsichtbare Sprechblase über mir, eine dünne, durchsichtige Plastiktüte, die in den Gehirnwindungen verankert ist; der Geist auf dem Weg aus der Flasche, doch festgehalten für die Analyse.
Sie kommen zurück, und ich sperre automatisch den Mund auf. Aber es ist nicht mein ehemaliger Mund, für den sie sich interessieren. Sie fuhrwerken oben in mei-

nem Kopf herum. Ein Gehirn ist ja völlig unempfindlich gegen Schmerz – aber als sie in mir herumstochern, kann ich ein leichtes Kitzeln spüren. Außerdem zieht es. Ich bin dankbar, daß sie nicht das Blaue vom Himmel herunterreden, über Film und Theater konversieren ... In einem Zahnarztstuhl liegen und nicht antworten können ... Ich weiß, daß mir das schon passiert ist, aber wann? Wo? Jedenfalls nicht vor allzu vielen Jahren. Wäre ich ein Mensch des 19. Jahrhunderts, würde ich mich kaum zwischen Plastik und rostfreiem Stahl zurechtfinden. In diesem Fall wäre ich eingestellt auf poliertes Holz, Gußeisen, einen Drillbohrer, der mit einem Spinnrockenpedal betrieben wird, und auf erlesene Instrumente mit schönen Verzierungen. Die Männer nicht in Weiß, sondern im Gehrock.
«Wir brauchen noch eine Aufnahme», sagt George. «Die letzte. Damit wir sicher sind, daß die Antenne richtig sitzt.»
Wieder verschwinden die anderen. Ich konzentriere mich auf die Strahlung. Ich weiß nicht, ob es eine Illusion ist, aber ich meine zu spüren, wie die Gehirnmasse von Milliarden von Elementarpartikeln durchquert wird; sie kommen vereinzelt und langsam angesegelt, majestätisch und lautlos, wie in einer Weltraumoper.
Erst jetzt geht mir auf, daß ich gehört habe, wie George mit mir redet! Ich habe nicht von seinen Lippen ablesen können, er hat *gesprochen.* Ein Wunder?! Nein, es gibt eine ganz natürliche Erklärung. Die dünne Silberantenne, die George schon lange angekündigt hat, sitzt jetzt an ihrem Platz in meinem Sprech- und Hörzentrum. Vermutlich braucht man noch weitere Apparaturen: ein paar gedruckte Schaltungen, eine Diodenbatterie ...

was weiß ich; die Spin-off-Produkte der Raumforschung sind zu zahlreich, als daß ein technischer Laie sich mit ihnen auskennen könnte.
«Ypsilon! Lieg jetzt still, damit wir die ausgehende Verbindung richten können!»
Andächtig blicke ich zu den Spiegeln der Deckenlampe auf. Acht flache Spiegel umgeben die Lichtquelle. In diesen acht kleinen Vierecken wiederholt sich dasselbe Bild: Vier Rücken mit knöchellangen, hinten verschnürten weißen Kitteln beugen sich über mich. Der bleiche, runzlige Klumpen im Zentrum bin ich – nicht unähnlich einem Neugeborenen, das sein geschwollenes, verkniffenes Frätzchen in die freie Luft streckt. Mit dem Verstand habe ich mittlerweile akzeptiert, daß ich ein freigelegtes Gehirn bin – aber zutiefst in meinem Gefühlsleben, wo immer sich dieses befinden mag, bin ich ein gutgebauter Mann mit klaren Zügen und unternehmungslustig funkelndem Blick.
George hält eine glänzende Nadel zwischen Daumen und Zeigefinger. Einen Moment blitzt sie auf wie ein Zauberstab. Dann stößt er die Nadel in mich hinein.
«Das war's. Wie fühlst du dich?»
«Prima!»
«Warte. Ich habe die Hörbrille vergessen.»
«Prima!» wiederhole ich.
«Prima!» ruft George so laut, daß ich fast aus dem Stuhl fliege.
«Stell es leiser, wenn du schreien willst», sage ich.
«Fabelhaft», flüstert er und beugt sich zu meinem Auge herab. «Fabelhaft, Ypsilon! Wenn du einen Mund hättest, würde ich ihn küssen.»
Jeder schüttelt jedem die Hand – nur mir nicht. Es ist ein großer wissenschaftlicher Erfolg. Erst jetzt, nachdem

sie es geschafft haben, eine technisch unkomplizierte Zweiwegverbindung zu mir herzustellen, kann unsere Zusammenarbeit ernstlich beginnen. Was wir bisher geschafft haben, waren größtenteils Zirkuskünste unter der hohen Schirmherrschaft der Forschung; ein dokumentiertes und protokolliertes Spiel, wie wenn man Tauben mit Hilfe bedingter Reflexe dazu bringt, Mensch-ärgere-dich-nicht zu spielen.

Dann wollen alle mit mir reden. Die Hörbrille wandert von einem zum andern. Aber sie vergessen, sich vorzustellen, so eifrig sind sie, mit dem weichen Computer im Zahnarztstuhl zu sprechen.

«Mit wem spreche ich jetzt?» frage ich immerzu. «Bist du der, den man den Medizinstudenten nennt?»

Sie kichern und flachsen, als hätten sie schon den Champagner getrunken, der sicherlich in einem von *Biochines* zahlreichen Kühlschränken wartet. Einer nach dem andern kommen sie jetzt an und verbeugen sich:

«Mein Name ist Peter. Angenehm!»

«Und ich heiße Curt, hallo!»

Wie kann ich wissen, daß der Medizinstudent, das heißt Curt, seinen Namen mit C schreibt? Das ist kein Problem, ich *weiß* es ganz einfach. Wenn sie reden, höre ich außerdem ein schwaches Geplapper im Hintergrund. Sind das Störungen aus dem Radio? Ganz und gar nicht: Es sind ihre Gedanken. Ich verstehe nur vereinzelte Worte in ihrem Gedankenfluß, aber mit etwas Übung traue ich mir zu, den Gedanken mehr oder weniger ungehindert folgen zu können. Und was hören sie? Hören sie meine Gedanken?! Ich sage zu Curt:

«Ein netter Name. Kurz und leicht zu merken.»

Gleichzeitig denke ich so deutlich wie ich kann: Wenn ich eine Axt hätte, würde ich sie dir mitten auf die Rübe

hauen, daß du nur so an die Wände spritztest!
Aber Curt lächelt nur, winkt mit beiden Händen und spitzt glücklich den Mund, als stünde er über eine Wiege gelehnt. Aber ich sehe nicht aus wie ein Baby. Als ich mich selbst in den acht Spiegeln der Lampe fixiere, sehe ich den obligatorisch bleichen und faltigen Klumpen mit einem spitzen Ohr auf jeder Seite – und mittlerweile zwei Silberantennen, die aus den Stirnlappen herausragen. Nein, ich sehe nicht aus wie ein Neugeborenes. Eher wie jemand, der vom Mars gefallen ist.

25

Es ist Sonntag. Einer der Aushilfswärter hat mich gefüttert. Lange drehte er die Pflegevorschriften hin und her und stocherte zwischen den Pipetten auf dem Essenswagen herum. Es lohnte nicht den Versuch, mit ihm zu reden. Jemand hat die Hörbrille über das Wochenende weggeschlossen. Aber er schaffte die Fütterung, selbst wenn es dreimal so lang dauerte wie sonst. Danach waren wir beide erleichtert; der Wärter machte eine Flasche Bier auf, und ich legte mich auf den Boden des Aquariums, um mir in Ruhe etwas für Flink zu überlegen. Eh man sich's versieht, kommt er mit seinem «Erinnerungspakt»: Erzähle ich dir etwas, mußt du mir etwas erzählen.
Aber man ließ mich nicht in Ruhe. Sobald der Wärter mit dem Essenswagen verschwunden war, kam George herein und schloß die Tür sorgfältig hinter sich. In der linken Hand trug er seine gewöhnliche, halbmondförmige Lesebrille – in der rechten die schwerere Hörbrille

mit schwarzen Bügeln. Er zog einen Hocker heran, setzte sich zurecht, nahm die Hörbrille und paßte sie so genau an wie vor einem Violinkonzert.
«Ich störe doch nicht?»
«Aber ich bitte dich», antworte ich; seit wir direkt miteinander sprechen können, fühle ich mich unsicherer und ausgelieferter – die früheren, umständlicheren Systeme ließen mir mehr Zeit zum Nachdenken.
«Das Traurige ist, daß man als Chef niemanden hat, dem man sich anvertrauen kann», sagt George. «Wir haben hier ein gutes Arbeitsklima, einen ausgezeichneten Teamgeist, aber trotzdem mußt du verstehen, Ypsilon, daß man einem Untergebenen nicht alles erzählt. Und was die Konzernleitung betrifft... Lassen wir das lieber. Kann ich mich auf deine Diskretion verlassen?»
«Nein.»
«Nein?»
«Das weißt du selbst am besten. Woher soll ich wissen, wieweit mein Gedankeninhalt dem Datenschutz unterliegt? Du und deine Mitarbeiter, ihr könnt vielleicht direkt in mich hineingehen, wie in eine Magnetbank, wenn ihr nur den richtigen Datenschlüssel habt?»
«Utopien!» lacht er. «Bis jetzt hat noch keiner es geschafft, direkt in ein Herz hineinzuspähen.»
«Aber was ist mit meiner Erinnerung? Derentwegen ich die Elektrobehandlung bekomme?»
«Damit ist jetzt Schluß. Wir haben nicht das erreicht, was wir erhofften.»
«Nämlich?»
«Einfach ausgedrückt: Freie Rindenkapazität. Wir dachten dummerweise, wenn wir dein Gedächtnis entmagnetisierten, würden freie Flächen übrig bleiben.»
«Wie wenn man ein Tonband löscht?»

«Ich gebe zu, daß die Theorie etwas zu simpel war.»
«Dann bleibe ich also künftig von den Schocks verschont?»
«Wenn es ginge, würde ich dir darauf die Hand geben. Nein, wir waren auf dem Holzweg, wie man so sagt ... Sicherlich können wir zumindest Stücke deiner Erinnerungen wegschießen. Aber die Lücke hat eine enorme Fähigkeit, sich mit Pseudoerinnerungen, freien Phantasien zu füllen. Außerdem können wir den Gedächtnisinhalt nicht dingfest machen, den wir aus deinem Gehirn herausschießen. Er verflüchtigt sich sozusagen mit dem Wind.»
«Aber wir wollten doch nicht von mir reden?»
«Da heute Sonntag ist, können wir statt dessen von mir reden ...»
«Ich weiß nur nicht, wo ich anfangen soll. Es käme mir so schäbig vor, über *Biochine* und dieses Labor zu tratschen. Laß mich lieber etwas Persönliches erzählen: Wir alle tragen einen Traum in uns, nicht wahr?»
Ich antworte nicht. Das wird auch nicht erwartet. Es gibt Menschen, die jeden zweiten Satz mit «oder nicht?» abschließen. Sie sind nur irritiert, wenn man antwortet.
«Bist du schon in Paris gewesen?»
Auch darauf antworte ich nicht.
«Wenn du in Paris gewesen bist, Ypsilon, hast du bestimmt das *Musée de l'Homme* besucht, gegenüber vom Palais de Chaillot, ein Mekka der Anthropologie, möchte ich behaupten. Dort gibt es alles, von Hottentottenfrisuren bis zu polynesischen Kanus. Aber ich möchte den inoffiziellen Teil empfehlen. Wenn man Kontakte hat, natürlich. Die Franzosen neigen ja zur Bürokratie. Wenn man eine Vorliebe für das Makabre hat, kann man die Sammlung von Schrumpfköpfen aus Neuguinea

besichtigen, oder die Glaszylinder mit ganzen Köpfen in Spiritus. In der Kolonialzeit hatte man offenbar einen fast manischen Sammlertick. Aus allen Ecken und Enden des französischen Imperiums schickte man die Köpfe von geköpften Missetätern, verschiedene Kuriositäten und Mißbildungen. Ich kann es mir nicht anders vorstellen, als daß Kapital für wissenschaftliche Ankäufe vorhanden gewesen sein muß. Aber hinter der Kollektion von Köpfen in Spiritus gibt es etwas viel Interessanteres, die phrenologische Abteilung. Du weißt, diese Sache mit den Knoten und Wülsten auf dem Schädel oder dem Gehirn und der Beziehung dieser Auswüchse zum Charakter. Ein Standpunkt, nebenbei bemerkt, der sich in der Neuroanatomie wieder geltend macht. Aber, Ypsilon, hier gibt es in einem speziellen Kabinett die erlesenste Sammlung von hervorragenden Gehirnen auf der ganzen Welt.»
«In Spiritus?»
«Hauptsächlich in Formalin. Einstein haben sie natürlich nicht. Sein Gehirn liegt angeblich in einem Einweckglas unter einem Kühlschrank in Wichita. Aber dafür gibt es andere, zum Beispiel Paul Broca.»
Er beugt sich vor und schaut mich auffordernd an.
«Hat keinen Zweck, mit mir irgendeine Art Test zu machen, George...»
«Es war Broca, der das Sprechzentrum im Gehirn des Menschen entdeckt hat, Ypsilon. Und er hat mit einer sehr fruchtbaren Bestandsaufnahme begonnen. Der größte Neuroanatom des 19. Jahrhunderts. Ein Newton der Neurologie! Mittlerweile können wir mit jedem Jahr immer mehr begrenzte Gehirnregionen mit ihren Funktionen ausfindig machen. Nicht nur so grobe Funktionen wie Muskelbewegungen ... Gedächtnisfunktionen,

Lernzentren. Wir befinden uns nicht mehr – wie jemand gesagt hat – im Columbus-Stadium. Wir segeln nicht aufs Geratewohl um die Hemisphären herum. Wir sind auf der Ebene der Landvermesser angekommen und stecken immer kleinere und exaktere Parzellen ab. Und es war Broca, der damit anfing!»

«Du hattest einen Traum?»

«Wir alle tragen einen Traum in uns. Meine Mitarbeiter würden lachen oder verlegen grinsen, wenn ich ihnen meinen Traum anvertraute. Der Nobelpreis hat seinen Status verloren. Er ist zu einem Gruppenpreis geworden. Es gibt ein feineres Nadelöhr: nach dem Tod auf demselben Regal stehen zu dürfen wie Broca.»

26

Das Mädchen, das mir zu essen gibt, heißt Emma. Mein Schädel ist voll von gierigen jungen Vögeln, die nach neuen Erinnerungen schreien. Ich stopfe ihnen Emma in die Schnäbel. Emmas Gesicht mit der schmalen Nase und dem lippenstiftverschmierten Mund. Dann teile ich Emmas Haare an sie aus. Sie sind dunkelblond. Emma trägt fast immer eine weite Kreppmütze; ich verfüttere die Mütze an das Gedächtnis. Auch ihre Holzpantinen stopfe ich hinein. Ihre Hände. Die Gummihandschuhe an ihren Händen. Den grünen Kittel. Die Gummischürze, die sie beim Putzen trägt. Ihre Stimme. Ihren Blick. Ihren Namen – Emma, Buchstabe für Buchstabe.

Emma verhält sich so, als würden wir uns schon lange kennen. Das macht mich froh. Ich will mich nicht in Emma verlieben. Es ist etwas Unnatürliches daran,

wenn der Patient sich in die Krankenschwester verliebt. Nur weil es keine Auswahl gibt. Aber wen soll ich sonst lieben? Den Affen?
Hätte Emma keinen Körper, wäre sie ein nacktes Gehirn – würden wir uns dann vereinigen können? Nicht körperlich. Aber wir könnten im selben Wasser wohnen. Zwei Delphine, die in den Sonnenreflexen spielen. Ganz kleine Delphine, kleiner als ein Zentimeter. Dann würde das Aquarium sich ausnehmen wie ein geräumiger Tank. Wenn wir den Tank in irgendeinem Wasserzirkus unterbringen könnten, in einem *Marineland,* oder bei einem Flohzirkus mit progressiven Ideen, dann wäre auch die Versorgung gesichert. Nicht einmal Delphine können nur von Freundschaft leben.
Den ganzen Abend liege ich da und übe, was ich zu Emma sagen möchte. Wenn ich sie für mich habe, werde ich flüstern: «Schlüpf zu mir herein!» Ich wünschte, ich wäre eine Meeresschildkröte, so groß wie ein dicker Stein. So kräftig, daß Emma nackt auf meinem Rücken reiten könnte, ohne weggespült zu werden. Rein anatomisch habe ich bereits gewisse Ähnlichkeiten mit einer Meeresschildkröte: ein stromlinienförmiger Klumpen mit hohem Rücken und einer kleiner Kugel vorneweg, die an ihrem Stiel pendelt. Die Ohren werden mit der Zeit bestimmt immer mehr den Schaufeln der Schildkröte gleichen. Ich möchte, daß wir uns im Stillen Ozean niederlassen, in einer Lagune auf den Malediven oder Seychellen. Die Nächte verbringen wir in einer geeigneten Korallengrotte. Emma kann auf einem Klippenabsatz schlafen, während ich im Wasser darunter vor Anker gehe. Die Tage verbringen wir mit Sporttauchen. Mit ihr auf dem Rücken durchsuche ich den Sand und die versunkenen Städte nach spanischen Dukaten.

27

Ich habe wieder einen Termin bei der Psychiaterin. Es hat etwas Feierliches, zu einem Einzelgespräch in ihr Zimmer getragen zu werden; etwas ganz anderes, als sie bei der Morgenvisite über Georges Schulter spähen zu sehen. Dies ist das erstemal, daß wir miteinander reden können. Meine Silberantennen machen es möglich, direkt zur Hörbrille zu senden, die sie von George geborgt hat – und ihre Worte zu empfangen, obwohl ich unter der Wasseroberfläche schwebe. Meine Ohren funktionieren hervorragend. Im Prinzip könnte ich auf einem Handtuch in ihrem Schoß liegen und mit ihr reden. Aber es besteht die Gefahr, daß ich zu trocken werde, besonders im Auge. Also bleibe ich in meinem Aquarium liegen. Diesmal hat man mich nicht auf ihren Schreibtisch gestellt, sondern auf den niedrigen Tisch vor dem Sofa. So fühle ich mich entspannter.

Sie beginnt, indem sie ein Gedicht zitiert:

«‹Der große Bär, der mir auf den Fersen ist, ganz dicht, nur mir zugehörig, und dennoch unbekannt ...› Wer hat diese Zeilen über unseren Körper gedichtet, Tüchtig? Du hast sie vielleicht noch nie gehört? Im Unterschied zu uns andern hast du ja keinen Körper mehr, keinen ‹Bären› mehr, der dir auf den Fersen ist. Das muß doch eine enorme Befreiung sein?»

Ich ärgere mich über ihre Art, sofort das Gespräch an sich zu reißen. Ich bin nicht hergekommen, um über Poesie zu reden. *Ich will wissen, was sie mit mir vorhaben!* Werde ich meine Identität behalten können? Wenn ja,

dann ist es mein menschliches Recht, dies zu erfahren.
«Ich bin zu dir gekommen, um über die Zukunft zu reden», sage ich. «Übrigens heiße ich Ypsilon. Nicht Tüchtig.»
«Hast du dich nicht selber Tüchtig getauft…?»
«Was weißt du über meine Zukunft?»
«Das gehört in Georges Ressort.»
«Ich frage dich, was *du* weißt.»
«Nicht viel. Meine Aufgabe ist es nur, mich um das Seelische zu kümmern.»
«Was haben sie mit mir vor?!»
«Du wirst faszinierende Aufgaben bekommen. Dessen bin ich sicher. Aber wir müssen zuerst die Gelegenheit haben, mehr darüber zu lernen, wie du reagierst. Damit wir dich auf angemessene Art behandeln können. Es würde dir zum Beispiel nicht gefallen, wenn wir dich in eine zu starke Lösung legten oder wenn wir die falsche Stromstärke benutzten.»
«Was habt ihr mit mir vor», schreie ich so laut, daß sie sich die Hörbrille herunterreißt.
Sie massiert ihre Augen, nimmt sich zusammen, setzt sich aufrecht hin und setzt die Brille wieder auf.
«Du bist aus freiem Willen hier, nicht wahr?»
«Das sagst du!»
«Wir haben das schriftlich. Beglaubigt. Mit deiner eigenen Unterschrift. Du erklärst dich *freiwillig* damit einverstanden, daß du dich uns anvertraust. Du bist umfassend darüber informiert worden, was der Zweck des Ganzen ist.»
«Was hilft mir das, wenn ich nicht weiß, wie ich heiße, wenn ich meine eigene Unterschrift nicht erkennen würde, selbst wenn du sie mir unter die Nase hältst. Ich habe doch *alles* vergessen!»

«Das war so geplant! Um dir eine phantastische Zukunft zu ermöglichen, mußten wir deine Vergangenheit ausradieren. Wir mußten deine Gehirnrinde von einer Menge alter Erinnerungen befreien, damit du dir neue Fähigkeiten aneignen kannst.»
«Was für welche?»
«Ich bin nicht befugt, darüber zu reden. Der Versuchsleiter ist George. Aber wenn du ihn fragst, glaube ich kaum, daß er dir antworten wird. Das gehört zur Abmachung. Du bist jetzt ein neuer Mensch.»
Ich gebe auf. Ein Schlag mit dem linken Ohr, und ich kehre ihr die Flanke zu. Mißmutig lasse ich mich zu Boden sinken.
«Hör auf zu schmollen. Ich habe dich zu mir gebeten, um dein Gedächtnis zu überprüfen. Die Tests deuten darauf hin, daß wir bei der letzten Elektrobehandlung nicht alles wegbekommen haben.»
«‹Nicht alles wegbekommen haben.› Rede nicht mit mir, als ob ich Krebs hätte! Erinnerungen sind schließlich keine Metastasen, zum Teufel! Außerdem hat George mir versprochen, daß Schluß ist mit den Elektroschocks!»
«Jetzt mußt du dich entscheiden», sagt sie streng. «Entweder, wir zanken uns weiter herum. Wenn es so ist, muß ich jemand vom Labor anrufen, der dir Adrenalinproben entnehmen kann... Oder wir prüfen dein Gedächtnis weiterhin in freundschaftlichem Einverständnis. Okay?»
«Okay.»
«Ich habe ein paar Photos mitgebracht, und ich möchte gern, daß du sie dir anschaust. Ich will wissen, wie du reagierst. Eigentlich sollten wir dich an den EEG-Apparat anschließen, aber das kommt mir so förmlich vor.

Wenn du versprichst, ganz aufrichtig zu sein, reicht es, daß ich mir notiere, was du sagst. Können wir uns darauf einigen? Okay?»
«Okay.»
Sie steckt vier Photos in einen kleinen Rahmen vor dem Aquarium. Auf allen sind ältere Frauen zwischen schätzungsweise 60 und 75 Jahren abgebildet. Es sind keine alten Photos, sie scheinen vielmehr blank und frisch aufgenommen, fast noch feucht.
«Aha», sage ich. «Vier alte Weiber. So what?»
Sie hat einen Block auf dem Schoß und gibt vor, zu notieren. Tatsächlich sitzt sie nur da und kritzelt ein endloses, eckiges Mäanderband, im Glauben, ich würde es nicht sehen. Das tue ich auch nicht. Aber ich spüre die Bewegung ihrer Hand: monoton, abgehackt. Ihre Gedanken sind woanders, nur die Hand hält den Schein aufrecht.
Auch ich nehme es mit der Ruhe und warte ab.
«Nun?»
«Vier alte Weiber», wiederhole ich.
«Ist eine dabei, die dich besonders anspricht?»
Ich schaue sie wieder an. Eine trägt eine Brille, eine andere lächelt mit neuen Zähnen, die dritte hat auffallend eckige und maskuline Züge, die vierte hat verschrumpelte Apfelbäckchen und ein fliehendes Kinn.
«Nein...»
«Eine der Frauen ist eine enge Verwandte von dir.»
«Sag mir ihren Namen!»
«Das hat keinen Zweck. Wenn du ihr Gesicht nicht erkennst, wirst du dich nicht an den Namen erinnern. So arbeitet ein Gehirn.»
«Ist sie noch am Leben, die Frau auf dem Bild?»
«Das weiß ich wirklich nicht.»

«Ich brauche einen Anhaltspunkt...»
«Wir halten uns jetzt an die Spielregeln. Keins von den Gesichtern sagt dir etwas?»
Ich antworte nicht. Es hat keinen Zweck. Ich kann mich an nichts erinnern. Das ist die Wahrheit.
«Ich wollte dir keine Anhaltspunkte geben. Aber denk selber nach. Ich habe gesagt ‹eine enge Verwandte›. Wer könnte das sein?»
«Eine Mutter, eine Tochter, eine Schwester, eine Ehefrau?»
«Ganz genau, Tüchtig... Ypsilon.»
«Welches davon?»
Sie sitzt einige Minuten schweigend da, um mir Zeit zu geben, mich zu erinnern. Für einen Moment flimmert ein anderes Bild vorbei: Die Frau in Schwarz hat ein Kind an der Hand, als sie mich an meinem Krankenbett besucht. Aber das können genausogut Phantasien sein.
«Ich kann nicht, so gern ich auch möchte...»
«Dann legen wir die Photos weg. Gibt es noch etwas, womit du dir dein Herz erleichtern möchtest? Du darfst jederzeit herkommen. Und mit mir reden. Sag nur der Visite Bescheid. Okay?»
«Okay.»
Als man mich zurückträgt, versuche ich, die neuen Erkenntnisse über meine Vergangenheit einzuschätzen. Die Frauen auf den Bildern sind zwischen 60 und 75 Jahre alt. Wenn eine davon meine Mutter ist, müßte ich selbst um die Vierzig sein. Aber wenn eine davon meine Tochter ist?

28

Emma und der Medizinstudent – der eigentlich Curt heißt – haben mich zum Spülstein getragen. Für einen kurzen Moment hatte ich die Vorstellung, wir seien auf dem Weg zum Müllwolf. Aber dann wurde mir klar, wie albern dieser Gedanke ist; ich bin mehr wert als mein Gewicht in Gold. Der Grund für meinen zeitweiligen Umzug erwies sich dann auch als ein ganz anderer: Die Elektriker mußten ins Labor kommen. Was hat meine vorübergehende Todesangst ausgelöst? Kann es sein, daß das Wasser, in dem ich schwebe, sich unstabil anfühlt, wenn das Aquarium hochgehoben wird? Ich werde mit dem Professor reden. Er müßte den Zusammenhang zwischen Reisekrankheit und Angst erklären können.

Jetzt stehe ich in meinem Wasserkasten auf dem Spültisch zwischen Flaschen und rostfreien Stahlschüsseln. Da der Anschluß ans Stromnetz nur provisorisch ist, bleibt Emma zur Überwachung da. Sie hat sich auf dem Tisch gegenüber zusammengekauert. Den Kopf auf den zusammengepreßten Knien, den linken Arm um die Unterschenkel, der rechte Arm dient als Fächer für den Zigarettenrauch. Neben ihr liegt der Weihnachtsprospekt eines großen Kaufhauses. Wenn ich vorgelesen bekomme, dann fast nur aus Katalogen und Prospekten. Das scheint die einzige Alternative zu Comic-Heften zu sein. Die Comics langweilen mich; daher begnüge ich mich notgedrungen mit Katalogen von Möbelhäusern, Eisenwarenläden, holländischen Tulpenzüchtern oder

den lakonischen Beschreibungen von vakuumgetrockneten Suppen für Fjällwanderungen.
Tageszeitungen sind streng verboten. Der Professor hat zwei völlig widersprüchliche Begründungen dafür gegeben: In den Zeitungen stehe immer nur das gleiche, warum sollte man mich damit langweilen – und: Die Zeitungen berichteten heutzutage nur von Krieg und Elend, und das würde mich aufregen. Wenn ich mich aufrege, könnten sie gezwungen sein, «neurochemische Korrekturen» vorzunehmen, das heißt, dem Aquariumwasser beruhigende Säfte beizumischen. Wir sind uns einig, daß man dies vermeiden sollte. Die Umgebung, in der ich lebe, ist ohnehin schon künstlich genug.
«Wie geht es dir denn *wirklich?*» fragt Emma; sie verzichtet auf die Hörbrille – wir bevorzugen lieber unser eigenes System mit Lippenlesen und Gedankenübertragung.
«Solange du in der Nähe bist, ist alles bestens.»
«Ypsilon, es ist nicht gut, wenn man sich zu sehr auf einen Menschen fixiert.»
«Ich kann nichts dagegen machen.»
Der Rauch steigt ihr jetzt genau in die Augen. Hustend und blinzelnd drückt sie die Zigarette im Ausguß aus.
«Aber wenn ich aus irgendeinem Grund hier nicht bleiben könnte... brichst du dann zusammen?»
«Sie würden nicht zulassen, daß ich das tue.»
«Lach mich nicht aus, aber manchmal habe ich mir gedacht: Warum kann Ypsilon nicht abends zu mir nach Hause kommen und in einem Aquarium in meiner Küche schlafen und morgens dann wieder herkommen, damit sie ihre Experimente machen können...»
«Hast du gefragt?»
«Mach dich nicht lächerlich!»

Emma steckt sich eine neue Zigarette an, schnappt sich den Weihnachtskatalog und sagt:
«Soll ich dir was vom Spielzeugland vorlesen?»
«Ich weiß, daß du mir was ganz anderes sagen willst.»
Sie drückt die kaum angerauchte Zigarette aus und verbirgt das Gesicht in den Händen.
«Was hast du?»
Sie schluchzt und schüttelt den Kopf. Dann schneuzt sie sich und reibt den Hinterkopf an den Kacheln.
«Es hat nichts mit dir zu tun, aber ich muß für eine Weile abhauen. Es hat so viel Ärger gegeben den ganzen Herbst über. Und jetzt ist Schluß mit meinem Typen, hoffe ich.»
Zum erstenmal redet sie von ihrem Freund. Aber ich habe so etwas geahnt.
«Wie heißt er?»
«Wie er heißt? Das ist doch nun wirklich scheißegal... Und außerdem, Ypsilon, hat uns der Professor verboten, mit dir über unser Privatleben zu quatschen!»
«Für eine Weile abhauen, was meinst du damit?»
«Daß ich ein paar Wochen Ferien nehme. Ich fand, daß ich es dir erzählen sollte. Ich habe Angst, daß du dich zu sehr fixierst. Oder eifersüchtig wirst. Es ist doch Quatsch, so eifersüchtig zu werden, nur weil ich diese Baskenmütze mit Bommel für Flink gestrickt habe!»
«Aber du kommst zurück?»
«Ich komme zurück. Willst du mir eins versprechen, solange ich weg bin?»
«Sag zuerst, was.»
«Nein, versprich... ach was: ich möchte, daß du kooperierst, daß du dein Bestes tust. Sei nicht so störrisch. Es ist viel besser, wenn man sich nicht widersetzt. Und du mußt uns vertrauen. Alle sind dir wohlgesinnt. Und ich

kann dir versichern, daß du dem Professor sehr am Herzen liegst.»
«Manchmal fühlt man sich ein bißchen ausgeliefert, da führt kein Weg dran vorbei.»
«Ich weiß, wir hatten hier ein ganzes Gehirn im letzten…»
«Ja?»
«Still, mein Plappermaul! Ich habe schon zuviel geredet. Manch einer ist schon an seinem eigenen Mißtrauen zugrunde gegangen, Ypsilon. Mehr kann ich nicht sagen.»
Sie springt vom Spültisch herunter, schlägt die Arme ums Aquarium und drückt die rechte Wange an die Vorderseite. Vor ihrem Mund beschlägt sich die Scheibe immer mehr: eine große, leere Sprechblase.

29

Heute habe ich meinen ersten Auftritt im Hörsaal gehabt. Ein Wärter brachte mich im Rollstuhl hin; ein gewöhnlicher fahrbarer Tisch war ihnen offenbar zu wackelig. Ich war die ganze Zeit bei Bewußtsein. Daher kann man sagen, daß dies mein erster richtiger Ausflug war. Wir nahmen den Aufzug in den Keller. Es war herrlich, die Höhenunterschiede in den Gleichgewichtsorganen zu spüren. Im Keller angekommen, gelangten wir durch einen Verbindungsgang zu einem Transportausgang. Eine zementierte Rampe führte zur Erdoberfläche hinauf. Das Licht war überwältigend. Ich habe das Institut ja noch nie von außen gesehen. Es besteht aus einem zweistöckigen Ziegelgebäude, das über Eck gebaut ist. Das Dach ist flach, mit vielen Schornsteinen und Entlüftungsschächten. Das Haus ist umgeben von einem Park mit rundgeschliffenen Felsen; zwischen den Felsen ein paar verkümmerte Fichten und etwas graues Gras. Die tiefstehende Sonne läßt alle Fenster ungeputzt erscheinen. Schnee ist längs der Schattenseite liegengeblieben; wie der Schlaf in den Furchen des Gehirns von jemand, der gerade aufgewacht ist. Ich kann nicht ausmachen, ob Herbst oder Frühling ist.

Die Sonne wird mir zu stark. Ich rufe den Wärter, um ihn zu bitten, ein Taschentuch oder eine Zeitung über das Aquarium zu legen. Doch er trägt keine Hörbrille. Ich versuche es noch einmal mit Gedankenübertragung. Das führt zwar dazu, daß er sein Taschentuch herauszieht. Aber statt mich damit zu bedecken, schneuzt er sich.

Der Hörsaal liegt in einem fensterlosen Pavillon am anderen Ende des Parks. Als wir zur Glastür hineinfahren, kann ich nichts deutlich erkennen, nur rosa Schatten und violette Kreise, die mir die Sonne auf die Netzhaut gebrannt hat. Ich ahne einen dunklen Korridor mit Kleiderhaken. Wir kommen in einen Raum mit hoher Decke – ich spüre es mehr, als daß ich es sehe. Dort muß ich etwa eine Viertelstunde allein warten. Allmählich kehrt das Sehvermögen zurück. Leere, nach oben gestaffelte Bankreihen starren mich an. Ganz oben läuft eine kleine Barrikade um einen Projektor herum. An der einen Wand einige Porträts in Öl, an der anderen eine alte, angeschmutzte Originaltafel mit Mendelejews Periodischem System. Der Wärter kommt mit einem älteren Mann im grauen Kittel zurück. Zusammen heben sie mich auf den langen Tisch hinüber, der das Auditorium von der breiten, grünen Tafel trennt.

Nach den Strapazen der Reise schlummere ich für ein Weilchen ein. Man könnte auch sagen, daß ich in den Schlaf gewiegt werde. Noch lange, nachdem die Männer das Aquarium hinübergehoben haben, hebt sich das Wasser in kurzen Dünungen. Anfangs sind sie so kräftig, daß ich mit den Ohren schlagen muß, um mich in der stürmischen See im Lot zu halten. Ich erwache davon, daß der Professor mich anspricht. Es durchzuckt mich heftig; wie üblich hat er die Lautstärke nicht reguliert. Seine Stimme dröhnt in mir, als sei ich die gewölbte Halle über einem Bahnhof.

«Guten Tag, Ypsilon! Jetzt möchte ich dich mit meinen Studenten bekannt machen.»

Der Saal ist halbvoll. Jüngere Leute beiderlei Geschlechts sind vereinzelt oder in kleinen Gruppen über die Bänke verteilt. Die beiden vordersten Reihen sind ganz leer.

«Dann wollen wir ein bißchen herunterkommen, damit wir besser sehen», sagt George.

Widerwillig rücken sie nach unten. Es sind vor allem Studentinnen, die der Aufforderung Folge leisten. Ich habe meine Antennen aufs äußerste gespitzt, als George von meinem Hintergrund erzählt. Aber leider hat er nichts zu sagen, was mich interessiert. Er überspringt das, was man die Antezendenzien nennt, und geht unmittelbar zum rein Technischen über, in welchen Lösungen ich gelegen habe und ähnliches. Ich höre, daß ich von einem Bad zum anderen gewechselt bin, solange ich noch bewußtlos war. Ich erfahre, daß das alles überschattende Problem meine äußeren Ohren waren. Um diese bewegen zu können, brauche ich eine kleinere Anzahl von intakten Muskeln. Wie sich herausstellte, können die Muskeln schwerer auf eine reguläre Blutzufuhr verzichten als das Gehirn. Man mußte eigens ein Paar Elektroden in die Ohrenmuskeln stecken, um sie in Bewegung zu bringen.

Danach kommen alle an, um mich zu betrachten. Es ist ein richtig feierliches Gefühl, fast als wäre ich Lenin persönlich in seinem Glassarg. Woher weiß ich, daß es eine Leiche namens Lenin gibt, die in einem Aquarium ruht, das größer ist als meins? Gott, Darwin, Pawlow, Lenin, Hamlet... in dessen Handfläche ich gelegen habe? Ich habe eine ganze Garderobe voll alter Namen. Die Tür dazu muß aus Versehen geschlossen gewesen sein, als sie meinen Schädel dem elektrischen Durchzug aussetzten.

Die Studenten scheinen nicht übermäßig interessiert zu sein. Sie zockeln müde vorbei. Ein Mädchen arbeitet weiter an ihrem Strickzeug, während sie in der Schlange steht. Der eine und andere gähnt halbherzig. Ein Bursche holt eine Taschenuhr heraus und läßt sie vor meinem Auge pendeln, vermutlich um zu sehen, ob ich einen beweglichen Gegenstand fixieren kann.

Die Vorlesung, die George anschließend hält, handelt vom Lernen und von der Aggression. Er beginnt mit dem Lernen und mit den dauerhaften molekularen Veränderungen, die man nach dem Gedächtnistraining in den Gehirnzellen festgestellt hat. Es ist keine besonders bemerkenswerte Theorie: Er behauptet ja nur ganz einfach, ich sei eine zusammengerollte und zusammengeknüllte Schallplatte oder ein endloses, verknäueltes Tonband, auf dem jeder Eindruck seinen Punkt oder seine Spur hinterlassen hat. Ich gähne und sinke langsam auf den Boden des Aquariums, indem ich Wasser in die inneren Hohlräume des Gehirns sickern lasse, die als Schwimmblasen dienen. George merkt das natürlich und klopft mit dem Ring ans Aquarium. Ich bequeme mich dazu, wieder in die Normallage aufzusteigen. Es erscheint ein bißchen ungerecht. Warum ist es mir nicht erlaubt, mich auf das gleiche schläfrige Niveau zu begeben wie die Zuhörer?

Dann spricht George in wohlgesetzten Worten über den Komplex Aggression. Ich habe kein Kollegheft wie die Studenten. Aber ich habe etwas anderes: eine ganze Menge unbespielter Gedächtnisbänder.

«Es gibt zwei neurosoziale Probleme, die in ihrer Bedeutung schwerwiegender sind als alle anderen», sagt George. «Das erste ist, wie man auf neurobiologischer Grundlage die heranwachsende Generation sachgemäß richtig betreut. Mit Kenntnis der Wachstumsperioden des Gehirns stellt sich die Frage, welche Art von differenziertem Training jedes Individuum braucht, um sich harmonisch zu entwickeln und seine genetischen Voraussetzungen zu verwirklichen, ob er oder sie nun zur Mehrheit gehört oder zu den wenigen Kreativen. Das zweite große Problem berührt die Frage, wie man der Tendenz des Menschen zu destruktiver Aggression begegnen soll, die mit den heutigen technischen Möglichkeiten die Menschheit als Art ausrotten kann. Das Gehirn des Menschen ist ein ungeheuer feines Organ, das ihm die Möglichkeit gibt, komplizierte Probleme zu lösen und für die Zukunft zu planen. Warum handelt der Mensch, der doch so reich ausgestattet ist, so unverantwortlich? Ist möglicherweise die Ursache der destruktiven Aggression bereits in der Organisation dieses überlegenen Gehirns angelegt? Tatsächlich weiß man heute von einem biologischen Mechanismus des Menschen, der eine für andere gefährliche Aggression hervorrufen kann. Eine unübertreffliche Art, das Wissen

richtig anzuwenden, heute wie in früheren Zeiten, ist in der griechischen Maxime ausgedrückt ‹gnothi seauton› – erkenne dich selbst›», sagt George und macht eine Atempause.
Da liege ich in meinem ganzen Glanz und lausche dieser Lobrede auf meine Kapazität. Ich gebe mir Mühe, freundlich und einladend auszusehen. Ich möchte, daß die Studenten, einer nach dem anderen, zu mir herkommen und die Handfläche an die Scheibe drücken. Wie eine alte Zigeunerin werde ich ihnen dann Tips über die individuelle Zukunft eines jeden geben.
Aber statt dessen gibt es Rechenübungen. In der Pause schließen George und der Wächter mich an eine Datendose an, damit ich meine Gedächtnisfunktionen nicht überanstrenge. Ich mag es nicht, diesen Apparat an mir zu haben. Das ist so, als gäbe man jemandem ein künstliches Gebiß, der noch seine eigenen Zähne hat. Aber ich füge mich widerspruchslos. Schnell, aber ohne rechtes Engagement, spiele ich zuerst mit einem ausgewählten Studenten «Schiffchen-Versenken», dann schlage ich George in dreizehn Zügen beim Schach – zur unverhohlenen Belustigung der Studenten –, und schließlich löse ich einige der klassischen mathematischen Probleme, die bei solchen Anlässen stets zum Repertoire gehören.
Anschließend können Fragen gestellt werden, da nur noch fünf Minuten von der Vorlesung übrig sind. Die Studenten winden sich, schauen an die Decke, bohren in der Nase oder kontrollieren das Strickmuster. Da keiner eine Frage hat, sind sie entlassen. Dies wird mit einem kurzen Applaus begrüßt, und genau wie im Theater sind große Teile des Publikums schon in der Garderobe. Ich entspanne mich, sinke zu Boden und bereite mich

auf die Heimreise vor. Da kommt ein Mädchen, das herumgetrödelt hat, zu George und mir.
«Was habt ihr eigentlich vor mit diesem, diesem... Gehirn?» fragt sie.
«Er hat sich selbst Tüchtig getauft», erwidert George.
«Was wollt ihr mit Tüchtig anfangen?»
«Grundlagenforschung ist schon ein Ziel an sich», antwortet George.
«Aber das muß massenhaft Geld kosten. Wollen Sie sagen, daß *Biochine* keine Gegenleistung verlangt?»
«Wir von der Industrie sind genauso interessiert am Geheimnis des Lebens wie irgendeine Universität. Aber selbstverständlich gehen wir davon aus, daß auf lange Sicht diese Art von Experiment in den Dienst der Menschheit gestellt werden kann.»
«Wie?»
Ich höre jetzt sehr gespannt zu.
«Wie?» wiederholt George. «Das können Sie sich doch selbst in etwa ausrechnen.»
«Dann würde ich nicht fragen. Stimmt es, daß Sie planen, das Hirngewebe nach und nach mit den *Bubble-memories* von Mikrocomputern zusammenwachsen zu lassen, um ein Supergehirn zu entwickeln?»
«Das haben Sie aus der Skandalpresse», sagt George lachend. «Aber wenn es so wäre: Glauben Sie, ich würde hier stehen und irgendwelche Industriegeheimnisse preisgeben? Daß wir euch Studenten zu Gastvorlesungen zu uns einladen, bedeutet nicht, daß wir euch mit Informationen über unsere industrielle Entwicklungsarbeit vollstopfen wollen. Wir möchten euch an unserer Grundlagenforschung teilnehmen lassen, das ist alles.»
«Und in der Gehirnforschung seid ihr den Universitäten weit voraus? Nicht wahr?»

«Wir liegen wohl an der Spitze, wenn ich so sagen darf.»
«Ja, dann vielen Dank!» sagt das Mädchen, zuckt die Schultern, schenkt mir ein schiefes Lächeln und wackelt auf ihren hochhackigen Lederstiefeln davon.

30

Es geht noch ziemlich drüber und drunter. Ich brauche zwar die Tage nicht mehr im Spülstein zu verbringen, aber das Labor ist nicht mehr, was es einmal war. Die beiden langen Labortische mit ihren Regalen und Reagenzgläsern hat man herausgerissen. Statt dessen wird an der hinteren Wand gebaut, wo früher der Hund seine Wiege hatte. Dort hat man eine breite Bank gemauert, eine Wasserleitung und einen Abfluß gelegt, und von der Decke herunter hängen Stränge von losen Elektrokabeln; die freien Enden sind mit beigem Isolierband umwickelt. Doch seit mehreren Tagen hat man die Arbeit eingestellt. Da Emma nicht hier ist, habe ich niemanden, den ich fragen könnte.
Ich werde von mehreren Personen versorgt. Der einzige Pfleger, den ich namentlich kenne, ist der Student Curt. Aber Curt liegt mir nicht. Er ist schlampig und impulsiv. Solange er sich damit begnügte, die Apparaturen auseinanderzunehmen, hat er keinen größeren Schaden angerichtet. Aber jetzt sind die Oszillographen und die ganze übrige Herrlichkeit verschwunden. Und so bietet sich seinen Fingern, die ständig an etwas herumfummeln müssen, hier drinnen kein anderes Ziel mehr als ich.

Der Schimpanse Flink ist wieder da, anhänglich wie eh und je. Er spielt zwei Rollen: Ist das Personal anwesend, gibt er sich verantwortungslos und aufsässig wie ein gelangweilter Teenager – sind wir allein, käut er unablässig seine Erinnerungen wieder. Übrigens genügt es schon, daß das Personal uns den Rücken zuwendet. Die Zeichensprache hat den Vorteil, daß Flink blitzschnell ein paar Sätze aus der Hüfte abfeuern kann, bevor jemand etwas mitbekommt.

«Wir *sind* uns doch einig?» sagt er zum fünfzigsten Mal.

«Möchtest du es schriftlich haben?»

«Für uns beide müssen die gleichen Bedingungen gelten», betont er. «Ich erzähle meine Erinnerungen, und du erzählst deine. Du bist meine Erinnerungsbank, Ypsilon. Wenn sie in meinem Schädel alles ausradieren, komme ich zu dir und hebe mein Erinnerungskapital ab.»

«Und wenn du dich nicht einmal erinnerst, daß du dein Gedächtnis bei mir deponiert hast?»

Da ist er sauer – oder eher traurig. Ich habe immer noch eine gewisse Aversion gegen ihn, nach dem unerträglichen Beginn unserer Bekanntschaft. Aber er ist natürlich aller Sympathien wert. Wenn er traurig ist, habe ich also keine Veranlassung, ihn sauer zu nennen.

«Habe ich dir von der Affeninsel erzählt?»

«Ja. Aber wir können es nochmal durchgehen.»

«Langweile ich dich bestimmt nicht? Das mußt du mir sonst sagen. Freundschaft verlangt, daß man aufrichtig zueinander ist.»

«Wir können ja kontrollieren. Ob ich nichts vergessen habe.»

Flink zieht einen der Kabelstränge von der Decke zu sich herunter, wickelt ihn sich um den Körper, klam-

mert sich mit den Füßen fest und erzählt mit seinen langen Armen und Händen, während er langsam in immer kleinerem Radius hin- und herpendelt:
«Es war einmal ein großer Krieg. Der Krieg führte dazu, daß wichtige Bedarfsartikel die Verbraucherländer nicht mehr erreichten. Daher erfanden die Menschen Ersatzmittel. Die Autos wurden mit Holzvergasern betrieben, den Kaffee mahlte man aus gerösteten Eicheln. Doch für die Forscher war es schwieriger. Schon damals waren wir Menschenaffen, besonders die Schimpansen, für die Forschung lebensnotwendig. Nicht zuletzt für die militärische Forschung mit ihren Nervengasen und Antidoten. Zum Teil konnten wir durch Schweine, Meerschweinchen oder Kaninchen ersetzt werden. Aber in mancher Hinsicht waren wir einzigartig: Schweine, Meerschweinchen und Kaninchen können nicht die Zeichensprache lernen. Man kann nicht ein Schwein im Astronautenanzug in einen Satelliten stecken und hoffen, daß es mit den einfachsten Handgriffen klarkommt. Aber ein Affe schafft das. Bevor die Transportwege durch den Krieg völlig blockiert wurden, holte man daher etwa zwanzig Schimpansen aus ihrer natürlichen Umgebung an den Rändern der Savannen weg und brachte sie auf eine kleine, unbewohnte Insel im Schärengarten. Da wir schlechte Schwimmer sind, brauchte man keinen Zaun und keine Wächter. Man stellte eine Reihe von Hundehütten als Regenschutz auf, schleppte die alte, ausgediente Ausrüstung von einem Kinderspielplatz an und baute Blechbehälter, die einmal pro Woche mit Futter gefüllt wurden.»
Flink ändert jetzt die Pendelbewegung des Kabelstrangs, so daß er, statt von links nach rechts, vorwärts

und rückwärts schwingt:
«Ich bin auf der Affeninsel geboren. Jedes Frühjahr kam eine Forscherdelegation und testete uns Jungtiere. Die Intelligentesten kamen hierher oder in andere Labors oder Raumstationen. Die Dümmsten wurden zur Vivisektion bestimmt, die mittelmäßigen verkaufte man im allgemeinen an Zirkusse und Tierparks. Irgendwelche größeren Mittel für den Unterhalt der Affeninsel gab es nicht. Also mußte man Geld hereinkriegen. Die Schlaueren von uns wurden früh von ihren Eltern getrennt. Von diesem Tag erzähle ich nicht, kein Elektroschock auf der Welt kann diese Erinnerung auslöschen... Du glaubst, es sei frei und schön gewesen auf der Affeninsel? Nein, Ypsilon, es war die Hölle. Lebende Geschöpfe brauchen Arbeit. Wir hatten keine Arbeit. Im Dschungel waren meine Eltern ständig damit beschäftigt, Blätter und Wurzeln zu sammeln, vor Schakalen und Schlangen auf der Hut zu sein, uns Kleine herumzutragen, Wasserlöcher aufzuspüren, das Wetter zu prophezeien oder den photographierenden Safaritouristen Leckereien abzuluchsen.
Auf der Affeninsel brauchte keiner zu arbeiten. Keine Raubtiere bedrohten uns. Wenn es kalt wurde, krochen wir in die Hütten. Das Essen war vorzüglich, es enthielt sowohl Vitamine wie Wurmkuren. Was war die Folge, Ypsilon? *Intrigen.* Liebesaffären, Eifersucht, Betrügereien, Erpressung und Belästigungen. Im Dschungel hatte die Horde eine feste Machtstruktur, eine harte Hackordnung... aber die Ungleichheit hatte einen Sinn. Sie bewirkte, daß die Anordnungen in Krisenzeiten befolgt wurden. Auf der Affeninsel gab es keine Krisen, keine *äußeren* Krisen. Daß die Menschen einen Teil der Jungen holten, dagegen konnten wir nicht das Geringste tun –

Löwen konnten wir mit Steinen bewerfen, aber wenn wir mit Stöckchen oder Zapfen nach den Forschern warfen, riskierten wir sogleich, wegen unserer erwiesenen Initiativkraft ausgesondert zu werden.»

«Was hat *Biochine* für dich bezahlt?»

«Ich bin in mehreren Etappen verkauft worden. Zuerst kam ich auf eine Zuchtstation. Als ich geschlechtsreif wurde, zapften sie mir ein paar Portionen Sperma zum Einfrieren ab. Das wurde bei allen gemacht.»

«Dann hast du jetzt vielleicht schon ein paar Nachkommen?»

«Nein. Das Sperma wird erst verwendet, wenn ich gezeigt habe, was ich tauge, vielleicht erst, wenn ich tot bin und man mit Hilfe eines Computerprogramms mein Leben zusammenfassen kann: wert oder un-wert. Aber mein tiefgefrorenes Sperma gehört nicht *Biochine*, sondern der Universität, genauer gesagt dem Genetischen Institut. Dieses Institut ist mittlerweile sehr reich. Nein, ich will dich nicht weiter mit Einzelheiten von der Affeninsel langweilen. Ich will nicht zu viele traurige Erinnerungen erzählen. Hast du eins bedacht: Wenn sie mich ausschalten, und dann komme ich zu dir zurück und bitte dich, mir mein Leben zu erzählen... hast du bedacht, daß ich jetzt die einmalige Chance habe, mein Vorleben zu frisieren und dafür zu sorgen, daß ich nur freundliche und interessante Erinnerungen zurückerstattet kriege?»

«Hast du kein Bedürfnis nach Wahrheit?»

«Nein, wenn ich alt bin, möchte ich an ein gutes Leben zurückdenken können. Wer kann sich die Wahrheit schon leisten, die ganze Wahrheit, meine ich: du vielleicht? Aber du bist ja ein Intelligenzmillionär... Nein, ich klage dich nicht an, ich möchte nicht mit dir tauschen. Hier zu hängen und an diesem Kabelstrang zu baumeln, verschafft mir nämlich ein unbeschreibliches Glücksgefühl. Du solltest neidisch auf mich sein, Ypsilon.»

«Das bin ich.»

«Aber ich möchte dir etwas anderes erzählen, was ich glaube, entdeckt zu haben. Meine Eltern konnten Afrika nie vergessen. Mutter sagte oft: Wenn der Krieg zu Ende ist, könnt ihr euch drauf verlassen, daß ich das erste Schiff nach Hause nehme. Aber da war der Krieg schon längst zu Ende. Das wußten wir natürlich. Nur meine Mutter nicht, weil sie es nicht wissen *wollte.* Sie hätte dieses Wissen nicht überlebt: Der Krieg ist zu Ende, aber ich darf trotzdem nicht zurück. Weißt du, wohin ich mich sehne? Zur Affeninsel. Nicht in den Dschungel; ich könnte mir vorstellen, in den Dschungel zu gehen, wenn ich auf einer sentimentalen Reise nach meinen Wurzeln suche. Aber in Afrika leben? Niemals. Die Affeninsel mit ihren Intrigen und ihrer zerstörerischen Beschäftigungslosigkeit ist mein Zuhause für mich. Und jetzt paß mal auf: Hier im Haus gibt es mehrere Affen, die jünger sind. Sie sind weder in Afrika noch auf der Insel gewesen. Einer ist in einem zweitklassigen, ständig vom Konkurs bedrohten Zirkus geboren. Er sehnt sich natürlich danach zurück. Ein anderer stammt aus einer künstlichen Gebärmutter. Du solltest hören, wie er von seinem Kindheitslabor schwärmt! Wenn du dem mit Geschichten von Afrika kommst, lacht er dich aus!»

«Wenn du gescheit wärst, Flink, weißt du, was du mir dann erzählt hättest? Du hättest davon erzählt, wie du *hier* aufgewachsen bist.»

«Mein Problem ist, daß ich ein schlechter Erzähler bin.»

«Dann laß mich etwas erfinden.»
«Du?»
«Ich brauche eine vernünftige Beschäftigung. Laß mich ein Leben für dich erfinden, wie du hier bei *Biochine* aufgewachsen bist. Wenn es dann soweit ist und sie dich ausschalten, kommst du her und bekommst dein Leben von mir. Ein Leben, das bewirkt, daß du dich niemals zur Affeninsel zurücksehnen wirst. Deine Kinderheimat ist doch hier!»
«Ich soll also mein Leben in deine Hände geben? Total?»
«Überlege es dir. Was hast du zu verlieren?»
«Aber jetzt bist du dran mit Erzählen. Du hast noch kein Wörtchen von deinem Leben gesagt.»
Er läßt die künstliche Liane los und setzt sich auf die schmale Kante vor dem Aquarium.
«Ich habe kein Leben zu erzählen.»
«Aber ich weiß, wo es ist!»
«Du schwindelst mich doch nicht an?»
«Dein Leben ist in einem Blechschrank im Keller. Ein Schrank voll mit alten Akten und Krankengeschichten.»
«Das glaube ich nicht. So altmodisch sind sie nicht. Wenn mein Leben noch da ist, wenn es nicht aus Sicherheitsgründen ganz gelöscht ist, befindet es sich auf einem Magnetband oder in einem von diesen neuen antipodalen *Bubble-memories*.»
«Stimmt nicht, Ypsilon. Ich kenne den Laden schon lange genug, um zu wissen, daß der Professor sich nicht hundertprozentig auf die Maschinen verläßt. Er ist ein alter Romantiker. Hast du das nicht gemerkt? Dich hat er im Blechschrank.»

31

Sie haben Paravents aufgestellt, damit ich vom Umbau im hinteren Teil des Labors nicht «gestört» werde. Mir ist das natürlich recht, ich fürchte, daß mein Mißtrauen sich entfalten könnte. Die Visite teilt meine Befürchtungen. Es brauchte nicht viel Zeit, bis sie entdeckten, daß etwas im Gang war. Jeden Tag werden dem Wasser, in dem ich schwimme, Proben entnommen. Sie kontrollieren, ob die Nährstoffe und die Elektrolyten stimmen – aber sie kontrollieren auch meine Ausscheidungen. In den letzten Tagen sind die «paranoiden Titer» gestiegen. Wir alle wissen, was das bedeutet: Tief in meinem Inneren findet eine Aufladung statt.
Doch diesmal hat die Visite mein wachsendes Mißtrauen nicht durch Beruhigungsmittel auszugleichen versucht. Statt dessen hat man mir «etwas zum Ablenken» gegeben – mit etwas Glück kann das dieselbe Wirkung haben wie Psychopharmaka. Und wir möchten ja alle vermeiden, mich von allzu vielen Arzneimitteln abhängig zu machen. Ich habe also einen Leseapparat bekommen. Neben mich in den Abzugschrank haben sie einen Diaprojektor gestellt. Vor den Paravents der Bauarbeiter hängt eine Leinwand von der Decke herunter. Indem ich einen Photostrahl durchbreche, der sich quer durch das Aquarium spannt, kann ich den Leseapparat betätigen: Eine Seite nach der anderen wird auf der Leinwand aufgeblättert. Anfangs ging es unheimlich langsam. Aber jetzt klicken die Bilder jede dritte Sekunde mit einer neuen Seite vorbei. Mein entleertes Gedächtnis

funktioniert eidetisch, das heißt wie eine Kamera.
Noch immer ist nur eine bestimmte Lektüre erlaubt. Mittlerweile sind es dreierlei Arten: die üblichen Warenkataloge, Partituren mit Noten und Lehrbücher über das zentrale Nervensystem.
«Je mehr du darüber weißt, wie du fungierst, um so ruhiger müßtest du werden», sagt der Professor.
Mag sein. Der Prozeß könnte aber auch umgekehrt ablaufen: Wer das Innere eines Farbfernsehers kennt, kommt leicht auf die Idee, daß jederzeit tausend Fehler entstehen können. Oder wenn man an sein eigenes Herz denkt und daß jeder Schlag einen unwahrscheinlich komplizierten Koordinationsprozeß voraussetzt – wird man ruhiger davon? Aber ich glaube, ich bin tatsächlich ruhiger geworden, seit ich zu studieren anfing. Und auch nichts in den chemischen Analysen meiner Ausscheidungen widerspricht dieser Feststellung. Es ist beruhigend zu wissen, daß der denkende Teil des Gehirns, die graue Substanz, genauso viele Nervenzellen oder «Denkzellen» hat, wie die Milchstraße Himmelskörper zählt. Und daß es zwischen diesen Nervenzellen oder Neuronen 1.000.000.000.000.000 Synapsen oder Kupplungen gibt. Macht einen das klüger? Wer weiß denn wirklich, wieviel Platz ein Gedanke oder eine Erinnerung braucht. Flinks Affeninsel zum Beispiel, hat sie in einer einzigen Nervenzelle Platz oder braucht sie ein ganzes Sternensystem? Ich habe den Professor heute morgen danach gefragt. Aber er lachte bloß und sagte:
«Und diese Frage stellst du *uns*. Müßten wir sie nicht vielmehr dir stellen?»
Ist das Gehirn für den Körper da oder umgekehrt? Darauf hat bisher keins der Lehrbücher eine Antwort gegeben, obwohl die Bibliothek von *Biochine* auf diesem

Gebiet wohl einzigartig ist. Wäre das Gehirn für den Kopf da, so wäre es als Anhang zu betrachten, als ein Organ unter anderen, als Feedback- und Steuersystem, als Regulator oder Relais, ohne das der Körper ins Trudeln käme, zu kochen begänne oder austrocknete.
Vielleicht bin ich parteilich, aber mir erscheint es natürlich, andersherum zu denken: Der Körper, den ich verlassen habe, wo immer er sich jetzt befindet, auf dem Friedhof, in einer Formalinwanne, in einem Tiefkühlfach oder in der Gestalt eines herumgeisternden Zombie – dieser Körper ist für mich nichts mehr als ein kompliziertes Kostüm. Ein System von Prothesen und Hilfsmotoren zur Versorgung des Gehirns, das heißt, meiner selbst. Zum Essen brauche ich Hände, Mund, Magen und so weiter. Um zum Tisch zu kommen, brauche ich Beine. Fast die gesamte Nahrung geht für den Körper drauf, aber um dem Gehirn einen annehmbaren Traubenzuckerspiegel zu sichern – ein Gehirn ernährt sich nur von Zucker –, ist also dieses komplizierte System nötig, dieser verletzbare, anfällige, sperrige und dumme Körper. Ein Körper ist dumm. So dumm wie eine Wurzel oder eine Baumkrone.
Das Gehirn bin ich. Aber *wo* im Gehirn stecke ich? Ich habe die Visite gefragt. Wie üblich bei übergreifenden Fragen, war es der Professor, der antwortete:
«Stell dir vor, Ypsilon, ich habe meine frühere Frau genau dasselbe gefragt. Weißt du, was sie sagte? Sie hatte noch nie darüber nachgedacht. Für sie stand die Antwort fest: Irgendwo im Kopf saß eine kleine weiße Figur und lenkte die ganze Maschinerie, ungefähr wie ein Techniker vor der Schalttafel eines Kernkraftwerks. Und die kleine weiße Figur war ihr ‹Selbst›.»
Eine kleine weiße Figur? Kann das ein Trost für einen

Sterblichen sein? Ist es dieses kleine Wesen, das das Schiff verläßt, wenn man stirbt? Und wie sieht das Innere des weißen Männchens aus? Hat es ein Gehirn, Muskeln, einen Magen? Vielleicht sitzt im Gehirn des weißen Männchens wiederum ein noch kleineres, grünes, ein winziges Minimännchen, das den ganzen Laden von seinem Drehstuhl aus schmeißt. Und in ihm ein rosa Männchen, und in dem rosa ein lila Männchen, und so weiter, quer durch den ganzen Regenbogen.

An manchen Abenden lege ich mich auf den Rücken, hier drinnen in meinem Gehirn. Ich liege bequem, mit den Händen unter dem Kopf, die Knie leicht angezogen. So starre ich hinauf zur Schädeldecke in meinem eigenen Sternenhimmel. Es gibt nicht die gewohnten Sternbilder zu sehen; weder den Großen Wagen noch die Plejaden, weder den Gürtel des Orion noch den Kleinen Hund. Dafür gibt es andere Muster in diesem komplizierten Gobelin, in diesem aus Neuriten gewebten Himmelszelt. Bloß schade, daß man nicht Papier und Bleistift und ein scharfes Fernrohr hat.

32

Wir kriegen Besuch von der Firmenleitung. Es hat irgendwas mit dem Etat zu tun. Die Visiten sind verdoppelt worden, George macht auch nachmittags die Runde. Mache ich Fortschritte? Bin ich rentabel? In letzter Zeit bin ich sehr schweigsam geworden. Ich würde gern völlig verstummen. Aber wenn ich ganz aufhöre, mich zu äußern, riskiere ich mein Leben. Es liegt auf der Hand, daß sie dann leicht auf die Idee kommen, eine der großen Gedankenbahnen sei abgerissen. Ich will nicht in den Müllwolf geschmissen werden. Der Vorstand hat sich nach dem Mittagessen angesagt. Zwei Stunden vor der Mittagsstunde hat der Professor hier gesessen und hat mich am Rücken gekrault. Zärtlich, phantasievoll, aber methodisch. Emma behauptete, bevor sie sich freinahm, George gelte allgemein als Frauenheld. Auf meine direkte Frage hin leugnete sie jedoch persönliche Erfahrungen.

Nach dem Vorstandsessen wirken die Besucher aufgekratzt, satt oder schläfrig. Der Vorstand hat sieben Mitglieder. Drei davon sind Forscher hier aus dem Haus. Die Forscher zeigen sich nicht sonderlich interessiert. Sie nehmen die Gelegenheit wahr, eine Korrektur durchzusehen, während der Professor redet und vorstellt. Ein Laie aus dem Vorstand – aus dem Namensschild geht hervor, daß er von der Personalseite kommt – fragt nach der «Zielsetzung». An den Mienen und Grimassen der Forscher kann ich ablesen, daß die Frage ein Zeichen für mangelnden Einblick ist. Aber der Professor erklärt es ihm geduldig.

Als ich denke, ich sei jetzt an der Reihe, ist es statt dessen die Lüftung, die Aufmerksamkeit erregt. Ein älterer Mann aus dem Vorstand gehört außerdem zum Arbeitsschutzkomitee. Es gibt ein längeres Palaver. Sie beugen sich über das Aquarium, ohne sich um mich zu kümmern. Sie leuchten mit einer Taschenlampe an die Decke über mir.

Endlich nimmt jemand von mir Notiz. Eine kleine, rundliche Frau mit der Brille an einer Kordel um den Hals:

«Daß er so ganz ohne Gesellschaft leben kann», sagt sie und lächelt den Professor an, nicht mich.

«Ein Intellekt in Reinkultur hält nicht viel vom sozialen Umgang.»
Die übrigen aus dem Vorstand – außer den Forschern – schauen ebenfalls zu mir hin. Einer verzieht das Gesicht. Ein anderer kichert. Ich verstehe gut, daß ich Unbehagen errege. Kein Mensch möchte doch auf diese direkte und brutale Art mit seinem Innersten konfrontiert werden.
Als sie aus dem Labor marschieren, fühle ich mich gänzlich vergessen. Emma – warum hast du mich verlassen? Ganz auf eigene Faust, nicht mittels irgendwelcher künstlicher Mittel, versinke ich allmählich in eine tiefe Depression. Alles ist sinnlos.
Nach einigen Minuten kommt der Professor mit der Golfausrüstung herein. Er hält den Daumen nach oben und lacht:
«Du hast sie im Sturm erobert, du Schlawiner! Der gesamte Etat ist bewilligt worden.»
«Bring mich nicht um den Verstand!» sage ich.
«Genau das versuchen wir, TÜCHTIG. Wir brauchen deinen Verstand. Nicht *dich.*»
Fröhlich pfeifend trabt er mit der Golftasche auf dem Rücken hinaus. Das Futteral hat die Form eines dicken Rohrs. Wie gemacht für eine Panzerfaust oder einen tragbaren Raketenwerfer.

33

Heute nacht sind die weißen Ratten wiedergekommen. Es war keineswegs derselbe heftige Ausbruchsversuch wie das letztemal. Woher weiß ich, daß es ein letztesmal

gegeben hat? Wahrscheinlich ist bald wieder ein Kehraus in der Form einiger Elektrobehandlungen fällig. Es ist überhaupt nicht lustig, wenn die Vergangenheit einen einholt. Die Erinnerungen kommen meist in der Form von Gefühlen. Das dominierende Gefühl ist Schuld. Wessen habe ich mich eigentlich schuldig gemacht? Es ist etwas Entsetzliches – aber was?
Die Ratten benahmen sich sehr höflich. Die erste – sie war etwa zwei Meter lang und spazierte ganz unbeschwert auf den Hinterbeinen – beugte zuerst den Oberkörper durch die Tür in der linken Ecke, lächelte verbindlich, klopfte mit den Fingerknöcheln an den Türrahmen, wartete einige Sekunden lang und betrat dann das Labor mit einer leichten Verbeugung zuerst in meine Richtung und dann zum Paravent hin, als halte sich jemand dahinter verborgen. Dann verweilte die Ratte ein wenig und sah sich lächelnd um, die Hände auf dem Rücken. Sie legte den Kopf schief, sah wieder in meine Richtung und machte eine fragende Geste zur Tür hin. Wie hätte ich es ihr verwehren sollen, ihre Gefolgschaft einzulassen? Sie kamen herein, mit gebeugten Knien, fast auf Zehenspitzen, verlegen lächelnd und im vollen Bewußtsein der späten Stunde. Sie zeigten einander die verschiedenen Gegenstände im Raum. Ihr Mienenspiel läßt sich unter den Schlagwörtern Verwunderung und Bewunderung zusammenfassen.
Immer mehr strömten ins Labor. Ich kam bald mit dem Zählen nicht mehr nach. Alle waren etwa zwei Meter groß, die eine oder andere mochte vielleicht auch bis zu zweieinhalb Meter sein. Im Gedränge war zu beobachten, wie die Ratten in erster Linie darauf achteten, sich mit den Schnurrhaaren nicht ins Gehege zu kommen. Sie trampelten dem Nachbarn ziemlich ungeniert auf

die Füße und stupsten einander die spitzen Ellbogen in die langen Bäuche – aber die Schnurrhaare hüteten sie, als seien es dünne Fühler aus Glas. Ich konnte es ihnen nachfühlen. Meine beiden silbernen Fühler auf dem Kopf umhege ich genauso ängstlich wie mein einziges Auge.

Was hatten all diese Ratten mitten in der Nacht im Labor zu suchen? Ich vermute, daß es eine Delegation war. Es waren viele, bestimmt mehr als vierzig. Nur die, die ganz vorn an meinem Aquarium standen, hatten die Chance, etwas zu sehen.

Der Besuch der Ratten muß rein routinemäßig erfolgt sein. Sie waren wirklich sehr rücksichtsvoll. Nicht einmal die Anführerin, die zuerst hereingekommen war, wagte es, direkte Fragen zu stellen. Die ganze Gesellschaft schaute sich behutsam trippelnd um; die meisten hielten ihre Schnurrhaare mit ihren kleinen rosa Händen umklammert. Es machte einen ulkigen Eindruck, so, als trügen sie weißschimmernde Getreidegarben. Ich bekam das ewige weiße Pelzwerk ziemlich satt und nickte ein. Ich habe eine Methode gefunden, «die Augen zu schließen». Statt das Lid zuzumachen, das ich nicht habe, presse ich das Auge gegen die Glasscheibe. Wenn man auf das Auge drückt, verändern sich die optischen Bedingungen, die Bilder zersplittern und werden von schwarzen Flecken gestört. Das ist meine Methode, die Umwelt auszusperren. Als ich wieder hinsah, war die gesamte Delegation fort; sie waren ebenso diskret verschwunden, wie sie gekommen waren. Bestimmt hatten sie nicht gemerkt, daß sie einzelne weiße Haare und Pelzbüschel auf dem Boden und an hervorstehenden Ecken hinterlassen hatten. Sie hätten sonst, wie ich bestimmt glaube, hinter sich aufgeräumt.

Hier liege ich nun und denke über den Rattenbesuch nach. Was mich am meisten verblüfft, ist natürlich die Größe der Ratten. Ich habe noch nie eine Laborratte gesehen, die größer war als zwanzig Zentimeter ohne Schwanz – diese waren also zehnmal so groß. Aber es gibt noch eine andere Erklärung. Schließlich weiß ich, daß George und Co. eine ganze Reihe von Versuchen mit mir laufen haben. Manchmal schalten sie mich ab, und für einen gewissen Zeitraum wird alles schwarz – oder vielmehr weiß. Für sie wäre es eine Kleinigkeit, mich in ein viel kleineres Zimmer zu verlegen, angenommen in ein sorgfältig nachgebautes Modell des Labors in zwanzigfacher Verkleinerung. Wenn man ein solches Puppenstubenlabor vor dem Aquarium aufbaute, bliebe mir dann auch nur die geringste Möglichkeit zu unterscheiden, ob die Ratten zwei Meter oder zwanzig Zentimeter groß sind?

34

Sie sind mit dem Umbau fertig. Sie haben auch frisch gekachelt, wo die beiden Labortische gestanden haben. Die neuen Kacheln sind blanker als die alten. An der Wand gegenüber haben sie einen neuen Abzugschrank gebaut, der breiter und eine Spur niedriger ist als meiner. In dem Abzugschranks sind Regale. Darauf stehen sieben Glaskästen in verschiedenen Größen. Einige sind genauso groß wie mein Aquarium, andere sind kleiner, aber ein Kasten ist mindestens doppelt so lang. An der Decke des Abzugschranks hängen Kontakte, Kabel und Schweinwerfer so dicht wie im Theater. Unter dem

Schrank sind vier Oszillographen angelehnt, die Bildschirme schräg nach oben gerichtet. Außerdem gibt es eine Ionenpumpe, einen Transformator und anderes elektronisches Zubehör.
Düstere Zukunftsaussichten? Ist der Neubau für mich bestimmt? Die Visite gibt keine Antwort auf so dumme Fragen. Von Flink erfahre ich nebenbei, daß in der Kaffeeküche von einem «Kornversuch» die Rede war. Ein Begriff, der harmlos klingen mag – aber bei meiner Belesenheit im Jahrbuch für *Fortschritte in der Neurophysiologie* ist er mir durchaus nicht unbekannt. Kornversuche bedeuten, daß man Mikrocomputer in der Form winziger Körner in lebendes Gewebe injiziert. Man unterscheidet gewöhnlich zwischen Korn und Stift: Stifte sind Mikrocomputer, die wie haarfeine Fäden geformt sind und in Nervengewebe gesteckt werden können, mit Präzisionseinstellung auf bestimmte Zentren oder Nervenkerne. Die Körner dagegen werden direkt in den Blutkreislauf gebracht, wo sie mit den Blutkörperchen zirkulieren und sich dann an verschiedenen Stellen im zentralen Nervensystem niederlassen. Es gibt zwei wesentliche Unterschiede zwischen Körnern und Stiften. Die Kapazität der Stifte ist um ein Vielfaches höher, wegen ihrer im Verhältnis zu den Körnern enormen Oberfläche. Aber man kann nicht beliebig viele Stifte in ein Gehirn stecken, ohne die kreuzenden oder bedeckenden Nervenbahnen zu beschädigen. Das Problem mit den Körnern ist ein ganz anderes: Wie man sie dazu bekommt, am richtigen Platz zu landen. Die Körner müssen so gegossen sein, daß sie wie Puzzlestücke mit den Nervenzellen zusammenpassen.
Beiden Techniken gemeinsam ist das Risiko der Abstoßungsreaktionen. Auch der Gewinn ist im Prinzip der

gleiche: Man entlastet denkendes Gewebe von einigen eher mechanischen und stereotypen Funktionen, wie beispielsweise Lernen und Erinnerung.
Ich weiß, daß ich zu kostbar bin, als daß die Forscher irgendwelche Risiken eingehen würden. Es würde sie Monate, vielleicht Jahre kosten, einen Ersatzmann anzulernen. Trotzdem empfinde ich einen instinktiven Widerwillen dagegen, mit Körnern oder Stiften behandelt zu werden. Das ist rein gefühlsmäßig, ich weiß; im Prinzip ist es nicht schlimmer, als wenn man eine Schraube in einen gesprungenen Oberschenkelhals dreht. Aber ich kann es trotzdem nicht akzeptieren. Mein Gedankenleben ist vielfältig und reich wie die Milchstraße. Ich möchte keine Satelliten oder Sonden da herumschweben haben. Ich will kein Metall in meinem Inneren haben.
Heute nachmittag habe ich einen neuen Gefährten als Nachfolger des Hundes bekommen. Sie brachten eine Kühltasche herein und hoben etwas heraus, das ich nicht sehen konnte, weil sie davorstanden.
Mehrere Stunden lang habe ich dagelegen und meinen neuen Zimmergefährten zu fixieren versucht. Aber die Entfernung ist ziemlich weit, etwa sieben Meter. Bin ich früher einmal kurzsichtig gewesen, oder ist es die Flüssigkeit in meinem Aquarium, die die Perspektiven verzerrt? Ich bekomme einen ersten Eindruck vom Aussehen des Kameraden. In dem grünlich glitzernden Aquarium zeichnet sich ein blaßrosa Umriß ab. Meistens ruht das Ding wie ein diffuser Klumpen direkt unter der Oberfläche, aber manchmal bewegt es sich heftig und anscheinend völlig unmotiviert. Wenn es sich bewegt, gleicht es einem Tintenfisch mit kurzen, plumpen Armen, die fächeln und flimmern. Offenbar sieht es

schlecht, denn bei heftigen Bewegungen knallt es gegen die Glasscheibe und liegt sekundenlang ganz benommen da wie ein Vogel, der gegen ein Fenster geflogen ist.

Es ist eine Hand, eine lose Hand. Heute abend haben wir gebadet, zuerst ich und dann der Kamerad. Als ich frisch gebadet dalag, mit dem Gefühl, zwischen gemangelten, noch feuchten Laken zu ruhen, konnte ich in allen Einzelheiten verfolgen, wie Curt zu dem Neuankömmling hinging, Gummihandschuhe überstreifte, ihn aus dem Aquarium hob und auf ein Handtuch legte. Er kam und zeigte mir, was es war: Da lag eine Menschenhand, unnatürlich weiß, wie Hände es immer sind, wenn sie zu lange unter Wasser gehalten werden. Die Hand war kurz über dem Handgelenk abgetrennt und zusammengenäht. Sie streckte einen tastenden Zeigefinger in die Luft, wie eine Schnecke, die mißtrauisch nach dem Regen ein Auge an einem Schaft herausstülpt. Sie – oder er – muß blind sein. Bevor Curt die Hand ins Aquarium zurücklegte, gab er ihr eine Injektion in eine der blauen Venen auf dem Handrücken. Ich vermute, daß es Nahrung war. Die Hand mit ihrer dicken Haut kann schließlich nicht wie ich ihre Nahrung direkt aus der umgebenden Flüssigkeit aufnehmen. Als sie die Injektion bekam, zuckte sie zusammen – was dafür spricht, daß ihr Gefühlsleben zum Teil noch intakt ist.

Ich weiß nicht, wie ich mit der frei schwebenden Hand Kontakt aufnehmen soll, die ich mangels eines besseren Namens einfach Hand nenne. Mit dem Schimpansen kann ich mich in der Zeichensprache verständigen. Die Hand wäre für die Zeichensprache natürlich außerordentlich gut geeignet, aber sie kann ja nicht sehen. Zwar sind noch alle Nägel dran, aber ich bin nicht optimistisch, wenn es gilt, Nägel als lichtempfindliche Organe zu benutzen. Die Bilder müßten in diesem Fall äußerst primitiv sein und in der Qualität weit unter dem zersplitterten Spiegelsaal liegen, den die Fliege mit ihrem Facettenauge einfängt. Die Nägel könnten höchstens als Sonnenkollektoren dienen. Irgendeine Wirkung muß das Licht auf die Hand haben; sonst hätten sie nicht ein Spotlight direkt darauf gerichtet. Es sieht so aus, als suchten die Nägel die Lichtquelle. Wenn die Hand nach einem ihrer plötzlichen Schwimmausflüge abschaltet, legt sie sich immer mit halb geschlossener Faust hin, so daß die Nägel einen Kreis von fünf Vierecken bilden, die auf das Spotlight gerichtet sind.

Kann die Hand hören? Bei verschiedenen Gelegenheiten hat sie die Handfläche in meine Richtung gedreht und sich so geformt, wie man es tut, wenn man ein bißchen taub ist. Aber es gibt ja kein Hörorgan, zu dem der Laut weiterbefördert werden könnte. Ich glaube, die Stärke der Hand liegt vielmehr im Gefühl. Manchmal drückt sie die Fingerkuppen gegen die Glasscheibe. Wenn ich einen Fuß hätte, würde ich in meinem Aquarium auf den Boden stampfen; ist die Hand empfindlich genug, würde sie bestimmt die Vibrationen auffangen. Die Morsesprache eignet sich hervorragend dafür, zumindest für mich, der sie beherrscht. Warum beherrsche ich die Morsesprache? Habe ich eine Vergangenheit als Telegraphist?

Bemerkenswert ist, daß die Hand sich so ungehindert bewegen kann, obwohl sie amputiert ist. Viele Muskeln der Finger haben ja ihren Ursprung hoch oben im Arm. Aber wahrscheinlich braucht es keine übermäßige Kraft, damit eine einsame Hand ihr eigenes Gewicht bewegt. Anscheinend reichen die kurzen Fingermuskeln dazu. Und die Tragkraft des Wassers! Warum eine

lebende Hand unter Wasser verwahren – wenn man nicht die Tragkraft ausnützen will? Leute mit Kinderlähmung, die sich an Land nicht bewegen können, schwimmen oft erstaunlich unbehindert.
Durch puren Zufall bin ich darauf gekommen, wie die Hand und ich uns miteinander verständigen können. Ich habe oft sogenannte Phantomgefühle: Es juckt am Rücken, es zuckt in der Backe oder schmerzt in lange verschwundenen Hämorrhoiden. Nun kriegte ich einen unerträglichen Juckreiz am rechten Ohr, das ich noch habe. Ganz instinktiv hob ich die rechte Hand, die ich nicht mehr habe, ans Ohr, steckte den Mittelfinger in den Gehörgang und drehte ihn hin und her. Zugleich hatte ich die Hand gegenüber im Blick; ich kann ja praktisch die Blickrichtung nicht ändern. Da sah ich, wie die Hand genau die Bewegung machte, die ich selbst im Geist ausführte. Sie hob sich, ballte die übrigen Finger, den Mittelfinger aber ließ sie ausgestreckt. Immer wieder dreht die Hand dann den Mittelfinger, als sei er ein Schraubenzieher, mit dem eine Schraube bearbeitet wird. Es war ein wunderbares Gefühl für mich, den Druck der Fingerspitze im Gehörgang zu spüren!

35

Flink ist wieder da und belämmert mich mit seinem Erinnerungspakt. Ich mag nichts hören von der Affeninsel und von den Dschungeln Afrikas. Ich will, daß er abhaut. Er stört meine Übungen mit der Hand. Ich konzentriere mich mit meiner ganzen Geduld auf den

Versuch, Kontakt mit der Hand aufzunehmen. Flink hält nichts von der Hand. Ihm bedeutet sie nicht mehr als ein exotischer Seestern in einem öffentlichen Aquarium. Unter keinen Umständen will er mir bei meinen Kontaktversuchen helfen.

«Kümmere dich nicht um die Hand», sagt mir Flink in der Zeichensprache. «Wir denkenden Geschöpfe sind es, die zusammenhalten müssen!»

«Wir halten doch zusammen! Ich schwöre dir, daß ich dein Leben auswendig kann, bis auf Punkt und Komma.»

«Aber von deinem Leben weiß ich nichts, außer daß du dich an eine Frau in Schwarz zu erinnern glaubst, die deine Wange streichelt, während du in einem Respirator liegst. Was ist das schon gegen die Affeninsel?!»

Natürlich wäre es für mich keine große Kunst, ein Leben zu erfinden, um Flink zufriedenzustellen. Vielleicht bin ich ein Raumfahrtingenieur, meine Frau macht den Haushalt, und wir haben zwei Kinder im Schulalter. Vielleicht bin ich ein alleinstehender Trapezkünstler, der aus der Zirkuskuppel hinuntergefallen ist und sich den Hals gebrochen hat. Oder warum nicht ein Massenmörder, der unter wissenschaftlicher Aufsicht hingerichtet worden ist? Das ganze Telephonbuch steht zur Auswahl. Aber ich erzähle Flink keine Märchen. Man fällt zu leicht selber in die Grube, die man andern gräbt: Wenn sie mich wieder mit Elektroschocks behandeln, wird Flink hier sein und mich belagern, sobald ich aufgewacht bin. Dann werde ich froh und kritiklos dem treuherzigen Flink die frei erfundene Geschichte meines Lebens abnehmen.

«Ich habe ein Geschenk für dich!» sagt Flink und zückt eine grüne Mappe.

«Eine Überraschung?»
«Das kann man wohl sagen: dein Leben.»
Stolz drückt er die Vorderseite der Mappe gegen das Aquarium. Darauf steht YPSILON, Anamnese u.a. Für einen Moment verliert mein einziges Auge die Sehkraft. Das Blickfeld schnurrt zu einem Tunnel zusammen, wie wenn man kurz davor ist, in Ohnmacht zu fallen. Außerdem wird mir schwindlig und übel. Wir können von Glück sagen, daß ich nicht mehr an den Oszillographen angeschlossen bin: Er hätte sofort Alarm gegeben.
«Wo hast du die Mappe her?»
«Aus dem Blechschrank im Keller, wie ich sagte!»
«Und woher weißt du, daß ich das bin?»
«Da steht doch Ypsilon drauf. Dasselbe Gekrakel wie auf dem Leukoplaststreifen auf deinem Aquarium. Da!»
Er kratzt an der rechten unteren Ecke auf der Glasscheibe zwischen uns. Zum erstenmal erfahre ich, daß ich ein Namensschild habe. Die müssen sich ja ganz schön amüsiert haben über mich nach der letzten Elektrobehandlung, als ich eine Zeitlang dachte, ich hieße Tüchtig.
Flink blättert in der Mappe. Sie ist dick, zwischen 100 und 200 Seiten. Text flimmert vorbei, EEG-Kurven, Laborergebnisse, Codes.
«Warum klaust du nicht deine eigene Mappe?» frage ich.
«Dann bist du nicht auf mich angewiesen, darauf, daß ich mich an deine Kindheit erinnere.»
Zuerst tut er so, als hätte er es nicht gehört. Als ich die Frage wiederhole, geniert er sich.
«Weil ich nicht lesen kann. Nur einzelne Zeichen.»
Ich hatte angenommen, Flink könne lesen – eine voreilige Schlußfolgerung. Wer die Zeichensprache be-

herrscht, muß natürlich keine Buchstaben lesen können. Ein Analphabet kann schließlich ein ausgezeichneter Redner sein, ohne daß er auch nur seinen eigenen Namen zu lesen vermag.

«Wenn ich lesen könnte, würde ich dir deine Krankengeschichte vorlesen, Ypsilon.»

«Ich bin froh, daß du nicht lesen kannst.»

«Aber ich habe eine andere Idee. Ich kann immer ein paar Seiten aufs Mal hier hereinschmuggeln und sie vor deinem Auge ans Aquarium drücken. Du liest ja schneller als irgendein Mensch ... Oder wenn du willst, kann ich versuchen, Photokopien zu machen, die du durch den Leseapparat laufen lassen kannst.»

«Sie haben mir den Leseapparat weggenommen. Sie waren nicht sicher, ob er mir guttat.»

«Dann weiß ich nicht, was ich machen soll. Aber wenn wir uns jetzt beeilen, schaffst du es bestimmt, ein paar Seiten zu lesen?»

«Ich möchte dich um etwas sehr Wichtiges bitten, Flink. Du mußt mir versprechen, daß du tust, worum ich dich jetzt bitte.»

«Klar.»

«Ich will, daß du sofort in den Keller gehst und die Mappe wieder in den Blechschrank steckst.»

«Wo ich soviel Mühe hatte, sie zu klauen?! Ich habe doch schon ein bombensicheres Versteck gefunden: hinter dem Wasserbehälter auf dem Klo.»

«Leg sie zurück. Sie werden entdecken, daß sie weg ist!»

«Aber mich werden sie doch zu allerletzt verdächtigen. Einen dummen Affen!»

«Ich bitte dich.»

Jetzt ist er traurig. Niedergeschlagen blättert er die Mappe durch wie einen Packen Geldscheine, die plötz-

lich bis auf einen Bruchteil ihres früheren Wertes abgewertet sind.
«Wenn ich nur begriffe, warum?»
«Weil ich es nicht verkrafte», sage ich. «Es gibt ja keine Wiederkehr. Ich ertrage es nicht, von einem Leben zu hören... Vielleicht habe ich Kinder, Flink. Aber ich will es nicht wissen. Außerdem hängt meine künftige Existenz hier davon ab, daß ich mit ihnen zusammenarbeite. Was glaubst du, wird mit mir passieren, wenn sie dahinterkommen, daß ich die Krankengeschichte kenne? Dann ist die Elektrobehandlung fällig.»
Flink wird eifrig und wechselt das Thema, in einer Sekunde schlägt seine griesgrämige Enttäuschung in Begeisterung um:
«Ich weiß, wozu sie dich haben wollen!»
Wie kann Flink das wissen? Wo er doch nicht einmal lesen kann?
«Sie wollen ein Exempel statuieren!»
«Wie denn das?»
«Wenn du nicht hier lägst, wärst du tot, oder? Und wenn sie dich ordentlich pflegen, könntest du achthundert Jahre leben?!»
«Ungefähr.»
«Aber begreifst du nicht, Ypsilon: Du bist ein Trumpf für die Wissenschaft! Man hat keinen praktischen Nutzen von dir, aber du bist ein *Beispiel*. Du bist der Beweis dafür, daß man den Tod überwinden kann, wenn die Wissenschaft genügend Mittel zur Verfügung stellt. Oder jedenfalls kann man ihn achthundert Jahre aufschieben! Und das ist genau das, was ihr Menschen von der Wissenschaft hören wollt: daß die Forscher den Sensenmann in der Garage gefangenhalten können!»
«Eine hübsche Theorie, Flink...»

«Genial! Das mußt du zugeben.»
«Aber falsch. Wozu dann die Elektroschocks gegen die Erinnerung? Wozu das Sprechtraining? Warum diese Besorgnis, wenn mein IQ-Wert schwankt? Wozu teure Antennen für mich anschaffen? Wenn es nur darum ginge, zu zeigen, daß man ein Gehirn am Leben halten kann, warum dann dieses Leben mit komplizierten Operationen riskieren? Du irrst dich, Flink.»
«Verzeihung. Es tut weh, zurechtgewiesen zu werden, es schmerzt, wenn man einsehen muß, daß man nicht so schlau ist wie du...»
«Ich glaube, man bereitet irgend etwas ganz Spezielles für mich vor. Ich bin zu teuer für eine bloße Zirkusattraktion. *Biochine* ist ein seriöses Unternehmen – mit dem Anspruch, daß die Investitionen einen Profit bringen.»
Flink beugt sich diesem marktwirtschaftlichen Argument, klemmt die grüne Mappe unter die Achselhöhle, nickt und schlurft hinaus.
Es gibt noch andere Gründe, warum Flinks Theorie nicht standhält. Sie haben angefangen, mich mit Cortison in kleinen Dosen zu behandeln. Zuerst habe ich mich nicht darum gekümmert. Aber als ich mich allmählich aufgedunsen fühlte und manchmal von einer unerklärlichen Unruhe ergriffen wurde und außerdem Alpträume hatte, fragte ich die Visite. Also, sie gaben mir Cortison, Nebennierenrindenhormone. Warum? Als Antwort gab es nur Ausflüchte. Aber sie unterschätzen mich: Ich glaube, sie bereiten eine Transplantation vor. Damit sie gelingt, müssen sie meine eigene Immunabwehr unter Kontrolle haben.
Wohin könnten sie mich bloß transplantieren? Wollen sie mich irgendeinem Staatsoberhaupt mit Arterienver-

kalkung aufpfropfen? Am liebsten möchte ich in meinen alten Körper zurückkehren. Vielleicht haben sie ihn repariert, während ich hier gelegen habe. Ich möchte gern in meine alte Hirnschale heimkehren wie ein Nestling in seinen Nistkasten. Phantasien! Man muß nicht die Immunabwehr von jemand senken, der in sich selbst transplantiert werden soll.

36

Es ist Samstag, und mein ganzer Körper kribbelt wie verrückt. Ich flitze wie ein aufgescheuchter Barsch in meinem winzigen Becken herum. Ich brauche unbedingt Gesellschaft. Das Geschlecht spielt keine Rolle, Hauptsache, es ist ein lebendes Wesen, mit dem ich mich paaren kann. Ich quetsche mich ans Glas und reibe meinen Rückenmarkstumpf an der harten Oberfläche. Der Student, der mich gerade gefüttert hat, steckt seinen Finger ins Aquarium – doch er räumt erschreckt das Feld, als ich eifrig den Finger attackiere. Was ist mit mir los? Ich kann mich nicht erinnern, daß ich bei irgendeiner Gelegenheit seit meinem Aufenthalt hier so voller Geilheit gewesen wäre. Allerdings muß ich wegen meines durchlöcherten Gedächtnisses Vorbehalte machen; aber Gefühle erkennt man im allgemeinen wieder, dazu braucht es kein Katalogsystem. Lüstern starre ich die Hand im Aquarium gegenüber an. Soll ich mich auf den Boden sinken lassen, mich mit Energie vollpumpen, einen Anlauf nehmen und wie ein Unterwassergeschoß quer durch den Raum sausen, um genau

in die herrliche Falte zwischen Daumen und Zeigefinger der Hand zu plumpsen?
Pornographische Bilder ziehen durch meinen Kopf. Die Triebe hetzen mich im Aquarium herum. Ich lasse mich mit dem Bauch nach oben an die Wasseroberfläche treiben und biete meine Rinnen und Mulden dar. Aber niemand erlöst mich. Mit knapper Not vermag ich mich wieder zurückzudrehen – ich will nicht hier wie ein hilfloser Mistkäfer liegen und in meinen eigenen Säften ertrinken. Benommen segle und trudle ich zu Boden wie eine Münze in einem Brunnen. Da erblicke ich den Professor, George. Was tut er hier an einem Samstag?!
«Ist ja gut, ist ja gut, Ypsilon», sagt er und steckt die ganze Hand herein.
Ich stoße und reibe mich an der Handfläche, bis ein langsamer Krampf mich durchzieht.
«Ist es jetzt besser?»
Ich nicke erschöpft; sogar meine Ohren sind schlaff.
«Ein kleines Versehen. Der Student hat dir von dem Testosteron gegeben, das für einen der Kapaune im Hühnerstall vorgesehen war. Es ist bald vorbei.»
Ich habe also eine Dosis Geschlechtshormone abgekriegt. Fehlt bloß noch, daß ich an der ganzen Oberfläche picklig wie ein Teenager werde.
«Könnt ihr nicht vorher fragen?» sage ich. «Wo wir jetzt miteinander reden können. Laßt mich doch auch die Etiketten auf den Flaschen kontrollieren!»
«Wir werden daran denken.»
George hat ein großes Futteral mit weiblichen Formen dabei; es kann kaum für Golfschläger gedacht sein.
«Willst du, daß ich dir ein bißchen was vorspiele?» fragt er und packt das Cello aus.
Ich freue mich. George holt sich einen Hocker, schraubt

den Stützstab unter dem Cello fest, bläst über den Bogen, stimmt das Instrument, schaut an die Decke, holt tief Luft, krümmt sich über das Cello und spielt.
Es ist sehr schön. Da ich zwei Antennen habe, kann ich das Stück in Stereo hören. Musik fasziniert mich. Ich weiß, daß ich lange glaubte, man müsse Bilder in seiner Phantasie erfinden, während man zuhört. Es war sehr mühselig, und ich verlor mich rasch zwischen diversem Bildgerümpel. Aber vor nicht allzu langer Zeit – wie lange? – habe ich entdeckt, daß man sich nicht um irgendwelche Bilder bemühen soll. Statt dessen soll man das Thema annehmen, in sich hineinnehmen und ihm folgen; keine Illustrationen, keine störenden Assoziationen.
George wischt sich die Hände an einem Taschentuch ab, schließt die Augen, entscheidet sich und stimmt das nächste Stück an. Er hat eine professionelle Hand mit dem Cello. Welch ein vielseitig begabter Mann: Gehirnprofessor, Golfspieler und Cellist! Als er das zweite Stück beendet hat, hört man im Labor einen lauten und etwas unbeholfenen Applaus. Es ist Flink, der hereingekommen ist und sich auf einen Oszillographen gesetzt hat, ohne daß ich ihn bemerkt habe. Da heute Samstag ist, trägt er keinen weißen Kittel. Statt dessen hat er als einziges Kleidungsstück einen flott gebundenen Silberschlips um den nicht vorhandenen Hals. Er klatscht mit langen Armen Beifall und grinst mit unappetitlichen Hauern.
Ich möchte auch applaudieren! Einerseits weil es schön ist, andererseits, weil zwischen Flink und mir ein Konkurrenzkampf entsteht. Wen von uns mag George am liebsten? Intensiv tue ich so, als würde ich applaudieren. Zuerst mit den Ohren, aber das fühlt sich nicht normal

an. Dann mit meinen nicht vorhandenen Händen. Da entdecke ich einen dritten Zuhörer, der George seine Huldigung darbringt. Es ist die Hand. Da sie allein ist, kann sie nicht im üblichen Sinn applaudieren, sondern nur gegen die Seitenwand des Aquariums klopfen. Je stärker ich mich meinen Applausphantasien hingebe, um so kräftiger bewegt sich die Hand. Das Wasser spritzt hoch, so hoch, daß George das Cello wegstellt und sein weißes Taschentuch über das Aquarium der Hand breitet. Flink und ich erblassen natürlich vor Neid. Ich beschließe, nach dem nächsten Stück noch kräftiger zu applaudieren.

Der Professor spielt jetzt weiter, daß der Schweiß perlt. Aber weder Flink noch ich hören zu. Statt dessen lauern wir einander auf, wer zuerst mit dem Applaus in Gang kommt. Ich gewinne, ich habe eine schnellere Auffassungsgabe als ein halbgebildeter Schimpanse. Aber: genauso schnell, wie ich in Gang komme, startet auch die Hand! Sie klatscht so eifrig, daß das weiße Taschentuch ins Wasser rutscht und sich um ein paar Finger wickelt. Die Hand verwandelt sich in einen Ertrinkenden, der in einem letzten Versuch, sich bemerkbar zu machen, das flatternde Taschentuch hochhält.

Zugleich erlahmt mein eigener Applaus, er geht in Zeitlupe über. Ich höre abrupt auf. Da hört auch die Hand auf. Ich applaudiere heftig. Die Hand applaudiert so stark, wie das Taschentuch es erlaubt. Also bin ich es eigentlich, der durch die Hand applaudiert; sie steht gänzlich unter meinem Einfluß. Ich habe ja schon früher solche Tendenzen bemerkt. Aber jetzt ist die Folgsamkeit total! Ich winde mich aus dem Taschentuch; ich schnipse auf der Wasseroberfläche, so daß Flink vollgespritzt wird – ich balle die Faust in einer Siegergeste.

George, der sich höflich vor Flink verneigt hat, merkt, daß etwas Ungewöhnliches vor sich geht. Er starrt verblüfft auf die Bewegungen der Hand. Ich höre sofort auf und lasse die Hand sinken. Lieber nicht allzuviel preisgeben. Mein Gedächtnis beherrschen sie. Aber meine Fähigkeiten, die Hand zu lenken, an die will ich sie nicht rankommen lassen.

37

Blinde bekommen gewöhnlich einen Blindenhund. Aber ich bin nicht blind – wie soll man dann die Hand nennen? Die Hand ist nicht mein sehender Schäferhund, sondern mein Finger im Spiel. Es ist Abend. Das Personal ist nach Hause gegangen, und ich konzentriere mich auf die Hand. Sie liegt mir gegenüber in ihrem Aquarium. Auf dem Regal darunter steht ein Vogelkäfig. Nur bei kürzeren Transporten verwahren sie die Hand im Käfig.

«Winke!» denke ich, und die Hand winkt.

Es sieht etwas unbeholfen aus, da die Hand keinen Unterarm hat, von dem aus sie wedeln kann. Es wirkt eher so, als versuche die Hand, die Glasscheibe vor sich anzufallen.

«Steh auf!» denke ich, und die Hand setzt zu ihren mühsamen Versuchen an, über den Rand des Aquariums zu klettern. Es ist nicht einfach, da es nichts gibt, woran sie sich abstützen kann. Es war einmal ein Frosch, der in einer Schüssel mit Sahne landete. Die Ränder waren zu glatt zum Klettern. Es war kein Absatz da, von dem er hätte abspringen können. Aber der Frosch gab nicht auf, sondern er schwamm und schwamm, bis die Sahne zu Butter wurde und der Frosch von dem Butterklumpen aus herausspringen konnte. Aber was tut man mit einer Hand in einem Glaskasten, der mit leicht gesalzenem Wasser gefüllt ist? Man kann sie schwerlich ermahnen, das Meer zu buttern.

Zur Reserve steht über dem Aquarium der Hand ein Wasserbehälter aus weißem Plastik. Wenn der Wasserspiegel sinkt, öffnet sich automatisch ein Ventil. Ich lasse die Hand Wasser vom Pegelmesser wegpaddeln, um das Meßgerät zu täuschen. Auf diese Weise erhöhen wir den Pegelstand fast bis zum Rand. Jetzt kann die Hand die äußeren Glieder von zwei Fingern über die Glaskante schieben und sich langsam heraushieven. Es klappt! Mit einem dumpfen Laut fällt die Hand aus dem Aquarium auf das Dach des Vogelkäfigs. Sie bleibt eine Weile liegen. Nachdem sie sich erholt hat, klettert sie vom Käfig herunter, immer weiter abwärts. Ich kann sie nicht mehr sehen. Aber ich ziehe sie an wie ein Magnet. Sie irrt da unten auf dem gekachelten Boden herum. Die ganze Zeit spüre ich, wie wir uns immer näher kommen. Die Finger entdecken eine Rohrleitung und klettern daran hoch, die Hand erreicht ein Regal und nähert sich seitlich wie ein Taschenkrebs. Triumph erfüllt mich, als die Hand plötzlich direkt vor mir im Abzugschrank steht.

In der nächsten Nacht lasse ich die Hand genau dasselbe Programm absolvieren. Wir können kein Risiko eingehen. Ganz katastrophal wäre es, wenn die Hand nicht zu ihrer Behausung zurückfände. Wenn sie hinter einem Heizkörper steckenbliebe oder vom Nachtwächter zertreten würde. Ist sie nicht zum Frühstück zurück – das

sie als Injektion kriegen muß –, wird sie ziemlich bald vom Brand befallen und stirbt.
Die nächste Nacht und die nächste Nacht. Dasselbe Programm. Aber in der siebten Nacht fühlen wir uns startbereit. Ein paar Türen weiter weg, Wand an Wand mit der Kaffeeküche, liegt das Büro der Sekretärin. Jedesmal, wenn ich aus dem Aquarium herausgenommen wurde, habe ich versucht, etwas Neues über die Umgebung zu lernen. In der siebten Nacht schicke ich die Hand in das Büro. Da sie nicht sehen kann, müssen wir versuchen, uns mit Hilfe von Gefühl und Intuition zu orientieren. Besonders das letztere habe ich in meiner Einsamkeit in den freigelegten Gehirnrinden gezüchtet. Ich habe nicht nur einen sechsten Sinn, ich habe auch den Anfang eines siebten und achten. Die Hand hat den Auftrag, im Büro der Sekretärin einen Bleistift, einen Block, einen Umschlag und wenn möglich auch Briefmarken zu klauen.
Eines Nachts schleppt sie einen Umschlag an, den sie stolz vor mich hinlegt. Gemeinsam bewundern wir die Beute bevor wir den Umschlag verstecken. Wir schieben ihn unter mein Aquarium. Zwischen dem Boden und den Kacheln des Aquariums besteht eine Lücke von einem halben Zentimeter. In der nächsten Nacht kommt die Hand mit einem Kugelschreiber an, der jedoch zu dick ist, als daß er in den Spalt passen würde. Die Hand muß den Kugelschreiber mitnehmen und ihn in die Holzspäne auf dem Boden des Vogelkäfigs fallen lassen. Zuletzt klauen wir einen Telephonblock. Den können wir nicht verstecken. Wir lassen ihn offen herumliegen und verlassen uns auf die Nachlässigkeit des Personals. Die beiden Teilzeitbeschäftigten haben keinen besonderen Ehrgeiz gezeigt.

In den folgenden Nächten üben wir uns im Schreiben. Die Resultate der ersten Woche sind erschreckend. In Ermangelung des Armes muß die Hand kriechend den Kugelschreiber über die winzigen Blätter des Telephonblocks führen. Sie wackelt hin und her wie ein Ritter mit einer allzu schweren Lanze. Ein anderes Problem, das ich vorhergesehen, jedoch unterschätzt habe: Was sollen wir mit allen vollgekritzelten Papieren anfangen? Sie können schließlich nicht einfach hier liegenbleiben. Wir lösen es so, daß die Hand auf dem Heimweg einen Umweg ins Nebenzimmer macht und die Ratten die Zettel auffressen läßt.
Nach einer Woche ist unsere Schrift leserlich, aber das ist auch alles. An wen sollen wir schreiben? Etwa ans Wunschkonzert und uns eine Platte wünschen, an eine Behörde und uns über unsere Behandlung beschweren? Sinnlos. *Biochine* gehört zu einem internationalen Forschungskonsortium. Wir müssen davon ausgehen, daß George und die Firma den geltenden Gesetzesvorschriften folgen. Wenn nicht, haben sie bestimmt Anwälte, die Ausreden für sie erfinden.
Eines Nachts beschließe ich, daß wir uns eine Brieffreundin suchen wollen. Gemeinsam verfassen wir einen Brief unter «Bekanntschaften, Heiraten». Wir schreiben:
Mann um die Vierzig, alleinstehend, sucht Brieffreundin.
Nur ernstgemeinte Zuschriften.
In der nächsten Nacht machen wir den Brief fertig und kleben den Umschlag zu – was sich als gar nicht so einfach erweist. Jetzt fehlt nur noch eine Briefmarke. Ich weiß, daß es welche im Büro gibt, in einem Blechkasten – aber der ist leider verschlossen. Bis wir eine Briefmarke bekommen, schieben wir den Brief in das Versteck

unter dem Aquarium. Es ist ein Gefühl, als würde das Leben sich endlich öffnen.
In der Nacht darauf pult die Hand den Brief heraus. Und gibt ihn den Ratten zum Fraß. Ich brauche keine Busenfreundin! Ich will, daß Emma zurückkommt.

38

Heute nachmittag nehme ich am Kaffeetrinken teil. Man hat mich auf einer ausgehängten Schranktür hergetragen. Das Wasser im Aquarium schwappt dann nicht so, das Risiko der Seekrankheit wird herabgesetzt. Jetzt haben sie mich am Ende des Kaffeetisches im Personalzimmer plaziert. Auf der anderen Tischhälfte steht eine große Torte. Zwischen der Torte und mir steht eine Vase mit getrockneten Blumen. Der Strauß verdeckt mir die Aussicht auf die Torte. Aber die dünnen rosa Kerzen auf der Torte ragen über die Blumen hinaus. Es sind 21 Kerzen. Am Kopfende sitzt das Geburtstagskind auf einem Kinderstuhl. Es ist der Schimpanse Flink, der Geburtstag hat. Ich bin etwas verwundert, daß er mich eingeladen hat. Wir wollten doch nicht durchblicken lassen, daß wir Freunde sind.
Die weißen Ratten sind nicht eingeladen, aber die Hand schon. Die Hand ist in einen gewöhnlichen Wellensittichkäfig gesperrt, den sie neben mein Aquarium stellen. Besonders interessiert wirkt sie nicht gerade. Sie kratzt still zwischen den Sägespänen auf dem Boden des Käfigs herum.
George ist nicht dabei – obwohl ich sicher bin, daß er eingeladen ist. Die Rede auf das Geburtstagskind hält

statt dessen der Tierarzt, der die Hauptverantwortung für Flink trägt. Ich kenne ihn flüchtig. Die Rede, die er hält, ist düster, aber tief empfunden, wie man vermuten darf:

«Geschätzter Flink», sagt der Tierarzt mit der Nase im Manuskript, «einundzwanzig Jahre sind für einen Schimpansen kein so unbedeutendes Alter, wie es klingen mag. Für einen Menschen bedeutet es, daß man gerade die Schule abgeschlossen hat. Für einen Schimpansen bedeutet es, daß man auf der Schwelle zum goldenen Mittelalter steht. Für dich, Flink, beginnt das Leben nicht mit vierzig, sondern mit zwanzig. Es gibt, wie wir alle wissen, sehr, sehr viel Gutes über die goldenen Jahre zu sagen, an deren Schwelle Flink jetzt steht. Aber laßt mich die Gelegenheit wahrnehmen, auch ein wenig ernsthaft zu sein. Für viele, die ihr Haus nicht bestellt haben, sind die mittleren Jahre nicht der Zenit der Lebensbahn, sondern eine Sackgasse. Ich erinnere mich an die Geschichte eines Mannes in mittleren Jahren, der sein ganzes Leben lang nach oben strebte. Er hat sein Leben als lange, steile Treppe durch dunkle Gewölbe empfunden. Am Ende der Treppe konnte er eine Lichtquelle erahnen, als mündete die Treppe dort auf eine sonnenbeschienene Dachterrasse mit üppigen Bäumen, Blumen und Springbrunnen. Das Ziel seines Lebens war es, so schnell wie möglich diese hängenden Gärten zu erreichen, die er sich als Paradies auf Erden vorstellte. Tag und Nacht arbeitete er sich unermüdlich nach oben, Stufe für Stufe. Und eines Tages in der Mitte seines Lebens stand er auf der Schwelle zu der hellen Öffnung und bereitete sich darauf vor, den Dachgarten zu betreten. Aber als er die letzte Treppenstufe nahm, stieß er gegen eine Glasscheibe, die die Treppe absperrte. Und es war keine gewöhnliche Glasscheibe, meine Freunde. Es war in Wirklichkeit ein Spiegel! Das Licht, das er für die Zukunft gehalten hatte, war in Wirklichkeit nur ein Widerschein vom Eingang des Tunnels.

Ich erhebe jetzt meine Kaffeetasse, um mit dir anzustoßen, Flink. Wir erheben alle unsere Tassen zu Ehren des Geburtstagskindes. Denn wir sind gewiß, daß für dich, Flink, das Lebensziel kein trügerischer Spiegel gewesen ist. Obwohl du mit beiden Beinen auf der Erde stehst, bist du eine Person, die immer nach dem Höheren strebt, nach dem freien, blauen, wirklichen Himmel!»

Alle am Tisch, der Tierarzt, der Student und eine der Putzfrauen, die plötzlich aus ihrer Arbeit herausgerissen wurde, haben Tränen in den Augen, als sie auf Flink anstoßen. Er selbst heult so, daß sich Regenringe auf meinem Aquarium bilden. Dann überreicht der Tierarzt das Geschenk, für das man gesammelt hat. Es ist eine Polaroidkamera.

«Von uns allen!» betont der Tierarzt, aber ich selbst habe nichts dazu beigetragen; und ich bezweifle, daß die Hand es getan hat.

Dann soll Flink die Kerzen auf seiner Torte ausblasen. Es wird eine peinliche Angelegenheit. Sein Mund ist viel zu breit, die Lippen sind zu steif und eignen sich nicht recht für diese Aufgabe. Die Folge ist, daß der Luftstrahl in alle Richtungen verpufft: Ein Strom reißt etwas von der Tortensahne mit, ein anderer wirbelt ein paar getrocknete, federleichte Blumen aus der kurzen Vase.

Der Student will helfen, indem er sich schräg hinter Flinks Stuhl stellt und bläst. Aber mir kommt in den Sinn, daß ich statt dessen eingreifen sollte: Ich starre dem Studenten mitten auf die Stirn und flöße seinem

Gehirn eine Idee ein. Er kapiert es gleich darauf und tut, was ich will: läßt die Hand aus dem Vogelkäfig. Dann lenke ich die Hand auf ihrem Spinnenspaziergang zur Torte hin. Als sie die Torte erreicht, lasse ich sie einige schnelle Sprünge und Ausfälle gegen die kleinen Kerzen machen. Rasch zerquetscht die Hand die Flammen zwischen Daumen und Zeigefinger und löscht sie. Ich verbrenne mich ein bißchen – schließlich hatte ich keine Gelegenheit, die Fingerspitzen vorher mit Spucke zu befeuchten.

Die Hand trollt sich zurück ins Wellensittichnest, und Flink kriegt das erste Tortenstück, das er sich quer ins Maul stopft. Danach leckt er gierig seine schwarzen Finger ab. Er bekommt noch eins und schlingt es hinunter, bevor die anderen überhaupt die Stücke verteilen können. Mit einem zufriedenen Glucksen verläßt Flink seinen Babystuhl, schwingt sich zur Deckenlampe hoch und fängt an, uns mit seiner neuen Polaroid zu knipsen. Er turnt überall im Zimmer herum, um neue Perspektiven zu finden: im Regal, auf der Abzughaube über dem Herd, an der Gardine. Und schließlich stellt er sich rittlings über das Aquarium und jagt mir einen Blitz direkt in die Großhirnrinde.

Wenn Flink photographiert hat, möchte er sofort die Bilder aus der Kamera reißen, ohne die vorgeschriebene Zeit abzuwarten. Aber der Tierarzt überredet ihn zum Abwarten. Als die Bilder fertig sind, findet Flink sie überhaupt nicht gelungen. Er zerreißt sie allesamt, und von seinem Platz an der Deckenlampe aus streut er die Schnipsel über den ganzen Tisch.

Dann kommt eine Filmvorführung. Flink hat sich seinen Lieblingsfilm gewünscht, «Koko – der sprechende Gorilla». Er dauert fast eine Stunde und handelt davon, wie eine Forscherin einem jungen Affenweibchen die Zeichensprache beibringt. In allen Einzelheiten kann man die Bemühungen der Forscherin und nicht zuletzt Kokos verfolgen. Ich langweile mich und mache statt dessen ein paar Turnübungen mit der Hand, die ich im Käfig herumklettern lasse. Ich möchte ihre Muskelkraft erproben. Die Hand hat sich auf eine fast märchenhafte Art dem trockenen Land angepaßt. Ohne weiter auf die Tragkraft des Wassers angewiesen zu sein, kann sie komplizierte und die Muskeln belastende Bewegungen ausführen.

Als der Film zu Ende ist, geht Flink um den Tisch und umarmt jeden einzelnen. Plötzlich schmeißt er die Kamera direkt auf den Tierarzt. Im nächsten Moment reißt er an der Gardine und tritt gegen das Fenster. Aber er kriegt kein Loch in die Scheibe. Da schwingt er sich zur Tür hin. Doch die ist verschlossen. Alle stehen verdutzt und schweigend herum. Flink kauert sich in der Ecke unter dem Fensterbrett zusammen und kehrt uns den krummen Greisenbuckel zu.

Der Tierarzt bricht in ein Lachen aus. Die anderen stimmen ein. In einem Nu ist Flink auf der Fensterbank. Er lacht, daß die Tränen nur so spritzen. Dann beginnt er zu applaudieren. Er gibt sich nicht zufrieden, bevor nicht alle in den Applaus einfallen.

Jetzt steht der Professor in der Tür. Hinter ihm wartet ein Operationsassistent. Der Tierarzt nimmt Flink an der Hand und führt ihn zum Professor. Der Professor nimmt Flink auf den Arm und streicht ihm über den Kokosnußschädel. Flink schaut uns an, grinst in panischem Schrecken und winkt mit seinem langen Arm. Das viel zu große Lätzchen hängt wie eine Schürze vor seinem Körper.

39

Sie bereiten irgend etwas vor. Das Aquarium der Hand haben sie zum Spülstein getragen. Gestern waren drei Männer über dreizehn Stunden lang damit beschäftigt, eine Fernseh-Überwachungskamera am Platz der Behelfsdusche zu montieren, also von mir aus gesehen an der linken Wand. Die Dusche ist gleichzeitig mit den Labortischen verschwunden. Da hier keine Säuren oder anderen ätzenden Chemikalien mehr aufbewahrt werden, ist sie überflüssig geworden.

Die kleine graue Kamera mit ihrem blinkenden Objektiv hängt an einem beweglichen Arm: Langsam schwenkt die Kamera das Labor ab, hin und her. Ab dem Start an der hinteren Wand braucht sie zwanzig Sekunden, bis sie über mir ist, dann wendet sie und kehrt zurück. Als ich heute morgen bei der Visite fragte, sagte der Professor:

«Das hat die Versicherungsgesellschaft verlangt. Jemand ist nämlich am Mittwoch ins Krankenblattarchiv eingebrochen!

Aber sie begnügen sich nicht mit der Kamera. Den ganzen Vormittag über haben sie an der hinteren Wand herum hantiert. Der Student Curt war ganz in seinem Element. Sie haben die vier Oszillographen geeicht und ausprobiert. Jetzt machen die Elektriker gerade Pause. Curt ist draußen, um die Fernseh-Firma anzurufen. Wenn ich es recht verstehe, ist eine unglückliche Interferenz zwischen der Überwachungskamera und dem Oszillographen entstanden. Sie stören einander.

Die Elektriker – zwei junge Burschen um die achtzehn – sitzen jeder auf seiner Leiter, vespern Butterbrot mit beidseitig gebratenem Ei und glotzen mich an. Zwischen den Bissen reden sie über mich. Der eine sagt, das sei ja sehr interessant. Der andere ist empört. Er will seinem Gemeindepfarrer daheim von mir erzählen. Der erste erinnert ihn an die Schweigepflicht. Aber das ist dem anderen egal. Schließlich kann die Kirche nicht zulassen, daß man ein menschliches Gehirn in einem Wasserglas verwahrt und es am Leben erhält. Das muß gegen die Natur sein. Vieles sei gegen die Natur, sagt der erste Elektriker. Aber es müsse eine Grenze geben, bekommt er zur Antwort.

Curt kommt hektisch herein, einen Pappbecher mit Kaffee in der Hand, der überschwappt und einen hellbraunen Stern auf dem Kachelboden bildet. Curt schaut auf die Uhr. Auch die Elektriker schauen auf die Uhr – und schlagen die Zähne in je ein Knäckebrot mit gebratenem Strömling.

Einige Stunden später sind sechs Personen im Raum: drei von der TV-Firma, die die Kamera richtig einstellen, Curt und die Elektriker, die an den Oszillographen herumbasteln. Sie arbeiten daran, bis es draußen zu dämmern beginnt. Da kommen der Professor und meine Psychiaterin. Aber sie nehmen nicht die geringste Notiz von mir. Sie fragen und schauen, deuten und befingern, blättern in Tabellen und diskutieren. Die Fernseh-Leute sind nach Hause entlassen. Dafür rollen Leute aus dem OP einen großen Aluminiumzylinder mit der Öffnung nach oben herein. Er rotiert wie ein Zementmischer. Außerdem raucht es aus dem Zylinder: ein schwerer, weißer Kohlensäurerauch, der sich ihnen wie eine Brautschleppe um die Füße kringelt.

Jetzt dürfen auch die Elektriker nach Hause gehen. Die übrigen legen Mundschutz und elfenbeinfarbene Gummihandschuhe an. Eine Krankenschwester umhüllt eins der leeren Aquarien mit grünen Operationstüchern, die sie mit einer langen Greifzange aus einem dampfenden Blechkasten nimmt. Auch an der Mündung des Zylinders klemmt sie Tücher mit Operationszangen fest. Dann eicht Curt den Oszillographen ein letztes Mal. Ein Techniker kommt mit einem weißen Kasten angekeucht, den ich als EEG-Apparat wiedererkenne. Endlich scheinen sie fertig zu sein. Alle wenden die Gesichter nach oben und schauen auf die Wanduhr. Dann taucht der Professor die Hände in den Zylinder. Er hebt etwas heraus, das die Form eines Straußeneis hat. Es dampft von dem geforenen «Ei». Ich kann nicht in allen Einzelheiten sehen, was sie machen, kann es nur an ihren Bewegungen erraten. Der Professor arbeitet im Aquarium, während Curt mit den Kabeln an der Decke des Abzugschranks hantiert. Ein Assistent schiebt den Zylinder hinaus. Die Krankenschwester zieht sich zurück und lüftet den Mundschutz. Sie ist im gleichen Alter wie Emma. Die Operationskleidung gibt ihrem Gesicht eine schöne Straffheit.
Die ganze Nacht ist das Team am Werk. Einige dürfen kurz nach Mitternacht nach Hause gehen, aber der Professor, die Psychiaterin und Curt bleiben da. Kurz vor vier tritt offenbar eine Krise ein. Curt muß wieder nach dem Operationspersonal läuten, das nach ein paar Minuten hereinstürmt, die Gesichter vom Schlaf verquollen und hektisch die Hände massierend, um wieder Gefühl hineinzukriegen. Nach etwa einer Stunde hat die Lage sich stabilisiert. Curt holt Kaffee, und die Psychiaterin hat eine Kamera mit Blitzlicht hervorgekramt. Sie

macht mehrere Aufnahmen aus verschiedenen Blickwinkeln. Plötzlich dreht sie sich um und feuert auch auf mich einen Blitz ab. Das Licht trifft mein Auge wie ein Peitschenhieb und macht es leer und weiß. Es dauert mehrere Minuten, vielleicht eine Viertelstunde, bevor ich wieder sehen kann. Da sind sie gegangen. Draußen beginnt das Morgengrauen. Das «Straußenei» im Aquarium gegenüber ist nicht mehr weiß. Es ist gelbgrau und längs der Mittellinie gespalten. Alles ist still, und die verschiedenen Kurven der Oszillographen wogen träge wie ein stehender Aar in einem langsamen Strom. Auch die Hand ist wieder an ihrem alten Platz unter dem Neuankömmling. Die Überwachungskamera dreht langsam ihre Runden wie ein Leuchtturm. Ich fixiere den Neuankömmling. Es ist, als sähe ich mich selbst im Spiegel. Links unten am Aquarium klebt ein breiter, rosa Leukoplaststreifen, und darauf steht mit Filzschreiber geschrieben: OMEGA.

40

Ich kann mein Glück gar nicht fassen: Mit einem Lächeln auf den Lippen ist Emma zurückgekehrt. Braungebrannt, redselig, liebenswert. Sie ist in den Ferien gewesen. Sie könnte schwören, daß sie es mir vorher erzählt hat. Sie hat mir gesagt, daß sie weg sein würde – aber nicht verreist. Doch ich kann wegen dieser Sache nicht weiter herumschmollen; sie ist in gutem Glauben gefahren – und jetzt ist sie da. Wir strahlen beide vor Glück, aber ich fühle mich sehr bleich neben ihr.
Heute morgen bekam ich ein richtiges Bad. Die Hilfs-

pfleger, die mich versorgt haben, waren nicht mit dem Baden betraut. Dafür bin ich dankbar gewesen, denn ich will nicht auf den Boden fallen gelassen werden. Heute bin ich zum erstenmal auch geduscht worden. Wir ließen einige der herabhängenden Gehirnnerven an den Strom angeschlossen, damit ich es miterleben konnte. Ein köstlicher Frühlingsregen!

Alles ist erledigt, und ich bitte sie eifrig, sich zu mir zu setzen und von den Ferien zu erzählen. Sie möchte sich zuerst umziehen gehen, aber ich bitte sie: Setz dich, nur einen Augenblick. Sie setzt sich und lehnt die Stirn ans Aquarium. Die gebräunte Haut wird käsebleich, wo sie sich ans Glas drückt.

«Bist du allein gefahren, Emma?»

«Wir waren zu zweit.»

«Wer?»

«Eine Bekannte. Als Mädchen kann man nicht einfach so allein losfahren.»

Nein, natürlich nicht. Ich wäre äußerst besorgt gewesen, wenn ich gewußt hätte, daß sie allein zum Baden ans Mittelmeer fährt.

«Hast du die Ansichtskarte gekriegt?»

«Was für eine Ansichtskarte?»

«Die ich dir geschrieben habe.»

«Ich habe überhaupt keine Post gekriegt. Du weißt doch: Ich bekomme nie Post!»

«Genau das wollte ich ändern. Die Karte wird sicher dieser Tage ankommen.»

«Was habt ihr abends gemacht?»

«Eins nach dem anderen. Tagsüber lagen wir am Strand. Von zehn bis zwei. Und dann von vier bis gegen sieben.»

«Bist du am ganzen Körper so braun?»

Sie droht mir mit dem Zeigefinger, sieht dabei aber gar nicht streng aus; eher fröhlich, als hätte sie ein Kompliment bekommen. Sie erzählt weiter von dem Eismann, dem Bootsvermieter, der Frau, die Spitzen verkaufte, und den allgegenwärtigen, lauten Deutschen. Im Meer hat sie nicht gebadet, das war zu kalt und zu schmutzig. Auf dem Meer konnte man Tretboot fahren. Gebadet haben sie im Swimmingpool.
«War das Wasser stark gechlort? Glaubst du, ich hätte es geschafft, ein Weilchen darin herumzuschwimmen?»
Mein großes Problem ist meine Schüchternheit. Eigentlich möchte ich Emma zurufen: «Schlüpf zu mir herein!» Aber ich werde es noch sagen – bevor dieser Tag zu Ende ist.
«Und was habt ihr abends getrieben?»
«Immer mit der Ruhe. Wir sind erst beim Mittagessen angekommen. Da haben wir uns selbst versorgt. Geräucherten Schinken gekauft, ein paar Eier, Obst und Gemüse, das wir selbst zubereitet haben. Wir hatten eine eigene Küche. Oder vielmehr eine Kochnische.»
«Und die Sonne hat die ganze Zeit geschienen?»
«Zwei Tage war es bedeckt, und in einer Nacht gab es ein Mordsgewitter. Jetzt muß ich mich umziehen. Wir sehen uns zum Kaffee!»
Sie geht. Ich habe Mühe, meine Erwartungen in Zaum zu halten. Heute nachmittag werde ich sie fragen. Auf Biegen oder Brechen. Ich weiß, daß sie mich akzeptiert, daß sie sich von meinem extremen Aussehen nicht abschrecken läßt. Nur am Anfang einer Beziehung spielt das Aussehen des anderen eine Rolle; später denkt man nicht mehr daran. Doch, natürlich denke ich an Emmas Aussehen. Sie ist nicht nur brauner geworden: Es scheint auch, als sei sie reifer geworden, mit schmäleren

Wangen, fester, schärfer umrissen. Es steht ihr gut.
Es dauert mehrere Stunden, bevor sie zurückkommt. Ich liege da und starre meine Zimmergenossen an: die Hand und Omega. Emma hat natürlich unter anderem wahnsinnig viel mit den Ratten zu tun. Hat sie den Ratten auch eine Ansichtskarte geschickt? Eine dicke, faserige Karte mit Beißschutz.
Als sie endlich kommt, trägt sie ein neues rotes Kleid mit kleinen gelben Vierecken. Um das Haar hat sie ein Tuch in Türkisblau gebunden. Sie steckt die Hände in die Taschen wie ein Mannequin und dreht sich vor mir im Kreis. Statt mit den Händen klatsche ich mit den Ohren. Wodurch Wellen im Aquarium entstehen – noch mehrere Minuten später schaukle ich herum und sehe die Welt zerteilt und verzerrt. Emma zerfließt in großen, jugendstilförmigen Farbklecksen.
Sie sitzt da, das Kinn in eine Hand gestützt. Mit der anderen streichelt sie das Glas zwischen uns, als versuche sie, das aufgewühlte Wasser zu besänftigen.
«Und abends seid ihr tanzen gegangen?»
«Abends sind wir essen gegangen», sagt sie spöttisch.
«Wie waren die Preise?»
«Ungefähr die Hälfte von unseren. Der Wein kostete nicht mehr als Milch.»
Wein? Ich weiß, daß ich schon Wein getrunken habe. Wann? Gerade jetzt habe ich ungeheuer Lust auf Wein, auf Champagner. Ich wünschte, sie würde mir eine halbe Flasche ins Aquarium schütten. Ich möchte die kleinen, prickelnden Bläschen in meine verborgenen Winkel und Kanäle steigen spüren.
«Aber danach seid ihr doch bestimmt tanzen gegangen?»
«Neugierig bist du wohl gar nicht?»

«Seid ihr nicht mal in eine Diskothek gegangen?»
«Jetzt muß ich heim. Fortsetzung folgt morgen!»
Da liege ich nun mit meinem Angebot: Schlüpf zu mir herein! Vielleicht ist es ebenso gut, mit einer so entscheidenden Frage bis zum Morgenbad zu warten. Sie hat versprochen, mich auch morgen wieder zu duschen.

41

Sie haben sich ihre Arbeit aufgeteilt. Zu meiner großen Enttäuschung betreut Emma das neue Gehirn, Omega, während Curt mich versorgen muß. Sie haben auch nicht dieselben Zeiten. Emma folgt pünktlich ihrem Tagesschema, das um sieben Uhr morgens beginnt. Aber Curt kommt, wann es ihm gerade paßt. Er hat seine Forschung, und die hat Vorrang. Sobald Emma in meine Blicklinie kommt, bettle ich: Setz dich ein Weilchen zu mir – du kannst doch eine Kaffeepause opfern?! Aber sie schüttelt den Kopf und hetzt weiter zwischen den Ratten, der Hand und Omega hin und her. Außerdem muß sie Kopenhagener für die Kaffeerunde besorgen; die Sekretärin ist wegen eines Brustgeschwürs zu Hause geblieben.
Curt kommt hereingelatscht, den Kittel offen und den haarigen Bauch zwischen dem eingelaufenen T-Shirt und den heruntergerutschten Jeans halb entblößt. Die Holzschuhe klappern so hart auf dem Kachelboden, daß alle Wasserflächen im Labor ins Zittern geraten. Ohne jedes Vorspiel hebt er mich heraus und inspiziert meine Gehirnwindungen durch eine mit Fingerabdrücken übersäte Lupe.

«Du bist ein verdammt guter Zuhörer, Einstein», sagt er und sprüht mich mit ein bißchen destilliertem Wasser ein.

«Nenn mich nicht Einstein!» sage ich, als er mich wieder ins Aquarium hat plumpsen lassen.

Dann redet er. Höre ich zu? Ich habe keine andere Wahl. Ich kann mich zwar wegträumen. Aber wenn ich mich wegträume, weiß ich plötzlich nicht, von wo das Geräusch seiner Worte kommt. Er geht im Zimmer umher, während er redet. Ich muß wissen, wo er gerade ist. Deshalb behandle ich jedes Wort mit größter Behutsamkeit. Sie kommen durch den Nebel gesegelt wie Rettungsbojen. Als er zu seiner Examensarbeit zurückkehrt, bin ich ganz Ohr. Ich möchte nicht, daß mir sein letzter Schritt entgeht oder das kaum mehr hörbare Zuschnappen der Aufzugstür.

«Du bist mein Beichtvater», sagt er entschuldigend an einem anderen Tag, nachdem er mich so unvorsichtig in eine Instrumentenschale hat fallen lassen, daß ich mit dem Auge zuunterst gelandet bin.

Es pocht und schmerzt in meinem blinden Auge. Curt tupft mich mit einer Kompresse ab. Sie ist mit einem Betäubungsmittel getränkt.

«Verdammtes Pech, Einstein, genau aufs Auge gefallen», sagt er.

Die Examensarbeit bekümmert ihn. Sie schwillt an. Anfangs ging es nur um einen kleinen Aufsatz. Jetzt wächst sie sich zu einer Dissertation aus.

«Ein Zehnjahresplan», sagt er müde. «George findet die Idee hervorragend. Er meint, wir seien auf einer heißen Spur. Das finde ich nicht. Ich mag mich nicht in mechanische Affen vertiefen. Weißt du, womit ich mich beschäftigen möchte? Mit dem Willen. Warum müssen wir immerzu ‹wollen›? Ich glaube, da hat es in der Entwicklung einen Knick gegeben. Jemand hat vergessen, den Hahn abzustellen, wie man sagt. Nein, stell dir vor, man könnte den Willen dosieren. Voll Gas geben, wenn es nötig ist. Sonst nicht. Nicht wie jetzt die ganze Zeit auf vollen Touren laufen. Verdammt, ich merk doch selber, wie einen das mitnimmt. Um einen Willen zu lenken, muß man doch immerzu einen anderen, entgegengesetzten, aktivieren. Sonst kippt man um. Das kann die Natur nicht gemeint haben. Die Natur ist ökonomisch, Einstein. Wozu braucht man komplizierte Feedback-Systeme, die gar nicht nötig sind? Ich würde gern ein Ventil für den Willen konstruieren. Das entweder offen oder zu ist. Nicht dieses beschissene halbherzige... Weißt du, was George sagt? Er findet, es ist eine *interessante Idee*. Aber schwer zu erforschen. Ja, sicher, aber ich will was Ordentliches machen, verstehst du? Nur kriegt man dafür keine Mittel. Für den Affen dagegen steht beliebig viel Geld zur Verfügung. Das Konsortium stellt die mechanischen Affen ganz obenan. Welche Arbeitskräfte! Machen dieselbe Sache wieder und wieder, bis man Halt sagt. Der einzige Nachteil ist, daß sie sich selbst zerstören können, wenn sie sich an etwas zu Schwerem überheben. Man muß auf sie aufpassen. George möchte, daß ich mir ein Warnsystem ausdenke. Wenn sie ein normales Gehirn haben, spüren sie ja, wie die Milchsäure in den Muskeln steigt. Das tut ihnen weh. Wenn sie nur ein Relais haben, funktioniert das nicht. Man muß etwas erfinden, das die Milchsäure direkt in den Muskeln mißt. So etwas wie Lackmuspapier. Wenn die Farbe zu intensiv wird, müssen sie automatisch stehen bleiben. Verstehst du? Entweder müssen sie sich eine Weile erholen. Oder sie kriegen eine

Spritze, die die Säure neutralisiert. Wenn ich dieses Problem löse, ist meine Zukunft gesichert. Weltpatent, Einstein. Dann kann ich mich dem Willen widmen, sagt George. Wenn ich also selbst einen Chefposten habe. Illusionen, sage ich. Wann hat ein Chef Zeit für die eigene Forschung? Schau doch George an: Der kriegt seine Nase kaum aus den Papieren! Also dann, so long, Tüchtig! Es hat gut getan, ein bißchen zu plaudern.»

«Ich möchte nur wissen, wohin wir unterwegs sind», sagt er bei der nächsten Gelegenheit. «Man kommt sich so beschissen vor. Wofür strengt man sich eigentlich an? Was für Garantien hat man? Das System, Ypsilon. Man kann nicht zugleich in ihm und außerhalb sein. Wo führt das nur hin, frage ich mich oft. Wird die Menschheit glücklicher? Und wenn nicht, frage ich: Vielleicht hat es nie die Voraussetzung für das Glück gegeben. Vielleicht arbeiten wir gegen unmögliche Bedingungen an. George ist da optimistischer. Er findet, man solle schlechte Bedingungen ändern. Und den Menschen dabei gleich abschaffen? frage ich. Darauf will er nicht antworten. Wir machen immer einen Schritt aufs Mal, sagt er. Ein Schritt nach dem andern, das ergibt mit der Zeit eine Meile. Aber wo zum Teufel sind wir dann gelandet? Manchmal möchte ich wissen, was du denkst, Einstein. Was denkst du bloß? Du hast doch verdamm mich nichts anderes zu tun! Ich bin richtig neidisch. Sollen wir tauschen? Du darfst an den Affen herumbasteln. Und ich lege mich mit gekreuzten Armen in deinen Kasten. Und *denke*. Dann würde ich die Antwort auf die Welträtsel geben. Ihr könntet mich als Kristallkugel benutzen. Es fuchst mich nur, daß die Firma oder das Konsortium, wie sie sagen, den ganzen Verdienst einsteckt. Die Staatsmänner würden vor der Tür

Schlange stehen. Frankreich, das bin ich – hat er das nicht gesagt, der Sonnenkönig? In Amerika haben sie einen Stirnlappen mit einem Magnetspeicher gekoppelt. Hast du das gewußt, Tüchtig? Aber es soll wohl eine Abstoßungsreaktion gegeben haben. Die ein Gehirnödem nach sich zog. Wirklich toll, daß du durchgekommen bist, als wir die Antennen eingesetzt haben. Du hättest anschwellen können wie eine Melone. Ich würde gern einen Leserbrief über dich schreiben. Ich frage mich, ob es nicht ein Verstoß gegen die Menschenrechte ist. Du lagst in einem Respirator, vom Kinn an abwärts völlig gelähmt. Sie haben dich dazu gebracht, ein Papier zu unterschreiben. Wie in aller Welt das zuging, kann man sich fragen. Jedenfalls: sie haben sich eine juristisch einwandfreie Einverständniserklärung besorgt. Aber hast du gewußt, worauf du dich einläßt? Nein. Wie hättest du das wissen sollen? Sie wußten es ja selber nicht. Ich habe George gefragt. Er hat gesagt: Die Firma hat geschickte Anwälte. Wir Biologen sind keine Juristen. Laß die Juristen sich um die Paragraphen kümmern. Wir wären auch stinksauer, wenn die Anwälte zu uns herunterkämen und die Nase in unsere Reagenzgläser steckten. Da hat George recht. Zweifellos. Aber trotzdem stimmt für mich etwas nicht. Sobald ihr mehrere Gehirne seid, solltet ihr einen Interessenverband gründen, finde ich. Man darf sich nie auf Spezialisten verlassen. Ich tue es jedenfalls nicht. Alle Menschen sind käuflich. Die Frage ist nur, für wieviel. Hier sitze ich und schwätze drauflos. Du petzt doch nicht, Einstein?»

Mein Auge fängt wieder an zu pochen, und er tupft es mit einer Betäubungskompresse ab. Woran merkt er, daß ich Schmerzen habe?

An einem Abend, als er Überstunden macht, sagt er: «Eigentlich bestehst du aus zwei Teilen, Einstein. In der einen Gehirnhälfte ist das Gefühlsleben konzentriert. In der anderen das, was man den Intellekt nennt. Aber noch ist es keinem gelungen, das Gehirn in der Mitte zu spalten und jeden Teil für sich funktionieren zu lassen. Das wäre die Sache überhaupt! Ich persönlich würde gern auf meine Gefühle verzichten. Ich wünschte mir zwei rechte Hälften, zwei Intellektuellenhälften. Dann käme meine Dissertation so richtig schön in Fahrt.»

«Red nicht so viel! Erzähl lieber, wo Flink geblieben ist.»

«Flink?»

«Der Schimpanse, der dir immer am Schürzenzipfel hing.»

«Flink wurde vor einer Weile reif für größere Aufgaben», sagt er säuerlich. «Ob es einen Ersatz für ihn gibt, weiß ich nicht. Das Interesse für die großen Affen ist geschwunden. Heute behaupten alle, die sich damit auskennen, daß wir Menschen den *kleinen* Affen näherstehen. Es scheint nur ein Aberglaube zu sein, daß Schimpansen unsere Vettern sind. Aber drollig war er schon, der Flink. Ein geschickter Imitator.»

«Gehört Flink in dein Forschungsprojekt, Affengehirne durch Relais zu ersetzen?»

«Nein, zum Teufel. Frag doch den Chef. Wenn mein Gedächtnis mich nicht im Stich läßt, hat man Flink zum Fernsehen gegeben. Für irgendeine Kindersendung über Darwin.»

«Aber zuerst habt ihr ihn operiert? Direkt nach der Geburtstagsfeier?»

«Weiß ich nicht. Aber bestimmt haben sie ihn nicht so ohne weiteres weggeschickt. Wie er war, meine ich.

Flink wußte fast alles über uns und unsere Arbeit. War überall dabei. Und die Firmengeheimnisse mußte man schließlich entmagnetisieren. Sonst hätte er als Handelsware auf dem schwarzen Industriemarkt landen können. Du hast keinen Schimmer, was für Formen die Industriespionage angenommen hat.»
Er geht. Ich versinke in Grübelei. Habe ich am Ende selber durch meine Kontakte mit Flink dazu beigetragen, daß er weg mußte? Sind sie dahintergekommen, daß er Krankengeschichten klaute? Und was soll ich mit seinen Erinnerungen anfangen? Sie hegen, warum sie nicht zu meinen eigenen machen – ich würde gern dieses Labor mit der Affeninsel vertauschen.

42

Eine Nacht von vielen: Omega und ich liegen da und starren einander an. Er hat seine Ohren behalten, genau wie ich. Aber er macht selten davon Gebrauch; über lange Phasen hinweg duckt er sich an den Boden. Ist es ein «er»? Ich glaube schon. Frauen haben im allgemeinen kleinere und rundere Ohren. Die Ohren von Frauen sehen aus wie Affenohren. Omegas Ohren sind lang und schlaff. Vielleicht ist er alt? Mit dem Alter leiern sich Männerohren aus.
Bisher ist es mir nicht geglückt, einen direkten Kontakt mit Omega aufzunehmen. Er reagiert auf keinerlei Signale. Die Gedankenübertragung funktioniert nicht. Eine Zeitlang habe ich geglaubt, er sei erloschen. Aber das stimmt nicht. Tagsüber macht er ein ähnliches Trainingsprogramm durch wie ich: Er schaut sich Fern-

sehsendungen an – und daneben sitzt die Psychiaterin mit ihren Rorschach-Bildern in Klarsichtmappen.
Heute nacht ist die Hand zum erstenmal seit langer Zeit wieder unterwegs. Sie umkreist Omegas Aquarium, befingert die Glasscheiben, stützt sich auf den Handgelenkstumpf und versucht hochzuklettern. Hin und wieder gelingt es ihr, sich mit einer verschwitzten Fingerkuppe festzusaugen – nur um bei der nächsten Bewegung wieder herunterzupurzeln. Da Omega völlig stumm ist, konzentriere ich mich auf die Hand. Bald habe ich das richtige Gefühl, die Hand fühlt sich an, als gehöre sie zu mir. Ich führe die Hand in die hinteren Teile des Abzugschranks, wo der Sauerstoffspender und der Tauchsieder angebracht sind. Dort steht auch ein kleiner grüner Kasten, der Frequenzanalysator. Die Hand klettert auf den Analysator und dann weiter am Tauchsieder hinauf. Als ich sie wieder ins Blickfeld kriege, schnüffelt sie am Deckel von Omegas Aquarium herum.
Jetzt reagiert Omega: Er zieht sich zurück und senkt das Hinterteil, so daß man den fein gefältelten Klumpen des Kleinhirns und den Stummel des verlängerten Rückenmarks sehen kann. Er versucht, sich so weit nach hinten zu kippen, daß die Hand in sein Blickfeld gerät; sein einziges Auge hüpft wie eine kleine Boje auf der Wasseroberfläche. Ich lasse die Hand vorwärts kriechen, damit Omega sie richtig sehen kann. Dann lasse ich die Hand langsam und deutlich in der Zeichensprache sagen:
«V-e-r-s-t-e-h-s-t d-u m-i-c-h. G-i-b m-i-r e-i-n Z-e-i-c-h-e-n...»
Aber nichts passiert. Omega liegt mucksmäuschenstill da und fixiert die Hand; wie eine Kröte, die bereit ist, ihre klebrige Zunge nach einem fleischigen Insekt zu

schleudern. Aber es folgt keine Attacke.
«I-c-h h-e-i-ß-e Y-p-s-i-l-o-n. D-u h-e-i-ß-t O-m-e-g-a.»
Keine Antwort. Aber wir haben viel Zeit. Vielleicht werden wir jahrelang in unseren Isolierzellen liegen. Zeit genug, um eine neue Gefängnissprache zu erfinden, die wir an die Rohrleitung klopfen können.
Plötzlich ist die Hand wieder unten auf dem Frequenzanalysator, ohne daß ich ihr befohlen habe, herunterzuklettern. Ich befehle «halt», aber die Hand bleibt nicht stehen. Sie ist schon mit Schwung dabei, den Wellensittichkäfig zu erklettern. Ich gebe auf. Meine Möglichkeiten, die Hand zu dirigieren, sind nie hundertprozentig zuverlässig gewesen. Laß sie sich ausruhen! Omega liegt noch immer in derselben lächerlichen, nach hinten gekippten Position. Ich pfeife auf sie beide und lege mich statt dessen auf den Boden, den Augapfel an die Glasscheibe gedrückt, damit ich ein bißchen schlafen kann.
Ich werde brutal davon geweckt, daß die Hand mit den Fingerspitzen an der oberen Kante meines Aquariums hängt. Da hängt sie und schmettert immer wieder das Handgelenk gegen die Glasscheibe, daß es nur so durchs Wasser dröhnt. Du Idiot, was ist denn bloß in dich gefahren?
«Du bist meine Hand! Gehorche mir!»
Ich habe überhaupt keine Kontrolle über die Hand. Sie hangelt sich an den vier Kanten des Aquariums entlang und hält sich an ihren Fingerspitzen fest. Immerzu schwingt sie den Handgelenkstummel und rumst gegen das Glas. Ich bemühe mich, ihren Eskapaden zu folgen und sie die ganze Zeit im Auge zu behalten. Meine Ohren flattern. Ich bin nervös und benehme mich wie ein ungeübter Ruderer. Ohne daß ich weiß, wie es passiert ist, finde ich mich in der Rückenlage.

Mit der Hand habe ich jetzt keinen Augenkontakt mehr. Aber ich spüre, daß sie sich jetzt auf dem Aquarium befindet. Dort hüpft sie auf und nieder; das Stampfen pflanzt sich in Schockwellen im Aquarium fort. Mir wird übel. Das Pochen hört einfach nicht auf. Es ist, als hätten sie ein großes, lebendes Herz neben mir montiert. Im Augenblick des Schlags verliere ich Sehvermögen und Empfindung. Zwischen den Schlägen sehe ich Momentaufnahmen des Labors. Omega liegt nicht mehr da und starrt nach oben. Vielmehr steht er ganz vorn in seinem Aquarium und fixiert mich mit brennendem Blick.

Erst bei der Morgenvisite erlange ich das Bewußtsein wieder. Der Professor, die Psychiaterin und Curt hocken da und glotzen mich an. Dann dreht der Professor mich behutsam wieder in die aufrechte Lage. Sie sehen besorgt aus. Die Psychiaterin geht hinüber und borgt sich Omegas EEG-Apparat.

«Xylocardtropfen!» sagt der Professor, und Curt holt eine kleine Pipettenflasche aus dem Kühlschrank.

Sie tropfen die Lösung ins Wasser. Ich fühle mich verwirrt und wie zerschlagen. Die Psychiaterin schließt die EEG-Kabel an. Die Rolle in der Maschine rattert. Sie heben den breiten Papierstreifen hoch und studieren ihn. Der Professor markiert die Kurve mit einem roten Filzschreiber. Sie nicken einander schweigend zu.

«Ypsilon», sagt der Professor. «Wir glauben, daß du einen epileptischen Anfall gehabt hast. Was ihn ausgelöst hat, wissen wir nicht. Sicherheitshalber mußt du eine Zeitlang Xylocardtropfen bekommen. Außerdem will ich, daß du genau aufpaßt, ob sich irgend etwas bei dir verändert. Bitte achte besonders auf eigenartige Lichtflecken, auf piepsende oder knirschende Geräusche, eigentümliche Gerüche oder wenn du dich allgemein angeschlagen fühlst. Dadurch kann sich ein neuer Anfall ankündigen. Man nennt es Aura. Aber vor allem sollst du dir keine Sorgen machen. Wenn du zur Epilepsie neigst, ist das auch kein großes Unglück. Wir können sie in Schach halten. Weißt du übrigens, daß Epilepsie früher ‹Die heilige Krankheit› genannt wurde? Das ist nicht irgendein Zipperlein – man kann fast stolz darauf sein!»

Ich möchte ihnen nachbrüllen: Ich bin etwas Großes, etwas Ungeheuerliches! Doch anfangs war ich gar nichts, nur eine Zelle. Mit der Zeit dann eine Nervenfaser, eine Anlage, ein denkender Stecknadelkopf, der sich zum glatten, unschuldigen Gehirn des Fötus auswuchs. Dann ein reines Babygehirn, ein gerädertes Schulkindergehirn, ein bekümmertes und krauses Halbwüchsigengehirn – und jetzt: der vollkommene Denkapparat, gezähmt und pazifiziert wie ein Atomreaktor. Aber nehmt euch höllisch in acht vor dem Tag, an dem die Notkühlung nicht funktioniert!

Ich bin sehr müde. Ich bin zu erschöpft, um meine geschundene Materie zu bewegen. Nachdem sie verschwunden sind, liege ich träge da und starre Emma an, die Omega etwas vorliest. Er stiert über ihre Schulter. Immer dasselbe hartnäckig glotzende Schlangenauge.

43

Es ist angenehm, Rekonvaleszent zu sein. Aber es regt auch zum Grübeln an. Ich kann Flink nicht vergessen. Er bekommt ganz andere Dimensionen, seit er fort ist.

In meiner Vorstellung ist er größer, würdiger, ja strenger. Ich fühle mich wie ein Kind im Verhältnis zu ihm. Ich weiß, daß er nie wieder zurückkehren wird. Wenn mir jemand gesagt hätte, als Flink noch «am Leben war», daß ich um ihn trauern würde, dann hätte ich gelacht. Er war eine unausstehliche Plaudertasche ohne den geringsten Charme.

Was soll ich mit Flinks Kindheitsinsel anfangen, der Affeninsel? Sie gehört jetzt mir. Er wird niemals hier heraufklettern und sie zurückfordern. Je öfter ich an die Affeninsel denke, um so mehr mache ich sie mir zu eigen. Es ist nicht mehr Flinks Kindheit, sondern die meine. Die Affeninsel lebt in mir, im Treibhaus meines Gehirns wächst sie und bevölkert sich. Anfangs versuchte ich, die Individuen zu erkennen, die dort leben. Ich war neugierig, ob es Schimpansen waren – oder Menschen. Aber es gelingt mir nie, sie genau genug zu betrachten. Es spielt auch keine Rolle. Wer kümmert sich als Erwachsener schon darum, wie seine Eltern aussehen. Als Kind nimmt man es sehr genau damit, daß die Eltern sich nicht von den Eltern anderer Kinder unterscheiden; daß sie nicht älter sind, weniger Geld haben, andere Ansichten oder komische Kleider. Aber für mich als Erwachsenen sind die Beziehungen das Wesentliche.

Ich sitze am Strand und stochere mit einem trockenen Stock im Sand herum. Ich warte auf Mutter. Sie ist weggegangen, um die tägliche Essensportion aus dem Blechbehälter zu holen, der die Tagesrationen automatisch austeilt. Ich darf nicht mit dorthin. Sie wollen keine Jungen dort herumwuseln haben. Vater hat sich den ganzen Tag nicht blicken lassen. Wie üblich ist er damit beschäftigt, in einem zählebigen Streit recht zu bekommen. Es geht um das Besitzrecht an einem gestrandeten Baum. Der Baum lag an einem Sommermorgen auf unserem kleinen Strandstück. Wir ließen ihn liegen. Aber in der nächsten Nacht zog ein Sturm auf, der Baum wurde von den Wellen mitgezogen und einen Tag später ein paar Strandparzellen weiter unten wieder an Land geworfen. Diejenigen, die dort wohnen, betrachten den Baum jetzt als ihr Eigentum. Vater ist mit seinen Brüdern dort gewesen, um den Baum heimzuholen. Aber man hat sie verjagt. Jetzt haben sich die erwachsenen Männer des Stamms auf dem Sonnenfelsen versammelt, kauen Erbsenschoten und prozessieren. Während Mutter Essen holt.

Ich bin kein ganz glückliches Kind. Ich sitze oft recht abgesondert da und male Zeichen in den Sand. Sie bedeuten nichts. Ständig sitze ich da und male das gleiche Muster. Ich weiß nicht, was es bedeutet, aber es macht mich ruhiger. Manchmal denke ich mir aus, daß eine große Katastrophe eintrifft. Daß ein Waldbrand sich in unsere knorrigen Fichten und ausgedörrten Wacholdersträucher frißt. Oder daß eine Sintflut kommt und uns alle in das graue Meer hinausspült. Ich möchte eine Liste von denen machen, die ertrinken – und von denen, die überleben sollen. Aber ich kann nicht schreiben. Wenn ich sechs, sieben Namen zusammenhabe, bringe ich die Reihenfolge durcheinander und muß wieder von vorn anfangen. Warum ist Mutter immer noch nicht da? Wenn sie nicht kommt, bevor die Sonne an dem Stamm der dicken Eiche vorbeigewandert ist, setze ich sie auf die Liste derer, die umkommen sollen.

Auch meine Spielkameraden sind nicht zu sehen. Ich pfeife auf sie. Wir machen selten etwas Lustiges. Hängen nur lasch in einem Baum herum. Oder sitzen auf ein paar Ufersteinen und beschmieren sie mit Spucke, die wir mit dem Zeigefinger immer im Kreis herumreiben. Ich will, daß wir etwas bauen. Aber ich darf nie entscheiden. Sogar wenn wir uns vorher einig werden, daß ich entscheiden darf, wird trotzdem nichts draus. Das ist typisch für die Kinder hier, daß sie nie Wort halten!

Jeden Herbst und Winter kommt die Auswahlkommission hierher. Dann stellen wir uns andächtig nach Familien auf. Ich habe zwei ältere Brüder, die ausgewählt worden sind. Wozu, weiß ich nicht genau. Alle müssen anscheinend zuerst in eine Lagerschule. Es ist eine Schande, nicht ausgewählt zu werden. Entweder heiratet man, gründet eine neue Familie – oder man wird ausgewählt. Sonst ist man nichts wert. Dann muß man das restliche Leben hier vertrödeln. Und man darf nicht an den Prozessen auf dem Sonnenfelsen teilnehmen, wenn man ein Mann ist. Und ist man eine Frau, muß man das Essen zuletzt holen, wenn die verheirateten Frauen sich bedient haben.

Jetzt ist die Sonne an der Eiche vorbeigewandert. Ich erhöhe die Strafe für Mutter. Wenn sie nicht da ist, bevor die Sonne das älteste Krähennest im Baum daneben erreicht hat, werde ich mir etwas ganz Teuflisches ausdenken. Ich könnte eine tiefe Grube graben und sie hineinstoßen. Dann müßten alle in die Grube pissen und scheißen. Sie müßte drainiert sein, damit Mutter nicht ertrinkt. Aber bis zum Hals soll sie drin stehen. Ein bißchen zu essen und Wasser soll sie kriegen; die Absicht ist nicht, daß sie stirbt.

Jetzt ist die Sonne am Krähennest vorbei. Ich muß etwas noch Schlimmeres erfinden. Manche werden für medizinische Versuche ausgewählt. Aber das geschieht ziemlich selten. Nur die richtigen Deppen schnappen sie sich dafür. Körperlich gesund müssen sie allerdings sein. Sie nehmen keine Schwächlinge oder Krüppel. Deshalb sind es nie besonders viele. Wenn man blöd im Kopf ist, dann ist man anscheinend auch körperlich meistens schwach. Aber wir würden Mutter zwingen, sich auszuliefern. Wir könnten sie täuschen: Ihr sagen, sie solle im Schiff mitfahren, um meine beiden Brüder zu treffen. Darauf würde sie hereinfallen. Sie sehnt sich oft nach ihnen – zu meinem Ärger. Schließlich bin ich der Jüngste! Ich brauche sie am meisten. Wenn Mutter nicht kommt, bevor die Sonne beim Überwachungsbunker auf der Felseninsel jenseits der Bucht angekommen ist, werden wir Benzin klauen und sie damit übergießen. Dann muß nur noch einer ein Streichholz finden. Aber das wird schon klappen. Wenn die Auswahlkommission hier ist, passen sie nie besonders gut auf ihre Sachen auf. Wir Kinder durchwühlen gewöhnlich ihr Gepäck oder klauen direkt aus ihren Taschen. Ich habe eine zerbrochene Pfeife und fünf Flaschenöffner in einem alten Spechtloch versteckt.

Jetzt kommt Mutter! Die Nase bis zum Bersten voller Tränen renne ich ihr entgegen und werfe mich mit einem solchen Schwung in ihre Arme, daß sie den Korb mit Maiskolben fallenläßt. Wütend schleudert sie mich weg, so daß ich in einer Strandpfütze lande.

44

Emma, warum verläßt du mich? Alles, was ich von dir sehe, sind dein Rücken, dein Nacken, deine Waden, die sich spannen, wenn du dich auf die Zehen stellst, um

den Sicherungskasten über Omegas Aquarium zu erreichen. Dann und wann habe ich das Glück, dich im Profil zu sehen, wenn du ihm die tägliche Nahrungsinjektion gibst. Kein Blick, kein freundliches Wort im Vorübereilen. Jetzt sitzt du da drüben und liest laut aus dem Sportkatalog vor – warum mußt du die Handfläche vor den Mundwinkel halten? Du weißt, daß ich dich trotzdem höre! Du weißt, daß ich jede Seite auswendig kann. Was ist eigentlich mit «Fjällsicher», dem norwegischen Anorak, den ich dich zu bestellen bat?
Sie dreht hastig den Kopf und schielt nach mir – um im nächsten Moment so zu tun, als ob es mich nie gegeben hätte.
Bist du unglücklich, Emma? Du kannst dich mir gern anvertrauen. Du hast dir meine Probleme angehört, jetzt bin ich bereit, mir deine anzuhören. Das ist schließlich die Basis für alle zwischenmenschlichen Beziehungen: gegenseitiges Vertrauen. Ich sehe ein, daß Omega ein größeres Anrecht auf deine Zeit hat als ich. Schließlich ist er neu hier. Aber er braucht dich doch nicht jede verdammte Sekunde! Ich möchte nichts Nachteiliges über Omega sagen, aber ich bin nicht hundertprozentig davon überzeugt, daß er dir wohlgesinnt ist. Oder mir. Was wissen wir von seinem Hintergrund? Wenn ich in deiner Haut steckte, würde ich in den Keller gehen und seine Personalakte aus dem verschlossenen Blechschrank nehmen. Nein, ich will es nicht wissen. Ich will, daß du es weißt. Warum sollen wir nichts über den jeweiligen Hintergrund des andern wissen – das tun wir doch sonst auch. Es kommt selten vor, daß wir einen Menschen an uns heranlassen, ohne zu wissen, woher er kommt, welchen Beruf er hat, welche Interessen... Ja, du nennst das spießig! Ich glaube, es ist nur menschlich.

«Hör auf!» schreit sie plötzlich quer durchs Labor.
Nein, ich werde nicht aufhören. Weißt du, warum: Weil ich nichts zu verlieren habe. Ich habe lange genug an deinem Rockzipfel gehangen wie ein liebeskranker Jüngling. Ich habe mich in alle Launen gefügt. Immer versucht, ein fröhliches Gesicht zu machen. Immerzu Angst gehabt, kindisch zu wirken – aber kein Wort der Kritik zu sagen gewagt. Ich habe mein Innerstes nach außen gekehrt. Jede Aufgabe, die du geruht hast, mir aufzutragen, habe ich mit übermenschlicher Anstrengung gelöst. Alles habe ich getan, damit ich dich nicht sagen hören mußte, daß du mich nicht liebst.
So kann es nicht weitergehen. Wir können nicht endlos heucheln. Ich verlange nicht, daß du sagst, du liebst mich. Wer kann so etwas *verlangen?* Bis jetzt habe ich geglaubt, ich müsse hoffen, damit ich die Kraft zum Weiterleben habe. Aber laß uns die Schande beim Namen nennen: Ich werde trotzdem weitermachen. Selbst wenn ich noch ein kompletter Mensch und im Besitz meiner Arme und Beine wäre, könnte ich kaum entscheiden, ob mein Leben weitergeht. Es sind trotz allem nur wenige Menschen, die sich das Leben nehmen. Ich könnte es nie über mich bringen... ich stelle mir vor, es geschieht in Trance, in einem schmalen Vakuum zwischen Glück und Verzweiflung. Würdest du, Emma, könntest du...
«Wenn du nicht still bist, gehen wir zum Spültisch hinüber und lesen dort weiter!»
Tu das nur. Schleife deinen Kumpel, oder deine Kumpels, ruhig zum Spültisch. Die Hand hört doch bestimmt zu? Was wünscht sie sich aus dem Katalog? Einen schweinsledernen Handschuh aus Taiwan, Modell «Pimpernel»? Für Omega solltest du eine Mütze

stricken, finde ich, so einen Eierwärmer, wie du ihn für Flink gemacht hast. Erinnerst du dich an Flink, Emma? Verzeih. Ich bin nicht ich selbst. Doch, Emma: ich bin ich selbst. So *bin* ich. Wenn ich mich nicht um jeden Preis verstelle, um zu gefallen. Ein bißchen mußt du natürlich abziehen, weil sich in mir soviel angesammelt hat. Monatelang habe ich hier gelegen und alles hinuntergeschluckt. Wenn ich morgens ungewöhnlich zahm und artig bin, darfst du das nicht für meinen Normalzustand halten. Ich bin genauso egozentrisch, genauso unsicher, genauso bedürftig, meinen Kopf in deinen Schoß zu legen, wie andere Männer, die du kennst.

«Jetzt gehe ich!» sagt Emma, steckt den Katalog in die Kitteltasche, klappt den Stuhl mit einem Knall zusammen, schaut auf die Wanduhr und verläßt das Labor.

Setz dich nur in die Kaffeeküche. Setz dich und rauche und starre die Kaffeemaschine an, die noch lange braucht, bis sie brodelt. Sitz da lange vor allen anderen. Wenn du weinen willst, solltest du übrigens besser auf die Toilette gehen. Aber denk dran, daß es eine dreiviertel Stunde dauert, bis du dein Gesicht wieder zeigen kannst, ohne daß man dich mit Fragen belästigt. Du hörst mich in der Kaffeeküche genauso gut. Auch auf dem Speicher mit den Tieren kann ich dich erreichen. Oder im Sekretariat. Weiter hinten in Curts Zimmer hörst du mich leiser. Wenn du ganz sicher sein willst, mich abzuschütteln, mußt du nach Hause gehen.

Wie wohnst du, Emma? Du hast einen Balkon, das weiß ich aus der Zeit, als wir noch miteinander reden konnten. Du hast einen Kater namens Mozart, ein kastriertes Vieh, das nie vor die Tür geht. Nicht einmal auf den Balkon, weil es Angst vor den Möwen hat. Wer hat sich übrigens um es – ihn – gekümmert, als du Badeurlaub machtest? Deine Mami? Wo ihr doch so gute Freunde geworden seid, seitdem du von zu Hause weggezogen bist. Entfernung bringt näher, wie man zu sagen pflegt. Bist du mit deinem Leben zufrieden? Oder besser: willst du etwas daran ändern?

Jetzt höre ich, wie du deine Karte in der Stechuhr abstempelst – im Feld für Menstruationsbeschwerden oder Migräne? Verzeih, Emma, obwohl du mich nicht mehr hören kannst. Warum ist es so zwischen uns geworden? Das ist unnatürlich. Für dich bin ich doch nur ein Schoßtier. Nicht ganz so naiv ergeben wie ein Hund; ich kann mich auch nicht in so ausgesucht lasziven Posen hindrapieren wie Mozart. Ich liege, wie ich liege. Falls ich nicht gerade einen epileptischen Anfall gehabt habe, natürlich.

Verzeih mir! Ich glaube zu wissen, was dahintersteckt: Du hast Anweisungen bekommen. George und die Visite haben dich beiseite genommen, in meinem Programm geblättert und gesagt: Also, Emma, wir meinen, du solltest Ypsilon eine Weile schmoren lassen. Wir haben das Gefühl, daß zuviel Freundschaft seine Neuronen beansprucht. Du lenkst ihn ab. Das ist nicht als Kritik gemeint, sondern eher als Kompliment. Du weißt, daß wir deinen Arbeitseinsatz sehr zu schätzen wissen. Du bist zuverlässig, urteilsfähig und von rascher Auffassungsgabe. Leider findet Ypsilon das wohl auch. Daher kann er nicht anders, als dich ins Herz zu schließen. Falls etwas Ungewöhnliches passiert, zählen wir darauf, daß du uns wie üblich informierst. So ist es doch, Emma?

45

Nächtelang liegen Omega und Ypsilon da und fixieren einander. Ja, ich fange an, Kindersprache zu reden, und nenne mich selbst in der dritten Person. Wie soll man es schaffen, hier erwachsen zu sein? Wer hat länger als ich im Brutkasten gelegen? Ypsilon, das unvergleichliche Wunderkind von etwas über einem Kilo.
Die Hand schläft zusammengerollt mit halb geschlossener Faust. Keiner schläft mit offener Hand; wer möchte schon mit einer grünlichen Rotzglocke oder einem schuppigen Teufelsei zwischen der Lebenslinie und der Glücksfurche erwachen. Ich traue mich nicht mehr an die Hand heran. Ich bilde mir ein, solange ich nicht anfange, die Hand hier herumzudirigieren, wird auch Omega sie in Ruhe lassen. Eine schweigende Übereinkunft. Aber vielleicht auch der Anfang eines Kontakts. Unser Verhältnis ist nicht mehr stumm, sondern abwartend.
Das Leben auf der Affeninsel geht seinen gewohnten Gang. Ich bin nicht älter geworden seit dem letztenmal. Die Beziehungen zu meinen Kameraden sind nicht offener oder selbstverständlicher geworden. Papa sitzt immer noch auf dem Sonnenfelsen und prozessiert. Mama bleibt stundenlang weg, wenn sie Essen und Wasser holt. Abends sitzen wir alle ums Feuer, und die Alten käuen ihre ewig gleichen Erinnerungen an das Leben im Dschungel wieder. Wenn man sich anschleicht und mit einem Stock im Feuer stochert, fängt man sich mit Sicherheit eine Ohrfeige.

Hat Omega auch seine Affeninsel? Oder ist er unter fliegenden Hunden in einer muffigen, feuchtkalten Felsengrotte aufgewachsen? Mein Großvater ist tot. Wenn auf der Affeninsel jemand stirbt, begräbt man ihn in hockender Stellung im Sand, das Gesicht nach Afrika gewandt. Es ist schon lange her, daß er gestorben ist – warum sollte mich das kümmern? Als der Großvater meines Vaters starb, war ich noch nicht einmal geboren. Ich mag nichts wissen von den Tausenden von alten Männern, die auf meinen Schultern stehen, eine wackelige Säule, die in den Wolken verschwindet. Alte Männer, die behaupten, meine Vorväter zu sein, und daher Trauer und Respekt verlangen. Was ist die Affeninsel? Nur der Deckel einer aufgeschnittenen Semmel, ein tristes, halbzivilisiertes Leben. Ohne den Staat würden wir keinen Winter überstehen. Zum Fischen taugen wir kaum. Wenn wir die Wurzeln ausgraben, bereiten wir unseren eigenen Untergang vor. Innerhalb eines Jahres hätten wir unsere dürre, sandige Insel in eine blankgeschliffene Schäre verwandelt.

Ich schreite meinen Lebensraum ab. Das Aquarium ist fünf Gehirnlängen lang, drei breit und vier hoch. Es läßt mir einen Spielraum, mehr nicht. Wenn ich zu hastige Drehungen mache, kann es passieren, daß meine Gehirnnerven, die gewöhnlich unter mir hängen, sich mir wie Haare übers Auge legen. Das kann dem Auge schaden, da ich sie nicht wegblinzeln kann.

Ich ducke mich an den Boden wie eine Flunder, drehe das Hinterteil dem grellen Licht des Labors zu und quetsche mich unter den Schlauch, aus dem ständig Sauerstoff sprudelt. Es ist ein Genuß, wenn ich es schaffe, die perlenden Bläschen meine Furchen und Falten kitzeln zu lassen. Ich liege da und starre auf die

dunkle, gekachelte Rückwand des Abzugschranks. Wenn George mit mir fertig ist, kann ich vielleicht eine Arbeit als Wächter bekommen. Wie ein Mini-U-Boot oder eine segelnde TV-Kamera kann ich in militärischen Werften und Hafenanlagen kreuzen, jeden Zoll genaustens prüfen und jede Abweichung melden. Das einzige, was mir fehlt, ist eine leichte, aber starke Stirnlampe für größere Tiefen. Werde ich die Kälte aushalten? Was passiert, wenn das Gewässer zufriert? Kann ich mich dann auf meinen Ortssinn verlassen, oder müssen sie Tag und Nacht ein kleines Funkfeuer am Kai haben, damit ich mich nicht unter dem Eis verirre und festfriere?
Wäre ich nicht darauf angewiesen, in Flüssigkeit zu liegen, könnte ich mich schon jetzt wie ein Luftkissenboot aus dem Aquarium erheben und mich frei im Raum bewegen. Ich weiß nicht, wie ich aus dem Labor herauskommen soll. Alle Türen sind bestimmt verschlossen; es gibt zu viele teure Apparate hier – sowie Alkohol, Chemikalien und anderes Begehrenswertes. Dazu kommt die Überwachungskamera. Im Entlüftungsschacht steckt ein Ventilator, der mich in Scheiben schneiden würde, wenn ich versuchte, mich hindurchzuzwängen. Aber wenn jemand ein Fenster angelehnt ließe! Wie eine bauchige fliegende Untertasse würde ich im Mondschein über den Park hinaussegeln. Wohin würde ich mich wenden? Schließlich gibt es nicht gerade jemanden, der für mich den Kaffee warm hält. Ich könnte mir natürlich einen Besen suchen, rittlings darauf zum Blocksberg fliegen. Aber der Leibhaftige würde mich bestimmt unter all den Weibern entdecken. Wo könnte ich sonst unterschlüpfen? Bei den Igeln! Wir haben die gleiche Form und Größe. Ich könnte mich für

einen geschorenen, rosa Igel ausgeben. Sie würden mich akzeptieren, wenn ihnen nur mein Geruch paßte.
Lieber möchte ich Gott begegnen. Gott ist im Himmel; nur am Anfang des Alten Testaments befindet er sich auf der Erde. Im 19. Jahrhundert, knapp neun Milliarden Jahre nach der Schöpfung, schickte Gott Charles Darwin in die Südsee, um den damaligen Stand der Entwicklung aufzuzeichnen – wird es bis zur nächsten Generalinventur genauso lange dauern?
Was wird Darwin dann vorfinden? In neun Milliarden Jahren? Wenn Darwin das nächstemal hier auftaucht und versucht, das nächste Schiff zu seinen geliebten Galapagosinseln zu besteigen – wie sehen die Finken dann aus? Im Einklang mit den Gesetzen vom Kampf ums Dasein und der Auslese müßten alle lebenden Wesen in diesen Jahrmilliarden einen großen Schritt vorwärts gekommen sein. Man muß ja nur zurückblikken und vergleichen: Wo sind die Riesenechsen geblieben, die fliegenden Schlangen, die Einhörner, der Säbelzahntiger und der Neandertaler? Ich glaube, ich bin ein Pionier. In Zukunft wird die gesamte Erde mit Wasser bedeckt sein. Alle Säugetiere, Vögel und Insekten werden in dieser riesigen Pfütze zusammenleben – falls die Sonne immer noch scheint, sonst werden wir alle steifgefroren daliegen wie in einer verlassenen Kühltruhe.
Die Radioaktivität hat inzwischen Mutationen hervorgebracht, größtenteils Mißgeburten, die aussterben. Doch einzelne geglückte Exemplare werden mit gesteigerter Konkurrenzkraft weiterleben. Wie werden wir aussehen? Die neuen Geschöpfe werden unkomplizierter und weniger leicht verletzbar sein. Knochenmark, Leber, Herz und Nieren – lauter Organe, die gerade die Verletzlichkeit verkörpern, nicht zuletzt gegenüber Gif-

ten und Radioaktivität – verschwinden. Zu allen Zeiten hat der Mensch sich selbst zum Ausgangspunkt seiner Phantasien gemacht. Fordere jemanden auf, einen Marsmenschen zu zeichnen, und du bekommst ein kleines, grünes Wesen mit spitzen Elfenohren und einem großen Auge mitten auf der Stirn.

Meine eigene Phantasie ist auf genau dieselbe Art durch meine Voraussetzungen begrenzt. Wenn Darwin Nummer Zwei, Darwins Sohn oder wie er-sie-es immer heißen wird, auf die Erde zurückkehrt, die dann nur noch ein laues, leicht salziges Meer ist – wie werden dann Flora und Fauna aussehen? Sämtliche Tierarten haben in diesem Stadium die Körper hinter sich gelassen. Keiner schleppt mehr lange Beine, gespreizte Federn, zarte Flossen, abgestoßene Hörner und vom Vitaminmangel geschwärzte Schuppen mit sich herum. Alle leben einträchtig in dem warmen Meer. Jede Art und Familie hält zwar im großen und ganzen zusammen, doch ohne Kampf und Krieg mit der Umgebung. Von uns allen ist nur noch das Gehirn übrig, natürlich mit einem Auge und den äußeren Ohren. Wir brauchen nicht zu schwimmen, um jagen zu können. Aber wir brauchen so viel Beweglichkeit, daß wir nicht für immer in derselben Felsspalte gefangen sind. Wenn man einen Ausflug unternimmt, kommt man an Wal- oder Elefantengehirnen vorbei, die sich wie große Kissen im Schlaf aneinanderkuscheln. Kleine Finkengehirne flitzen hin und her, Delphingehirne beschreiben elegante Bögen auf der Wasserfläche. Das eine oder andere Haigehirn, die verkümmerte Flosse wedelnd obendrauf. Keiner wird den anderen fressen. Zucker und Salz gibt es im Meer, und man nimmt sie durch die Kiemen des Kleinhirns auf.

Problematisch ist das Liebesleben. Hier wird vermutlich eine gewisse Paarbildung entstehen. Aber da alle im Prinzip ein ewiges Leben haben, muß man damit rechnen, daß auch das stabilste Verhältnis nach ein paar hundert Jahren unter gegenseitigen Verneigungen gelöst wird. Revier- oder Paarungskämpfe werden durch Gekabbel auf der verbalen Ebene ausgetragen.
Und der wiederkehrende Darwin? Er wird sich nicht wie bei seiner letzten Fahrt zu einer Weltreise auf dem Segelschiff «Beagle» einmieten können – wohl aber auf einem U-Boot buchen; warum nicht bei Kapitän Nemo?

46

«Na, wie steht's denn heute mit der Gehirnwäsche?» fragt Curt und klemmt sich eine Prise Kautabak unter die Oberlippe.
Ich antworte nicht. Ich habe gelernt, daß er keine Antwort erwartet. Mit der Witzelei will er sich Mut machen, wenn er sich unsicher fühlt. Er hat ein großes Schaltschema an die Wand geklebt. Mit halboffenem Mund und vorgeschobener Oberlippe starrt er seine Karte an; liest die Kompaßrichtungen ab, kritzelt mit dem Bleistift selbstgebastelte Zeichen auf der Rückseite eines Telefonblocks. Nachdem er sich alles eingeprägt hat, sucht er den Raum nach einer Sicherung, einer Schaltung oder einem Relais ab. Aber das Schaltschema zeigt ein Idealbild der Wirklichkeit. Mehrmals ist er nahe daran aufzugeben.
«Das mache ich für dich, Ypsilon. Ich habe gedacht, du

sollitest mal rauskommen und dich ein bißchen umsehen.»
Mit seinen Notizzetteln läuft er im Zimmer herum, als wollte er «Warm oder Kalt» spielen. Es ist hier so viel umgebaut worden, daß das ganze Stromnetz ein einziges Tohuwabohu sein muß. Er flucht vor Begeisterung, als er endlich den gesuchten Sicherungskasten unter der Fensterbank entdeckt. Er schraubt ihn los und kommt dann herüber, um ihn mir zu zeigen: 24 Sicherungen, die aussehen wie kleine Trillerpfeifen, dicht an dicht, mit klebrigen Staubflocken und alten Haaren dazwischen.
«Ganz schön Schwein gehabt, daß es in deinem Kopf keinen Kurzschluß gegeben hat.»
Er markiert eine Stelle auf dem Schaltschema mit einer Zahl, schreibt dieselbe Zahl auf einen Klebstreifen und klebt ihn auf den Deckel des Kastens. Dann schraubt er ihn wieder ein – ohne ihn zu säubern.
«Hänschen klein ging allein in die weite Welt hinein. Stock und Hut steht ihm gut, er ist frohgemut!» summt Curt und zeigt mit dem Kreuzschraubenzieher auf die TV-Überwachungskamera. «Ich habe mir gedacht, wir machen ein kleines Experiment außerhalb der täglichen Routine. Dein rechter Nervus Opticus ist ja frei.»
Er meint, daß von meinem amputierten Auge ein blind herausragender Sehnerv zurückgeblieben ist. Bisher habe ich nicht begriffen, welchen Sinn es hatte, mein eines Auge zu entfernen, aber den Nervenstiel dranzulassen. Aber jetzt schwant mir etwas.
«Klar, genauso einfach, wie wenn man einen Fernseher an die Antenne anschließt», sagt Curt.
In der Tasche hat er ein zusammengerolltes Fernsehkabel in einer zähen Plastikhülle, die er mit den Zähnen

aufreißt. An beiden Enden des weißen Kabels stecken kleine Metallhülsen.

«Das müßte gehen», sagt er und mustert die Mündung der Metallhülse. «Dein Sehnerv ist zwar etwas dünner als das Kabel, aber wenn du stillhältst, dürfte es eigentlich nicht abgleiten.»

Er stellt einen Hocker unter die Überwachungskamera und klettert hinauf. Dann zieht er den Anschluß heraus, der das Bild an irgendeine Überwachungszentrale weiterleitet, und steckt sein mitgebrachtes Fernsehkabel hinein. Vorsichtig klettert er herunter und legt das Kabel hinter sich auf den Boden, während er sich mir nähert. Bevor er weitergeht, legt er noch eine Prise ein.

«Vor allem müssen wir einen klaren Kopf behalten, Ypsilon... Jetzt muß ich dich leider umdrehen, damit ich das Kabel an deinem Sehnerv befestigen kann.»

Er dreht mich so ruhig und behutsam auf den Rücken, wie es sonst nicht gerade typisch für seine Arbeitsweise ist. Ich spüre nicht das geringste, als er die Metallhülse über meinen Sehnerv stülpt. Dann dreht er mich wieder in die richtige Lage.

«Bist du bereit, Einstein?»

Das Kamerabild knallt in mich hinein, wie wenn man einem Schlafenden eine starke Lampe aufs Lid drückt. Der ganze Kopf wird innen hellrot. Das Sehvermögen des Auges schwindet; alles glitzert blendend weiß.

«Mach mich nicht schneeblind!!»

«Ich dämpfe es schon.»

Das weiße Glitzern geht in Grau über. Einige Minuten später kann ich auf dem einen Auge wieder sehen: Omega stiert wie üblich herüber, ohne eine Miene zu verziehen. Auf dem anderen, angeschlossenen Auge flimmert ein verschwommenes Bild in Weiß und Grau.

Allmählich wird es deutlicher. Der Blick schweift über das Labor. Ich sehe einen hellen Kachelofen und vier hohe Fenster mit herabgelassenen Jalousien. Links ein breiter Abzugschrank mit übereinander gestapelten Aquarien – als die Kamera sich nach rechts bewegt, sehe ich einen Mann im offenen weißen Kittel, der mir mit zwei Fingern das V-Zeichen entgegenstreckt. Hinter ihm ein kleinerer Abzugschrank mit einem einzigen Aquarium. Mich selbst kann ich wegen der Reflexe im Wasser nicht erkennen.

«Schieb mir eine schwarze Scheibe vor das eine Auge!»

«Nicht nötig. Du hast dich bald daran gewöhnt. Es ist genauso, wie wenn man in ein Mikroskop schaut. Nur Anfänger bedecken das freie Auge oder kneifen es zu. Man lernt schnell, sich auf das eine Auge zu konzentrieren.»

Er hat recht. Nach einigen weiteren Schwenks über das Labor verblaßt das Farbbild mit Omega, während das Auge der Kamera immer deutlicher wird. Das Bild ist immer noch schwarzweiß, aber scharf, abgesehen von einem grauen Streifen, der im Abstand von wenigen Sekunden von oben nach unten wandert.

«Zieh die Jalousien hoch!»

Die Figur da unten auf dem Kachelofen schlendert zur Fensterbank und zieht an einigen Schnüren. Ganz gelingt es ihm nur bei einem Fenster; bei den anderen bleiben die Jalousien mehr oder weniger schräg stecken. Draußen ist ein Parkplatz. Er ist überbelegt. Autos stehen zur Hälfte auf grauen Grasflecken oder blockieren fast die Durchfahrtsstraßen. Hinter dem Parkplatz steht ein helles Hochhaus. Auf der Fassade leuchtet in großen Neonbuchstaben *Biochine*. Darunter ein dunkles Viereck, das abwechselnd die Temperatur und die Uhr-

zeit anzeigt, in diesem Moment 17^{03} beziehungsweise +6°.
Schlagartig wird mir klar: Ich *bin* hier oben in der Kamera. Hier *existiere* ich. Mein Gefühl, im Gehirn beheimatet zu sein, ist verschwunden! Ich sehe zwar das Aquarium bei jeder Rechtsdrehung – aber es bedeutet mir nichts. Genausogut könnte dort unten jemand anders liegen. Nun ja, das ist eine alte Erkenntnis: Der Mensch existiert in seinen Sinnen. Aber es gibt einen großen Unterschied. Gewöhnlich sind unsere Sinne, Auge, Ohr, Nase, eng mit dem Gehirn verbunden. Jetzt beträgt der Abstand bestimmt zehn Meter aus der Vogelperspektive. Das gibt mir ein enormes, überwältigendes Gefühl von Freiheit.
«Laß mich hier bleiben!»
«Du spinnst, Ypsilon. Ich muß dich wieder herunterholen. Schließlich kannst du nicht ewig unter der Decke nisten wie ein aus dem Käfig entflohener Vogel.»

47

Ich wache mitten in der Nacht davon auf, daß Nägel an der Glasscheibe kratzen. Die anti-epileptischen Tropfen bewirken, daß ich jetzt oft zwischen Schlaf und Wachen hin- und herpendle. Die Hand steht mit gespreizten Fingern am Kopfende des Aquariums. Ich ducke mich. Hoffentlich haben sie mich genügend mit Medikamenten vollgepumpt, falls die Hand zu mir herunterklettert und mich kurzschließt.
Nach dem ersten Fluchtimpuls versuche ich, die Hand unter meine Kontrolle zu bekommen. Es klappt nicht.

Ich weiß, daß ich die Bewegungen der Hand nur dann steuern kann, wenn ich zugleich ihre Sinneseindrücke wahrnehmen kann, das heißt, wenn ich den Druck gegen die Fingerkuppen oder die Bewegungen der Handmuskeln spüre. Das alles ist stumm. Trotzdem klammert sich die Hand an meine Glasscheibe. An der gegenüberliegenden Wand schwebt Omega mit seinem ewig glotzenden Auge. Aber die Hand versucht nicht hochzuklettern. Sie zieht sich zurück und hält kurz vor der Kante des Abzugschranks inne. Da steht sie auf ihrem Handgelenkstummel und stützt sich mit dem Daumen und dem kleinen Finger ab. Zeigefinger, Mittelfinger und Ringfinger tasten in der Luft herum. Sie will etwas mitteilen. Ich habe grosse Schwierigkeiten, es zu deuten. Eine Zeichensprache mit nur drei Fingern ist wie eine Schreibmaschine, der mehrere Tasten fehlen.

«O-M G-A...»

Omega? Ist es Omega, der endlich sein Schweigen brechen will? Sogleich bin ich bereit, meinen eigenen Namen zurückzufunken – aber womit soll ich Zeichen machen?

Ich sacke in mich zusammen und segle zu Boden. Da liege ich mit dem Gewicht auf meinem einen Auge, so daß das Bild sich verdreht und verzerrt. Die Hand verwandelt sich in einen bläßlichen Tintenfisch mit langen, wogenden Schlangenarmen. Ich reiße mich zusammen und fixiere die Hand.

«O-M G-A A-N S-T», sagt sie.

Omega Angst? Ich konzentriere mich auf eine Antwort durch Gedankenübertragung:

«Antworte, wenn du mich hörst! Antworte ‹ja›, wenn du mich hörst!»

Die Finger der Hand sinken auf den Kachelboden des

Abzugschranks. Dann streckt sie mühsam den Ringfinger in die Luft und deutet:

«A.»

Ja? Ich mache einen neuen Vorstoß via Gedankenübertragung:

«Wieviel ist vier mal vier?»

«S-E Z-E N»

Es besteht kein Zweifel mehr, daß der Kontakt funktioniert. Omega hört mich gut. Hingegen sind Omegas Ausdrucksmöglichkeiten verkümmert.

«Hab keine Angst. Man kann hier überleben, sieh mich nur an!»

«A-N W-E-I G», erwidert die Hand.

Langweilig? Weiß Gott, daß man sich hier langweilt! Ich bin verärgert. Als ob *ich* mich hier nicht gelangweilt hätte? Und dabei muß man bedenken, daß ich bis jetzt *allein* gewesen bin. Abgesehen vom Hund und von Flink und vom Personal – und von der Hand, die nicht richtig zählt. Jedenfalls habe ich nicht den Vorzug gehabt, hier im Labor in Gesellschaft eines älteren Gehirns eingeschult zu werden.

«Du mußt dich daran gewöhnen. Das mußte ich auch.»

«E Z-Ä L.»

Erzählen? Was will Omega von mir erzählt bekommen – eine Gute-Nacht-Geschichte? Es ist ein blödes Gefühl, hier zu liegen und etwas zu erfinden für… eine Maschine? Ist Omega eine Maschine? Rechnen kann er, und einsilbige Fragen stellen. Aber wie steht es mit dem Seelenleben? Andererseits: gibt es einen Anlaß für die Vermutung, Omega sei reduzierter als ich? Wohl kaum. Anfangs wurde auch ich vom Personal wie ein Baby behandelt, das die ersten Gehversuche macht. Obwohl meine Intelligenz der ihren haushoch überlegen war.

Plötzlich kommt mir der Gedanke, daß Omega vielleicht viel weiter ist als ich. Vielleicht spricht er mit mir in der Kindersprache, um mich nicht zu verwirren. Ich will nicht, daß Omega einen höheren Intelligenzquotienten hat. Der Gedanke, mich Omega unterzuordnen, schreckt mich mehr, als dem Professor untergeordnet zu sein. Warum? Fällt es uns schwerer, uns unserer eigenen Art zu unterwerfen?

«Ich erzähle dir jetzt etwas von dieser Affeninsel», sage ich.

«A-F N S-E-L!» deutet die Hand erwartungsvoll.

«Es war einmal ein Schimpanse, der hieß Flink. Er lebte hier im Labor. Mit der Zeit freundete er sich mit dem Personal an und durfte bei der Visite mitgehen. Alle glaubten, er begleite sie, weil er sich langweilte und gern Leute treffen wollte. Doch das war nicht die ganze Wahrheit: Flink suchte einen Bundesgenossen, jemanden, der sich seine Lebensgeschichte anhören wollte. Flink war nämlich kein gewöhnlicher Laboraffe. Er ist in Freiheit aufgewachsen, oder jedenfalls in der freien Natur. Er kam von einem Ort, den er die Affeninsel nannte. Ich weiß nicht, wo sie liegt, aber vereinzelten Angaben zufolge muß sie im Schärengarten liegen, oder möglicherweise in einem der großen Binnenseen. Dort, auf einer kleinen Insel mit runden Klippen, verkümmertem Wald, einigen Fichten und Laubbäumen samt einem Stück flachen Sandstrands, wuchs Flink bei seiner Mama und seinem Papa auf...»

«M-A-M-A U-N P-A-P.»

«Genau, Mama und Papa. Später, als Flink heranwuchs und es sich zeigte, daß er zu den begabteren Kindern seiner Generation gehörte, durfte er die Affeninsel verlassen und zur Schule gehen. Weißt du, was später mit der Affeninsel passierte? In einer Herbstnacht kam ein heftiger Sturm auf und überflutete die ganze Insel. Viele ertranken, aber einige klammerten sich an zertrümmerten Hundehütten und zersplitterten Baumstämmen fest und konnten zum Festland hinüberpaddeln. Die ganze Affeninsel aber riß sich vom Gebirgsfundament los und trieb ins Meer hinaus. Monate und Jahre trieb sie umher, bis sie schließlich mehrere Kilometer unter der Oberfläche auf dem Meeresboden landete. Das geschah in einem der warmen Weltmeere. Dort blieb die alte Affeninsel liegen. Tiefseefische und Mollusken erforschten die versunkene Insel, doch niemand wagte, sich darauf niederzulassen. Die Insel war anders als alles, womit sie bisher in Berührung gekommen waren. Am meisten glich sie einem Schiffswrack – und die Meerestiere hatten gelernt, Wracks zu meiden. Denn diese waren oft mit Öl und Giften gefüllt, die ausliefen, wenn die Tanks verrosteten. Deshalb lag die Insel unbewohnt da, bis eines Tages zwei seltsame Geschöpfe durch die Meerestiefen geschwommen kamen. Sie glichen einander wie ein Ei dem anderen. Aber es waren keine gewöhnlichen Eier. Sie waren fast so groß wie Straußeneier und schleiften lange Fäden wie Quallen hinter sich her. Diese Geschöpfe wußten, daß die Affeninsel nicht gefährlich war. Deshalb konnten sie sich jeder in einer Felsspalte niederlassen, mit nur wenigen Metern Abstand zwischen sich. Und weißt du, wie die beiden Kameraden hießen? Sie hießen Ypsilon und...»

«O-M G-A.»

«Sie hießen Ypsilon und Omega. Und weißt du, wen sie mitbrachten, wer ihre Freundin und Pflegerin war, obwohl sie ihnen überhaupt nicht glich, sondern eher aussah wie eine Seejungfrau? Sie war zwar nicht in

Goldlamé gekleidet und hatte keinen Fischschwanz. Statt dessen hatte sie eine Taucherbrille vor dem Gesicht, Sauerstoffflaschen auf dem Rücken und Flossen an den Füßen. Sie hieß...»

«E M-A!»

«Sie hieß Emma und war die beste Freundin von Omega und Ypsilon. Nun solltest du schlafen gehen. Fühlst du dich ruhiger?»

«G-U N-A H-T.»

Jetzt sind wir also zwei Gehirne. Man darf vielleicht nicht allzu übersteigerte Hoffnungen auf Omega setzen, aber man kann feststellen: Wir sind zu *zweit*. Erst jetzt wage ich mir meine Befürchtungen einzugestehen. Ich habe Omega als meinen Nachfolger betrachtet. Ich habe geglaubt, *Biochine* hielte mich für einen Versager. Sobald man gesehen hätte, daß Omega sich erholt hat, hätte man sich meiner entledigt. Denn wo sonst sind Alpha, Beta, Gamma und so weiter abgeblieben? Diese ganze Serie von Gehirnen, die hier gelegen hat – seit wie langer Zeit? Jahren? Jahrzehnten?

Morgen nacht werde ich mir Omega vorknöpfen. Wir müssen zwei Dinge tun: zusammenhalten, aber trotzdem mit unseren Arbeitgebern kooperieren. Wir müssen uns durch unsere Fähigkeiten Respekt verschaffen. Wir müssen uns unentbehrlich machen. Keiner wird uns etwas tun, solange man uns braucht. Und wir werden mit *Freude* kooperieren. Es nützt niemandem, wenn wir hier liegen und nur das Notwendigste herauslassen. Im Gegenteil, wir werden sie im Sturm erobern. Es ist doch nicht gesagt, daß wir es sind, die sich auf lange Sicht unterwerfen. Wir können hier die Herren werden. Zwar abhängig von unseren Bediensteten, aber trotzdem die, die entscheiden. Der Sieg des Menschen über andere

Tierarten beruht ja auf seiner überlegenen Intelligenz. Und seine Herrschaft währt nur so lange, wie er diesen Vorsprung halten kann. Als Art sind Omega und ich dem Menschen überlegen.

48

Curt kommt ins Labor getrottet, eine ganze Weile, bevor es Zeit für die Visite ist. Er holt sich einen Hocker und setzt sich, die Ellbogen im Abzugschrank und die Stirn gegen die Kante gelehnt. Man sieht ihm schon von weitem an, daß er die ganze Nacht aufgewesen ist.
«Heute sage ich Lebewohl, Ypsilon. Mein Anstellungsvertrag läuft zum Monatsende aus. Aber ich gehe jetzt schon nach Hause.»
«Bedeutet das, daß Emma mich versorgen wird?»
«Aber bevor ich gehe, möchte ich dir ein paar Wahrheiten sagen. Es tut mir weh, dich hier wie einen Deppen liegen zu sehen! Weißt du, warum sie mich gefeuert haben? Weil du und ich mit der Überwachungskamera herumgespielt haben. Und das haben sie erst gestern entdeckt! Niemand hat Zeit, alle Kassetten zu kontrollieren. Aber gestern war die Polizei da, weil mehrere Krankengeschichten verschwunden sind. Da haben sie sich hingesetzt und alle Kassetten durchgesehen. Und was haben sie dabei entdeckt? Nun, sie stießen auf eine Unterbrechung im Film. Vor dieser Unterbrechung sehen sie auch, daß ich einen Anschluß vorbereite. Aber das ist nicht der wirkliche Grund, Ypsilon. Das ist nur ein Vorwand. Und das macht mich fuchsteufelswild!

Wen schmeißt man denn wegen ein bißchen Experimentierlust raus? Nein, es geht um meine Forschung. Man ist der Ansicht, daß sie zuviel Zeit braucht. Sie begreifen nicht, daß seriöse Forschung immer langsam vorankommt. Nicht einmal George versteht das. Im tiefsten Inneren vielleicht schon. Aber er hat ja den Wirtschaftsprüfer auf dem Hals.»
«Das tut mir leid.»
«Doch sie können mich nicht mundtot machen. Nicht hier im Hause. Draußen darf ich natürlich keinen Muckser tun, ohne daß sie mich einsperren. Aber du bist schließlich kein Industriespion. Jedenfalls nicht im juristischen Sinn. Hingegen bist du ein Idiot. Du und dein Kumpel Omega, die ihr angeblich solche Intelligenzbestien seid. Ihr habt ja keine Ahnung! Du bildest dir ein, du wärst hier irgendein verflixtes Maskottchen, nicht wahr? Aber du bist nur ein Versuchstier unter anderen. Was haben wir wohl in den letzten Monaten gemacht? Rat mal. Nein, du kannst es nicht erraten. Wir haben nur abgewartet, bis sich dein Gefühlsleben dort sammelt, wo es hingehört, in deiner rechten Gehirnhälfte. Begreifst du? Man trennt die Spreu vom Weizen. Das Gefühl rechts, der Verstand links...»
Er kichert ein bißchen über seinen Witz, schaut auf die Uhr und klemmt sich eine Prise Kautabak unter die Lippe, mit Hilfe einer alten Einwegspritze ohne Kanüle.
«Du mußt mir eins versprechen, Ypsilon: Fang niemals an zu schnupfen.»
«Warum soll ich die Gefühle rechts haben?»
«Das weißt du genauso gut wie ich: Solange in deinem Schädel alles drunter und drüber geht, kann man keine einzelnen Funktionen isolieren. Wenn man es schafft, dich in verschiedene Teile zu zerlegen, ja, dann kannst

du verdammt nützlich werden... Dein Output wird reiner, man holt sich nur das, was man braucht. Was man nicht haben will, kann man abschalten oder sonstwie loswerden. ‹Gewaschene Intelligenz› sagte George auf der Freitagskonferenz. Aber wir meinten, das klingt zu anrüchig. Statt dessen schlugen wir ‹gerichtet› vor. Doch George fand das nicht besser. Jetzt haben sie die Sprachabteilung darauf angesetzt. Wenn man schon Experten hat, muß man sich ihrer auch bedienen.»

«Also war eine Menge von dem, was ich hier erleben mußte, im Gefühlsbereich, nur dazu da, um die Gefühle zu sammeln.»

«*Alles*. Glaub bloß nicht, daß hier das Geringste zufällig passiert. Außer daß ich hier sitze und das ausplaudere, natürlich. Das steht nicht im Programm.»

«Du machst mich froh!»

«Wieso froh? Freut es dich zu hören, daß du ein hundertprozentiger Hampelmann bist?»

«Es geht um Emma. Du weißt, daß Emma mir neuerdings den Rücken zukehrt. Wenn ich dich recht verstehe, gehört das auch zum Programm? Ich bin tatsächlich selbst schon darauf gekommen, daß es so ist.»

«Emma? Sollte sie zum Programm gehören?»

«Alles, hast du doch gerade gesagt.»

«Emma ist ein Problem für sich, Ypsilon. Aber unter uns Männern: Wir hatten eine kleine Affäre, wir zwei. Und du weißt es vielleicht nicht, aber schließlich bin ich verheiratet und habe Kinder. Dumme Sache, sehr dumme Sache. Naja, sie wurde schwanger. Und mußte es wegmachen lassen. Vorher gab es viel Heulen und Zähneknirschen, aber es war schließlich das einzig Vernünftige. Auch wenn man dann selbst als Scheißkerl dasteht. Eine einfache Ausschabung, habe ich gesagt.

Aber leider nicht ganz ohne Komplikationen, wie sich herausstellt. Hier im Labor hat sie gesagt, sie wäre auf Mallorca gewesen. Ich habe ihr meine Höhensonne geliehen.»

«Wenn es nicht zum Programm gehört: Was hat sie dann für einen Grund, mir den Rücken zuzukehren?»

«Jetzt überleg mal ganz cool: Was hat sie für einen Grund, es nicht zu tun? Du und dein Kumpel, ich weiß schon, daß ihr beim weiblichen Personal irgendwie den Charmeur spielt. Aber im Ernst? Du glaubst, sie mag dich? Ich weiß, daß sie manchmal ins Nachtdienstzimmer geht, weil sie kotzen muß. Sie findet euch ekelhaft. Es hat lange gebraucht, bis zu einem, den wir Sigma nannten, bevor Emma gelernt hat, ein lebendes Gehirn anzufassen.»

«Ich heiße doch Ypsilon. Warum heißt der da hinten Omega? Dazwischen fehlen drei: Fi, Ki und Psi.»

«Dazwischen? Ach so. Nein, das waren Blindgänger, wie wir sagen. Haben von vornherein nicht funktioniert. Die Technik steckt noch in den Kinderschuhen. Ihr zwei seid, wenn nicht einzigartig auf der Welt, so doch nahezu. Jetzt kommt bald die Visite. Ich will dir etwas über die Zukunft hier sagen...»

«Laß uns noch einmal über diese Sache mit Emma reden!»

«Ich finde es peinlich, ehrlich gesagt.»

«Kannst du *schwören,* daß Emma nicht die Anweisung bekommen hat, mir den Rücken zuzukehren?»

«Aber klar. Ich schwöre es.»

«Wie kannst du dann erklären, daß sie mich tatsächlich auf dem Schoß hielt, daß sie mir vorgelesen hat, daß sie, auch wenn du es nicht glaubst, diese Glasscheibe geküßt hat!»

«Ja, *das* stand natürlich auf dem Programm. Damit Ypsilon seine Gefühle an die Oberfläche holen und sie an der richtigen Stelle sammeln kann, muß ihn jemand stimulieren ... Das habe ich George selbst sagen hören. Aber jetzt siehst du es ja selber: Da drüben sitzt sie und kokettiert mit Omega. Du bist fertig behandelt, was sie betrifft. Jetzt kann sie dir zeigen, was sie *wirklich* von dir hält ...»
«Guten Morgen, Jungs!»
Es ist die Visite mit dem Professor an der Spitze. Er legt schwer seine Hand auf Curts gebeugten Kopf. Ohne mir auch nur einen Abschiedsblick zu geben, witscht Curt unter dem Arm des Professors weg und verschwindet.
«Er war hier, um Abschied zu nehmen», sage ich.
«Curt hat andere Aufgaben bekommen», sagt George. «Aber du, Ypsilon, du machst große Fortschritte. Du übertriffst unsere Erwartungen. Wir sind sehr zufrieden mit dir. Ich finde, daß du das wissen sollst. Man darf mit Lob nicht zu großzügig sein. Aber wenn es wirklich Grund für ein Lob gibt, dann soll man es auch aussprechen, das war schon immer mein Grundsatz.»

49

Ich habe beschlossen, daß ich versuchen werde, aus dem Labor zu fliehen. Ich kann hier nicht länger bleiben, mit meinen Phantasien und lächerlichen Hoffnungen auf ein würdigeres Leben. Daß die Flucht gelingt, ist praktisch undenkbar. Aber was habe ich zu verlieren? Meine Alternative zur Flucht ist der Selbstmord. Also habe ich nichts zu verlieren. Nur habe ich keine

Ahnung, wie es zu bewerkstelligen ist; nicht einmal einen Ansatzpunkt. Statt dessen liege ich hier und beneide die klassischen Ausbrecher: Casanova, der aus den Bleikammern des Dogenpalasts entwischte, oder den Grafen von Monte Christo, der sich in einen für Leichen bestimmten Sack einnähte und sich ins Meer werfen ließ. Ein Kinderspiel. Für meine Flucht gibt es keine Vorbilder. Ein Patient, der sich vom Operationstisch erhebt, während ihm Tücher und Schläuche, Zangen und Schaltungen vom Körper baumeln – und aus dem Raum rennt, den Respirator wie einen Kinderwagen vor sich herschiebend: Wenn ich nur auch so fein raus wäre!

Wenn ich es nicht schaffe, werde ich mir das Leben nehmen. Es scheint vernünftig, an diesem Ende anzufangen, mit der zweiten Alternative. Wenn die Flucht mißlingt, kann ich nicht mehr mit der Konzentration rechnen, die nötig ist, um einen Selbstmord zu planen. Es gibt ungewöhnliche Selbstmorde: Ein römischer Sklave soll sich das Leben genommen haben, indem er zu atmen aufhörte, aber in der modernen Zeit ist es nie bewiesen worden, daß so etwas möglich ist. Bei gewissen Naturvölkern soll es vorkommen, daß jemand beschließt, zu sterben – und dann dahinsiecht. Kann ich einer solchen Methode trauen? Wie lange würde es dauern? Werden die Instrumente nicht vorher ausschlagen? Wie soll ich sterben können? Bei meiner theoretischen Überlebensdauer von 800 Jahren.

Ich brauche Hilfe. Wer hilft mir? Wohl kaum das Personal. Wenn ich sterbe, sind vielleicht die Mittel für das Labor gefährdet. Das Personal könnte in Gefahr geraten, versetzt zu werden. Mit freiwilliger Hilfe kann ich nicht rechnen. Vielleicht kann ich jemand dazu bringen, etwas so Überraschendes zu tun, daß sie mich auf den Kachelboden fallen lassen. Sterbe ich dann? Schließlich bin ich kein Ei, sondern eine weiche, recht elastische Masse, von Fäden und Stagen durchwachsen, ähnlich dem Lehm zwischen den Wurzeln eines Baumes. Vielleicht lachen sie nur über mich, heben mich auf, spülen mich ab und lassen mich wieder ins Aquarium gleiten.

Wenn sich meine Umgebung im Aquarium selbst ändert, sterbe ich. Es mag seine Zeit dauern, aber ein deutliches Ansteigen oder Absinken der Temperatur überlebe ich nicht. Ebensowenig wie eine Veränderung der chemischen Zusammensetzung. Falls die Sauerstoffpumpe für längere Zeit aussetzt, sterbe ich auch. Aber hier entstehen zwei grundsätzliche Probleme: Jemand muß beispielsweise die Sauerstoffpumpe abstellen. Und zweitens darf dadurch weder Alarm ausgelöst noch die automatische Reservepumpe eingeschaltet werden. Bei seltenen Gelegenheiten kommt es vor, daß das Überwachungssystem für kürzere oder längere Zeit abgeschaltet ist. Zum Beispiel als man hier umbaute und neue Leitungen legte. Wie lange dauert es bis zum nächsten Umbau?

Eins steht fest: Solange ich plane, muß ich um jeden Preis die Visite davon überzeugen, daß ich kooperiere. Die Ausgangslage ist nicht schlecht, schließlich bin ich gerade für meine Fortschritte gelobt worden. Vielleicht wäre es besser gewesen, wenn die Fortschritte etwas später gekommen wären, also erst nachdem ich angefangen habe, meine Flucht oder meinen Tod zu planen. Aber so schlecht sind die Voraussetzungen nicht. Niemand kann vernünftigerweise ahnen, was ich plane. Falls sie mich nicht an irgendein hochentwickeltes System angeschlossen haben, das meine Gedanken liest – aber das halte ich für unwahrscheinlich. Dann hätte man auf die ganze Mühsal mit der Kommunikation verzichten können; hätte das Morsesystem, die Antennenoperation, die Hörbrille und das Lippenlesen nicht gebraucht. Sie können meine Gedanken nicht lesen. Hingegen gibt es eine kleine Chance, daß ich einige der ihren lesen kann. Es würde mir einen Vorsprung verschaffen, wenn ich das Gedankenlesen üben könnte. Aber es ist so selten, daß jemand in meine Nähe kommt. Heute morgen begnügte sich die Visite damit, sich in der Tür zu zeigen und zu winken. Und Emma trödelt nicht mehr bei Omega herum. Die Fütterung ist rationalisiert worden. Emma läuft mit kleinen Portionspakkungen in wasserlöslicher Folie vorbei. Sie läßt sie in unsere Aquarien fallen und verschwindet.

50

Ich habe verschiedene Punkte für einen Fluchtplan zusammengestellt:

1. *Vorbereitungen:* Das größte Problem wird nicht sein, aus dem Aquarium herauszukommen, sondern am Leben zu bleiben. Um am Leben zu bleiben, muß ich Traubenzucker und Spurenelemente speichern, vor allem Zink. Wenn ich faste, kann ich diese Stoffe in meinen inneren Hohlräumen, den sogenannten Ventrikeln, sammeln und lagern. Es wird nicht auffallen, da man keine Analyseinstrumente in meinem Inneren angebracht hat; sie begnügen sich damit, die Aquarienflüs-

sigkeit zu testen, und die wird keine Veränderungen aufweisen.

Die Hand wird eine entscheidende Rolle spielen. Daher muß ich das Zusammenspiel mit der Hand trainieren; ich muß jede Bewegung und Ortsveränderung beherrschen. Außerdem muß ich dafür sorgen, daß Omega nicht stört. Das müßte gehen. Wenn ich mich nicht irre, ist Omega jetzt in dem Stadium, in dem verschiedene Behandlungen einsetzen, unter anderem Elektroschocks. Daher müßte Omega an bestimmten Tagen lahmgelegt sein.

2. *Die Überwachungskamera:* Die Zeitspanne, in der das Objektiv der Kamera nicht auf meinen Abzugschrank gerichtet ist – höchstens elf Sekunden –, reicht für größere Operationen nicht aus. Einige technische Vorbereitungen sind möglich, aber die eigentliche Flucht kann nicht so schnell geschehen. Es könnte auch jemand im Überwachungsraum sitzen und den Monitor direkt kontrollieren. Daß der Film auf Kassette aufgezeichnet wird, ist keine Garantie dafür, daß man sich mit der Nachkontrolle begnügt. Aber wenn die Flucht überraschend genug passiert, werden die Wächter kaum schnell genug reagieren. Und wenn sie reagieren, wird ihre Reaktion die Flucht indirekt erleichtern.

3. *Omega:* Es ist völlig aussichtslos, daß wir beide zusammen fliehen. Sollte ich entkommen, bedeutet das natürlich, daß die Sicherheitsvorkehrungen hier drinnen verstärkt werden, was es wiederum für Omega schwieriger macht, später zu fliehen. Leider sehe ich keine Lösung für dieses Problem. Aber es gibt einen positiven Faktor: Wenn es mir gelingt, habe ich Omega bewiesen, daß die Flucht *möglich* ist. Ich richte mich darauf ein, Omega nicht zu schaden. Dank der Tatsache, daß das

Aquarium von Omega ungefähr zehn Zentimeter höher steht als meins, ist die nötige Sicherheit gewährleistet.

4. *Die Flucht:* In einer günstigen Nacht – vermutlich der Nacht zu einem Montag um 3^{30} – lasse ich die Hand herausklettern, während die Kamera wegschaut. Die Hand verstopft den Abfluß, der noch von der Behelfsdusche übrig ist. Da die Kamera genau an der Stelle der früheren Dusche angebracht ist, kann sie nicht registrieren, was direkt darunter passiert. So kann die Hand in aller Ruhe Stoffetzen und Lappen anschleppen und den Abfluß zustopfen. Dann stellt die Hand das Wasser an; es gibt hier mindestens drei Wasserhahnen. An der Wand hängt sogar ein Werkzeugschrank, falls die Hahnen klemmen sollten. Nun steigt der Wasserspiegel rasch im Raum. Die Hand schwimmt zu meinem Aquarium und zieht die meisten Stecker heraus. Für meine Energieversorgung brauche ich eine sogenannte Meeresbatterie, eine kleine Plastiktüte, die im Wasser aktiv wird. Meeresbatterien werden im Institut häufig benutzt und sind leicht zu klauen. Sobald das Wasser im Raum in mein Aquarium zu schwappen beginnt, schwimmt die Hand zum Abfluß hinunter und zieht die Stofflappen heraus. Jetzt kommt der kritische Moment: Wenn es zu schnell geschieht, hört das Wasser auf zu steigen, bevor es den Pegel erreicht hat, der es mir erlaubt, hinauszuschwimmen. Dauert es zu lange, steigt das Wasser über Omegas Pegel; aber da er nicht zuvor die nötigen Chemikalien gehamstert hat, wird er in zu dünnem Wasser landen und sterben.

Ich schwimme jetzt geradewegs in das überschwemmte Labor hinaus. Der Wassersog zieht mich zum offenen Abfluß hinunter. Die Hand muß jetzt das eiserne Gitter abheben, das über dem Senkloch liegt. Wenn das erledigt ist, kann ich mit der Hand im Schlepptau in die Kanalisation verschwinden. Über das Leben, das uns dort erwartet, wissen wir so gut wie nichts. Aber wir wissen, daß es Wasser gibt, daß dieses Wasser durch Felsentunnel und Betonkanäle auf ein Klärwerk zufließt. Das Wasser ist nicht sauber – was ein großer Vorteil ist. Es müßte reichlich Nahrung und Spurenelemente geben, vielleicht sogar Vitamine. Wir beabsichtigen nicht, dem Strom bis zum Klärwerk zu folgen. In einer geeigneten Nische lassen wir uns nieder und planen die Zukunft.

5. *Das Mißlingen:* Mißlingt der Plan in einem der kritischen Momente, nehme ich mir das Leben. Leider ist es unmöglich, dies im Detail zu planen. Doch wenn ich die Hand völlig unter Kontrolle habe, dürfte es kein Problem sein. Das Schlimmste, was passieren kann, ist, daß man mich im Wasser unterwegs zwischen dem Aquarium und dem Abflußloch erwischt. Wird die Flucht unterbrochen, bevor ich meine Behausung verlassen habe, macht das nicht soviel aus. Niemand kann mich des Fluchtversuchs beschuldigen, solange ich noch im Aquarium liege. Falls die Hand es nicht schafft, das schwere Abflußgitter zu heben, können wir auf die Hilfe des Wächters zählen. Was tut der Wächter, wenn er die Überschwemmung entdeckt? Er kontrolliert das Leitungssystem. Auf seinem Schaltbrett sieht er sofort, daß eine rote Lampe aufleuchtet, die eine Verstopfung im Labor anzeigt. Entweder ruft er dann die Feuerwehr herbei, oder er geht selbst in Wasserstiefeln ins Labor, um das Hindernis im Senkloch zu entfernen. Wenn das Hindernis verschwindet, gleite ich mit der Hand ins Loch hinunter...

Plötzlich beugt sich der Professor über mich, obwohl es

nicht die übliche Zeit für die Visite ist:
«Worüber grübelst du denn nach?»
Ich ziehe es vor, nicht zu antworten. Statt dessen denke ich: jetzt oder nie! Ich bohre den Blick in seine Stirn. Heute ist er nicht so abschreckend braungebrannt, seine Haut gleicht mehr einem schwitzenden Käse. Ich konzentriere mich auf die Stirn, duchdringe die Haut, die Muskulatur, den Knochen ... Ich befehle: Nimm mich in deine Hände!
Der Professor zieht die Hände aus den Kitteltaschen und schaut erstaunt seine Handflächen an.
Ich befehle nochmals: Nimm mich jetzt in deine Hände!
Er krempelt die Ärmel hoch und nimmt dann die Armbanduhr ab. Dann beugt er sich vor und räumt die ganze Garnitur weg – die Kabel, die Sauerstoffpumpe, den Frequenzregler –, um an mich heranzukommen. Ich muß mich jetzt so weit wie möglich nach hinten lehnen, um seine Stirn nicht aus dem Blick zu verlieren...
«Was zum Teufel mache ich denn da?!»
Er tritt rasch einen Schritt zurück und verbirgt schuldbewußt die Hände auf dem Rücken. Dann fischt er eine Sonnenbrille aus der Brusttasche und betrachtet mich durch die dunklen Gläser – so, als wären es die Augen, die er schützen müßte.
«Hör mal, Ypsilon, probier bloß keine Tricks mit mir! Wir wissen ganz genau, daß du die Bewegungen anderer Geschöpfe dirigieren kannst. Bis zu einem gewissen Grad. In Wirklichkeit bist du nichts Besseres als irgendein beliebiger Provinzhypnotiseur!»
Er nimmt die Sonnenbrille wieder ab. Er hat erkannt, daß er die Situation unter Kontrolle hat.
«Du willst fliehen», stellt er dann fest. «Wir haben seit mehreren Tagen verfolgt, daß du hier liegst und Flucht-

pläne wälzt.»
«Ja, ich habe vor zu fliehen.»
«Viel Glück!»
«Hilfst du mir?»
«Dein Vertrauen ehrt mich... nein, Ypsilon, ein offenes Wort von Mann zu Mann: Wie gern ich dir helfen würde, wie gern ich es sähe, daß ein alter Freund sich aus der Materie befreit... Ich besitze dich nicht, du bist nicht mein privates Eigentum! Du gehörst der *Biochine*. Wenn du fliehen willst, mußt du in der Phantasie fliehen. Das kann ich nicht verhindern. Sondern höchstens versuchen, es zu registrieren.»
«Du bist feige.»
«Nein, besonders feige bin ich nicht. Ich könnte mir sogar vorstellen, einen Vertrauensbruch gegenüber dem Arbeitgeber zu begehen. Ich könnte mir sogar denken, die *Biochine* zu hintergehen und die Konsequenzen dafür zu tragen, nur um einmal in meinem Leben dem Unglaublichen beiwohnen zu dürfen: Daß jemandem in deiner Situation *die Flucht gelingt*. Aber, Ypsilon, aber...»
«Laß mich raus!»
«Ja, ich werde dich rauslassen. Aber leider nicht in die Freiheit. Es ist zu spät. Unsere Pläne sind schon viel zu weit gediehen. Zu viele Außenstehende sind eingeweiht ... Es ist schon entschieden, daß du mit dem morgigen Tag auf die andere Seite des Labors ziehen wirst, zu Omega.»
«Wieso?»
«Weil es höchste Zeit ist, daß ihr beide euch an einen engen Kontakt gewöhnt.»

51

Omega und ich befinden uns in einem länglichen Glaskasten. Zwischen uns ist eine Plexiglasscheibe, die verhindert, daß wir Körperkontakt bekommen. Über uns liegt ein Gitternetz, das uns vor Eindringlingen schützt. Ich kann die Hand nicht mehr sehen – aber sie müßte sich auf dem Regal unter uns befinden. Mehrmals habe ich sie angepeilt, aber ohne Ergebnis.

Was wäre geschehen, wenn mein Fluchtversuch mit der Überschwemmung fehlgeschlagen wäre, wenn das ganze Gebäude sich bis zum Speicher mit Wasser gefüllt hätte? Omega wäre natürlich entkommen. Was wäre mit den Ratten auf dem Speicher passiert? Wären sie mit peitschenden Schwänzen durch die Luftschächte angeschwommen gekommen? Vielleicht gibt es hier noch andere Organe? Herzen in Aquarien wie dem unseren oder eingefroren in Kohlensäureschnee, auf Sparflamme lebend. Auch Lebern, dick und fett und rotbraun, die auf ihre Empfänger warten – Augen, Trommelfelle, Zwölffingerdärme; das ganze farbenprächtige Innere des Menschen. Bei einer Sintflut würden sie alle herausgespült und kämen pumpend an: die Herzen – oder schlängelnd wie Aale: die Därme – oder an die Decke gedrückt wie Badeschwämme: die Lungen. Wir könnten einen ganzen Körper erschaffen, wenn wir uns einigten. Wir müßten nur jemand dazu bringen, uns zusammenzunähen.

Die Visite kommt. Keiner sagt ein Wort. Der Schreiber der EEG-Maschinen zittert im Hintergrund. Nachdem

er die Zeit notiert hat, zieht der Professor die Plexiglasscheibe heraus, die mich von Omega trennt. Was soll das? Ein Hahnenkampf auf wissenschaftlicher Ebene – oder sollen wir bloß Gelegenheit bekommen, uns gegenseitig an unsere Absonderungen zu gewöhnen?
Als ich mich nähere, liegt Omega zunächst ganz still, nur einzelne Nervenfasern unter ihm wogen sacht. Ich schnuppere herum. Omegas Auge ist braun. Die verschiedenen Teile des Auges sind nicht klar abgegrenzt, es wirkt, als ob Pupille, Iris und das Weiße ineinanderfließen würden. Vielleicht stammt er von ganz woanders her als ich? Ein Indianer? Ein Mongole? Gern würde ich Omega etwas anbieten, um ihm meine friedlichen Absichten zu zeigen. Aber was? Während ich mich nähere, sende ich über meine Antenne:
«Ich bin Ypsilon.»
Doch er reagiert nicht. Er befindet sich in einem früheren Entwicklungsstadium, auf dem Niveau, auf dem ich selbst bis vor kurzem war, auf dem Niveau des Lippenablesens und der Zeichensprache. Ich gehe zu Boden, damit er sich nicht bedroht fühlt. Hat er irgendwelche Waffen? Ich kann weder einen Stachel, einen Dorn oder irgendeine kriegsschiffartige Ausrüstung sehen. Ich steige wieder hoch, bis ich Aug in Auge liege. Was verbirgt sich dort drinnen in der Tiefe? Ich verbeuge mich vorsichtig. Sprechen wir überhaupt dieselbe Sprache, begreift er...
Plötzlich schießt Omega davon wie ein aufgescheuchter Fisch. Er schwimmt nicht mit den Ohren, sondern benutzt statt dessen das Nervengeflecht wie eine Qualle; mit ein paar kräftigen Pumpbewegungen knallt er gegen die Glasscheibe an der Schmalseite des Aquariums. Ich kippe dabei fast um. Langsam wie eine Galeere drehe

ich mich um, bis mein Steven auf Omega gerichtet ist. Er quetscht sich in eine Ecke, das Hinterteil mir zugekehrt; hin und wieder zuckt es in seinen Nervenfasern. Er erinnert mich an einen Frosch, der sich unter der Uferböschung verkriechen will. Ich rufe ins Labor hinaus:
«George?! Emma?!»
Keiner kommt. Keiner sagt etwas. Ich kann nicht einmal die Anwesenheit von Körpern im Labor oder in benachbarten Zimmern wahrnehmen. Aber ich bin sicher, daß sie uns beobachten.
Ich lege mich auf den Boden und versuche, mich so flach und klein wie möglich zu machen. Plötzlich springt Omega mit einem Satz aus dem Wasser. Selbstverständlich prallt er sofort gegen den Maschendrahtdeckel auf dem Aquarium und plumpst wieder zurück. Er sinkt mit dem Bauch nach oben wie ein toter Mistkäfer zu Boden. Dort bleibt er liegen, mit wildem Blick, aber reglos. Kann Omega sich selbst wieder umdrehen – oder braucht er Hilfe? Ich lasse ihn etwa eine halbe Stunde liegen, damit er sich beruhigt. Dann wage ich nicht länger zu warten. Omegas Innenleben könnte durcheinandergeraten; Zellkerne könnten zerquetscht werden, Gedanken und Bilder aus ihren Fächern fallen und zu einer einzigen Soße zerrinnen.
Ganz vorsichtig schwimme ich näher und stoße ihn ein bißchen mit meinem Rückenmarkstummel an. Als ich ihn puffe, geht ein Zittern durch Omegas Nervenfäden; es ist, als taste er nach einem festen Punkt. Aber ich schaffe es nicht, ihn wieder in die richtige Lage zu bekommen. Ich überlege, ob ich versuchen soll, ihn zur Oberfläche zu bugsieren. Wieder nähere ich mich, diesmal mit etwas größerer Geschwindigkeit, und versuche,

mich unter ihn zu schieben, damit ich ihn Huckepack nehmen und hochstemmen kann. Mein Auge kriegt einen Schlag ab – es fühlt sich an, wie wenn man mit dem Schädel gegen die Wand prallt. Jetzt sitze ich fest. Ich kann mich nicht bewegen. Omega ist zu schwer. Außerdem scheint es, daß sich meine eine Antenne in einer von Omegas tiefsten Furchen verfangen hat, dem Sulcus lateralis.
Könnte ich nur mit ihm reden! Mit gemeinsamen Kräften würden wir uns bestimmt aus dieser Situation befreien. Aber er ist stumm und taub. Im nächsten Moment schlägt er heftig um sich wie ein Ertrinkender. Die langen Nervenfäden knallen wie Peitschenschläge auf meinen Rücken. Instinktiv ducke ich mich und lasse dann meine Ohren auf vollen Touren laufen. Zum Glück ist kein Sand auf dem Boden des Aquariums – sonst würden wir so viel Schlamm aufwühlen, daß keiner von uns den anderen sehen könnte.
Plötzlich reiße ich mich los, sause davon, die Breitseite voran. Irgend etwas stoppt mich abrupt. Omegas lange Nervenstengel haben sich mehrmals um meine Antennen gewickelt. Je mehr ich zerre, um so fester werden die Knoten angezogen. Ich versuche zu denken: Es ist nicht so schlimm, wenn wir aneinander hängen, früher oder später muß das Personal kommen und uns trennen. Wichtig ist vielmehr, daß keiner von uns zu lange in der Rückenlage bleiben darf. Omega ist offenbar wieder zu Kräften gekommen, er zerrt und zieht in die andere Richtung. Vermutlich ist er völlig desorientiert und weiß nicht, wo oben und unten ist. Ich gebe nach und lasse mich von ihm am Boden entlangziehen. Immer noch liegt er wie eine hilflose Schildkröte auf dem Rücken; die ganze Kraft scheint in seiner langen Ner-

venschleppe zu liegen. Plötzlich macht er eine Drehung von neunzig Grad, und ich schieße über ihn hinweg auf das andere Ende des Aquariums zu. Ich paddle wie verrückt, um die Lage unter Kontrolle zu bekommen und mich selbst aufrecht zu halten. Omega hat jetzt wieder gewendet und strebt zu der Stelle zurück, an der wir uns zuerst ineinander verfangen haben. Ich setze meine ganze Kraft ein – doch ich muß einsehen, daß Omega der Stärkere ist. Außerdem ist er schwerer. Merkwürdigerweise, denn sein Volumen ist kleiner als meins. Aber offensichtlich hat er ein größeres spezifisches Gewicht.

Ich wähle eine andere Taktik: ihn bis zur Erschöpfung sich austoben zu lassen. Doch er hat ungeahnte Kräfte. Mehrere Stunden lang jagt er am Boden hin und her, den Bauch nach oben gedreht und mit mir im Schlepptau. Allmählich werde ich seekrank. Wenn meine Gleichgewichtsorgane durcheinandergeraten, kann ich selbst in der lebensgefährlichen Rückenlage landen. Einen Augenblick lang denke ich: warum nicht? Warum sich nicht jetzt zum Sterben bereitmachen? Eine Zukunft habe ich ohnehin nicht. Alte Erinnerungen überschwemmen mein Bewußtsein. Ich denke an Emma, schlank und schön. Wie konnte ich nur Tage damit verbringen, über eine Möglichkeit nachzugrübeln, wie ich ihr meine Liebe erkläre. Ich erinnere mich an meine frühere Verachtung für den Professor, die ich mir jetzt nicht mehr leisten kann.

Omega macht überraschend eine Pumpbewegung, schießt schräg vom Boden nach oben, streift eine Wand und schnellt hoch über die Wasseroberfläche. Ich folge ihm, ohne eine Möglichkeit zu bremsen. Als wir wieder ins Wasser plumpsen, bleibt er auf mir liegen, immer noch umgedreht. Ich selbst liege auf der Seite, werde jedoch von den Nervenstengeln am Kentern gehindert, die mich jetzt in endlosen Windungen und Schlingen einschnüren. Wir sind beide erschöpft. Wenn ich versuche, Omega in die aufrechte Lage zu drehen, lande ich selbst auf dem Rücken. Ich liege still und lasse meine äußeren Ohren mit kleinen, müden, unregelmäßigen Schlägen fächeln, um uns wenigstens ein bißchen Kühlung zu verschaffen.

Ich glaube, wir liegen ungefähr einen Tag und eine Nacht so da, ohne Nahrung, ohne Pflege. Bei einer Gelegenheit versuche ich, über die Antennen ein Notsignal auszusenden, doch mit Sicherheit vergeblich; ich liege im Funkschatten unter Omega. Über längere Zeiten hinweg bin ich bewußtlos. Erst spät wundere ich mich, warum wir nicht sinken. Mein spezifisches Gewicht ist so, daß ich in Ruhestellung ungefähr zwischen Oberfläche und Boden schwebe. Omega ist kompakter. Gemäß allen Naturgesetzen müßten wir daher zu Boden sinken. Es scheint nur eine Erklärung zu geben, warum wir es nicht tun: Omega ist tot.

Ich verdränge diese Erkenntnis sofort und versuche zu schlafen. Als ich wieder aufwache, ist sein Augenstengel gekrümmt. Das schwere Auge hängt vor mir herunter. Ohne große Hoffnung mache ich ein paar Schwimmzüge. Zu meinem Staunen und meiner Erleichterung spüre ich, daß er mich aus seinem Griff läßt; seine Nerven sind glatt, schlaff und leblos wie kalte Spaghetti. Nach einigem Drehen und Winden befreie ich mich ganz. Ich schwimme sofort davon und ducke mich so weit wie möglich von Omega entfernt auf den Boden. Ist er tot? Werde ich auch sterben, wenn er sich langsam auflöst und mir das Wasser vergiftet? Die Verwesung setzt

bestimmt in wenigen Stunden ein; schließlich liegen wir in 37 Grad warmem Wasser.
Aber schon nach ein paar Minuten kommt die Psychiaterin und schiebt die Plexiglasscheibe zwischen uns. Sie gibt Omega eine Injektion in die Mittelfurche zwischen den beiden Hemisphären. Nachmittags ist er wieder ganz der Alte: liegt da und glotzt mich mit seinem Glupschauge an. Ich habe keine Lust auf weitere Kontaktversuche. Warum hat er mich angefallen? Gebe ich unbewußt aggressive Übertragungssubstanzen an die umgebende Flüssigkeit ab?

52

Heute nacht mache ich meinen dritten Fluchtversuch, er *muß* gelingen. Hier bahnt sich irgend etwas an: Visiten außer der Reihe, neue Apparate, Eichungen und Besuche des Vorstands. Etwas wird geschehen. Ich spüre, daß es mein gesamtes Leben verändern wird, vielleicht so grundlegend wie damals, als sie mich aus meinem eigenen Körper gehoben haben.
Wie so oft, wenn komplizierte Aufgaben in kurzer Zeit gelöst werden sollen, passieren Flüchtigkeitsfehler. Gestern nach der täglichen Injektion hat Emma nicht kontrolliert, ob der Deckel auf dem Aquarium der Hand fest eingerastet war. Die Hand ist jetzt schon draußen. Sie ist unterwegs zum Nachtdienstzimmer. Dort hängt Curts schmuddeliger Kittel, den er in einem Wutanfall unter die Pritsche im Nachtdienstzimmer knüllte, als er das Institut verließ. Die Putzfrau hat ihn an einen

Haken gehängt. In der Kitteltasche steckt das lange Fernsehkabel, das Curt benutzte, als er mich an die Überwachungskamera anschloß.
Die Hand krabbelt dicht an der Wand entlang, während die Kamera in die falsche Richtung starrt. Wie ein Mondlandefahrzeug stakst die Hand das letzte Stück entlang, bis sie unter der Kamera im toten Winkel des Objektivs gelandet ist. Das Kabel ist zusammengerollt, aber nicht geknotet. Die Hand dröselt die Rolle auf und klettert mit dem einen Ende zur Kamera hinauf. Aber sie steckt jetzt nicht den Anschluß ein. Statt dessen lasse ich die Hand das Kabel lose ums Stativ der Kamera knoten – dann darf sie herunterklettern.
Omega starrt großäugig herüber. Bitte schön! Solange er seine Beobachtungen nicht melden kann, ist es fast beruhigend, einen Zuschauer zu haben. Das Metallnetz über unserem langen, geteilten Aquarium kann die Hand nicht wegnehmen. Aber das ist auch nicht nötig. Es reicht, wenn sie das Ende des Kabels durch das Loch im Netz hindurchsteckt, das die Sauerstoffpumpe umgibt. Ich drücke mich eng an den glänzenden Stab, aus dessen winzigen Löchern der Sauerstoff sprudelt, um in wachsenden, ovalen Blasen zur Oberfläche zu steigen. Die Hand steckt ihren Zeige- und Mittelfinger herein. Ich ziele sorgfältig und schiebe meinen blinden Sehnerv genau in den Metallstecker des Kabels.
Die Hand läßt den Stecker los. Es dauert keine Minute, bis sie wieder oben an der Kamera ist, den normalen Anschluß herauszieht und mich einschaltet. Diesmal kehrt mein Sehvermögen viel schneller zurück als letztesmal. Die schwarzweiße Bildfläche knallt in mein Bewußtsein: Ich sehe das Labor jetzt schräg von oben in langen Blicken.

Nun richte ich meine ganze Konzentration und Energie darauf, mein Bewußtsein vom Aquarium in die Kamera zu übertragen. Am schwierigsten ist es, mein altes, farbensichtiges Auge auszuschalten. Periodisch schieben sich die Bilder vom Aquarium dazwischen: wirbelnde, vergoldete Sauerstoffblasen im zartgrünen Wasser. Aber das Bild wird immer schwächer, immer verblichener wie ein altes Aquarell. Schließlich bleibt davon nur noch ein heller, zitternder Fleck.
Ich verlasse den Gesichtssinn und konzentriere mich auf andere Teile meines Ichs: Das Gehör kriecht langsam wie die Flamme an der Zündschnur zur Kamera hinauf. Verschiedenen Phantasien, Erinnerungen und Kenntnisse folgen. Ich entziehe dem Aquarium die Affeninsel, die Dame in Schwarz, die am Respirator sitzt, den Hund, die Ratten, die eines Nachts vor langer Zeit so rücksichtsvoll hereintrabten ... Schließlich ist mein Bewußtsein fast total in die Kamera geschlüpft. Hätte ich genug Zeit, würde ich aussieben. Ich würde alles Negative hinter mir lassen. Aber Emma flutscht mit hinein – meinetwegen, wenn ich nur hier rauskomme.
Nun kommt der nächste Schritt: Ich muß die Hand dazu bringen, das Kabel von meinem alten Gehirn abzuziehen und es statt dessen in den Hauptanschluß zu stecken. Durch das Kabel werde ich zur TV-Schalttafel im Überwachungsraum strömen. Was mich dort erwartet, kann ich nicht voraussehen: Vielleicht werde ich auf einer Kassette aufgezeichnet und bleibe monatelang darin liegen, bevor mich jemand abspielt. Dann kann ich zum nächsten Sprung ansetzen: Entweder die Stirn desjenigen durchdringen, der vor dem Bildschirm sitzt, oder vorbeirauschen und in den Äther hinaussummen wie ein dichter Bienenschwarm.

Mit dem Blick suche ich die Hand, um die letzten Anweisungen zu geben. Als ich über das Labor schwenke, sehe ich statt dessen etwas anderes. Ich bin so beschäftigt gewesen, daß ich den Professor und die Psychiaterin nicht bemerkt habe. Sie stehen fast mitten im Raum und winken fröhlich. Beide sind festlich gekleidet: der Professor im Frack, die schmächtige Psychiaterin im langen Kleid mit einem hellen Pelzcape um die Schultern. Auf dem Arm hält der Professor die Hand, die er tätschelt, als sei sie ein Kätzchen.
«Kriech zurück in dein Haus, Schnecke!» sagt die Psychiaterin streng, doch dann bricht sie in Gekicher aus.
Der Professor hebt mir seinen freien Arm in einer großen Geste entgegen und zitiert aus der Odyssee:
«Edler Laertes-Sohn, erfindungsreicher Odysseus,
also willst du mich nun so bald verlassen und wieder
in dein geliebtes Vaterland gehn? Nun, Glück auf die Reise!
Aber wüßte dein Herz, wie viele Leiden das Schicksal
dir zu dulden bestimmt, bevor du zur Heimat gelangtest,
gerne würdest du bleiben, mit mir die Grotte bewohnen
und ein Unsterblicher sein...»

53

Schon wieder wird umgebaut. Sie haben die Wand gegenüber herausgeschlagen, die Wand, an der mein Abzugschrank stand. In meinem Blickfeld befindet sich ein Loch mit vielen Ecken und scharfen Kanten: Braune, gebogene Armierungseisen hängen heraus, ge-

krümmte Rohre ragen auf wie Periskope – von der Decke baumeln lose Kabel mit flatterndem Isolierband. Überall staubt es. Sie haben einen fahrbaren Luftabsauger mit schenkeldicken, gefältelten Plastikschläuchen hereingebracht. Alle Wasserflächen vibrieren.
Auf der anderen Seite der abgerissenen Wand öffnet sich ein Raum von der Größe eines Hallenbads. Die Decke ist gewölbt wie in einem Bahnhof. Sie ist von länglichen Fenstern durchbrochen, die mit weißer Leinwand verhängt sind. Der ganze Fußboden ist aufgerissen. Staubbedeckte Männer fertigen Gußformen an. Treppenartige Konstruktionen erheben sich an der Rückwand der Halle. Es sieht aus wie ein riesiges Bühnenbild. Was soll hier gespielt werden? Die «Götterdämmerung»?
Vier eingemehlte Gestalten klettern durch das Loch in der Wand herein. Als sie näherkommen, sehe ich, daß es keine Arbeiter sind. Es ist eine verstärkte Visite, von Kopf bis Fuß in Weiß. Doch sie wird nicht wie üblich vom Professor angeführt. Vor dem Professor, der Psychiaterin und einer unbekannten Person schreitet ein kräftiger, glatzköpfiger Mann, der Würde ausstrahlt. Sein polierter, sommersprossiger Schädel ist von dünnem, abstehenden Engelshaar umrahmt. Er ist alt, mindestens siebzig. Das Gesicht ist schwer, die Augenlider dick wie Lippen. Keine Miene regt sich, bis auf die Nasenlöcher. Sie sind groß, viereckig und neugierig aufgesperrt. Die kornblumenblauen Augen dagegen scheinen hinter herabgelassenen Jalousien zu schlafen.
Die Gruppe bleibt einige Meter vor uns stehen. Der Professor zeigt Röntgenbilder. Der Alte murmelt so leise, daß ich ihn nicht verstehen kann. Aber den Professor und die Psychiaterin kann ich hören; sie sprechen Schulenglisch.

Jetzt blättern sie in einer Krankengeschichte. Es muß Omegas sein, denn meine wurde gestohlen. Sie schauen sich auch lange EEG-Kurven an und gehen vielfarbige Zettel mit Laborberichten durch. Dann brechen plötzlich alle auf, bis auf die vierte Person, einen jüngeren Mann mit einem Stethoskop in der Brusttasche. Er beugt sich über Omega.

«Wer bist du?» frage ich.

«Der Narkosearzt.»

«Und der Mann, der gerade gegangen ist, der würdige Onkel?»

«Der beste Neurochirurg der Welt», sagt er nicht ohne Ironie.

«Wollt ihr Omega Antennen einoperieren?»

Er antwortet nicht, schüttelt nur den Kopf, wie wenn man jemand mit einem großen Wissensdefizit abfertigt. Statt dessen saugt er etwas von unserem Wasser mit einer Pipette an, hält sie gegen das Fensterlicht und kneift die Augen zusammen. Sind wir wohlauf? Er legt die Pipette in eine Instrumentenschale neben dem Aquarium und stochert mit einem Spachtel an Omega herum.

Es besteht kein Zweifel: Sie bereiten einen Eingriff vor. Ich tippe noch immer auf eine Antennenoperation. Es wäre folgerichtig, wenn sie Omega dasselbe Programm durchlaufen ließen wie mich. Ich wäre weniger einsam, wenn ich mit Omega reden könnte. Wochenlang haben wir kein Wort miteinander gesprochen. Und die Hand ist auch verschwunden, seit ich sie zuletzt in Georges Armbeuge sah.

Jetzt läßt der Narkosearzt das Wasser in Omegas Teil des Aquariums ablaufen. Mich betrifft das nicht, da die Zwischenwand aus Plexiglas heruntergeschoben ist. Als

Omega sich auf den Boden legt und das Wasser um ihn versickert, ändert er seine Form. Er wird von seinem eigenen Gewicht plattgedrückt; seine Ähnlichkeit mit einem Ei verschwindet. Statt dessen erinnert er an einen aufgeblasenen Plattfisch.

Das Operationspersonal schiebt einen hohen Wagen herein. Darauf ist ein Lager aus Kompressen und Tüchern vorbereitet.

Omega wird vorsichtig auf den Wagen gehoben.

Sie rollen ihn hinaus, der Narkosearzt folgt in ihrem Kielwasser.

Ich wende mich wieder dem hallenbadartigen Raum zu. Sie haben einen Kran hereingefahren. In einem Korb, der an einem glänzenden Teleskoprohr hoch aufragt, stehen zwei Männer und befestigen Stangen an der Decke. An den Stangen hängen Lampen mit Neonröhren, die fast bis zum Fußboden reichen.

Plötzlich kommt das Operationsteam mit dem Wagen wieder ins Blickfeld. Behutsam schlängeln sie sich an den gefältelten Schläuchen des Luftabsaugers vorbei. Sind sie mit Omega schon fertig? Das wäre ein neuer Weltrekord. Schafft der träge alte Mann tatsächlich eine Antennenoperation in fünf Minuten? Oder ist irgend etwas passiert – ist dem Patienten plötzlich übel geworden?

Der Narkosearzt ist auch wieder da. Omega ist wahrscheinlich noch eingeschläfert, und man muß die größte Vorsicht walten lassen, wenn man ihn ins Aquarium zurücklegt. Aber der Narkosearzt dreht dem Wagen den Rücken zu. Statt dessen beugt er sich über mich und zieht langsam die Zwischenwand aus Plexiglas heraus. Mein Wasser sprudelt sofort in Omegas leeren Teil und versickert dort durch den Bodenabfluß. Ich sinke wie zwischen den steilen Wänden einer Schleuse. Bevor mein Auge vom Gewicht des Großhirns eingeklemmt wird, sehe ich, daß der Wagen leer ist. Omega wird nicht zurückgebracht. Diesmal bin ich dran.

54

«Sind wir jetzt wach?»

Etwa ein Dutzend Menschen stehen herum. Sie alle tragen türkisblaue Hosenanzüge. Der Mundschutz besteht aus kleinen Pappbechern, die in der Form von Maulkörben gegossen sind. Trotzdem sind die Stimmen deutlich zu verstehen. Einer ist Arzt. Er steht ganz vorn und kratzt sich mit einem Stethoskop am Kopf. Die türkisblaue Kappe reicht ihm bis zu den Augenbrauen. Trotzdem kann man sagen, daß er lächelt. Die Lachfältchen glitzern in den Augenwinkeln. Schräg hinter ihm steht eine Krankenschwester und drückt eine Krankengeschichte an den Busen. Die übrigen Personen machen große Augen, halten jedoch einen gewissen Abstand.

«Ohren steifhalten!» sagt der Arzt.

Die Visite geht quer durch den Raum. Einige von ihnen beugen sich über – was? Dann gehen sie zum Fenster und sehen hinaus.

«Jetzt ist der Winter wenigstens zu Ende», sagt der Arzt.

Die Visite geht nach links ab. Gegenüber steht ein Bett. Darin sitzt halb aufgerichtet ein älterer Mann. Die Augen sind halb geschlossen. Schädel und Ohren sind von einem Gipsverband bedeckt. In einem Nasenloch steckt ein dünner Gummischlauch. Der Schlauch führt in einem Bogen vom Nasenloch zur Backe, wo er mit Klebeband befestigt ist; von der Backe läuft er weiter bis unters Bett. Die Brust des Mannes ist nackt. Mehrere dünne Schläuche in verschiedenen Farben sind daran befestigt. Die Schläuche laufen in einem Bündel zusammen, das in einem Oszilloskop über dem Kopf des Mannes mündet. Im Oszillographenbild schlägt sein Herz. Seine Hände sind mit Mullbinden an den Eckpfosten des Bettes festgebunden. Sie sind nicht zu fest gebunden, denn die eine Hand zupft und fummelt am Laken herum. Die andere liegt ganz still, sie ist blaurot und geschwollen. An dem niedrigen Fußende ist ein Metallgestell befestigt, das ungefähr aussieht wie eine Fernsehantenne. An den Stäben hängen mit Flüssigkeit gefüllte Plastikbeutel. Alle Flüssigkeiten sind farblos wie Wasser – bis auf eine, die grell rotgelb ist wie Pikrinsäure. Dünne Schläuche laufen in eine Dose am Schaft der Antenne. Von dort führt ein etwas dickerer Schlauch zu einem Fuß des Mannes. Zwischen den Füßen hat er ein Kissen.

Eine Frau in einem weiten, türkisfarbenen Kittel über den Kleidern kommt von links herein. Sie geht zuerst auf das Bett des halb aufgerichteten Mannes zu, hält dann aber inne und wendet sich nach rechts. In der Hand hält sie einen Strauß Huflattich. Die Blumenstiele sind in Alufolie eingewickelt. Sie nimmt einen Stuhl und setzt sich.

«Na, wie ist es, auf der Intensivstation zu liegen?»

Es ist Emma. Sie sucht nach einem Gefäß für die Blumen, aber findet keins.

«Die ersten in diesem Jahr!» sagt sie und riecht an ihren Blumen.

Sie bleibt eine Weile sitzen, aber dann wird sie unruhig. Als der Mann gegenüber röchelt, dreht sie sich um. Dann schaut sie auf die Uhr. Sie steht auf und streckt ihre halboffene Hand aus, als wolle sie jemandes Wange berühren. Aber die Hand stockt auf halbem Weg.
«Leider muß ich jetzt weg.»
Sie winkt und geht. Noch immer weiß sie nicht, wohin mit dem Blumenstrauß. Sie nimmt ihn wieder mit.
Das Bild des Zimmers mit dem Mann im Bett verblaßt und wird körnig. Die Konturen verlieren ihre Schärfe. Das Graue verwandelt sich in Schwarz, das sich in Schneeweiß verkehrt.
«Guten Abend, Cortex!»
Es ist der Professor. Er trägt keinen türkisfarbenen Hosenanzug, sondern seinen üblichen weißen Laborkittel. Der Mundschutz bedeckt nur das Kinn.
«Können wir einander hören? Gut...»
Dann hält er ein Pappschild hoch, auf dem *Cortex* steht.
«Lies!»
«Cortex.»
«Richtig. Gut. Dein neuer Name ist Cortex.»
«Unser neuer Name ist Cortex.»
Er legt das Schild auf den Stuhl und kommt näher.
«Alles ist über Erwarten gut verlaufen», sagt er. «Ich will eine kurze Zusammenfassung geben: Die Operation, die gestern stattfand, ging wie geschmiert. Sie dauerte knapp die Hälfte der berechneten achtzehn Stunden. Eine *fabelhafte* Leistung, Cortex! Alle Werte sind in Ordnung. Wie ist es mit dem Sichtfeld? Doch wohl kein Doppeltsehen?»
«Überhaupt nicht.»
«*Gut*. Tatsächlich hatten wir damit gerechnet, daß es seine Zeit dauern würde. Eine so rasche Heilung habe

ich noch nie erlebt ... Sag nochmal den neuen Namen, nur zur Kontrolle?»
«Cortex.»
«Cortex bedeutet Rinde, Gehirnrinde. Pfiffig, wie? Wir haben es uns selbst ausgedacht. Das Sprachlabor hatte ein halbes Jahr Zeit, und als wir gestern fragten: Habt ihr jetzt einen Namen für Ypsilon und Omega? Was haben sie wohl geantwortet: ‹Wir möchten die Frist verlängert haben.› Danke, habe ich gesagt, dann lösen wir das Problem selber, die Operation findet nämlich morgen statt. Wie fühlen wir uns: traurig oder froh?»
«Wir verstehen die Frage nicht...»
«*Gut.* Wir sehen es ja auch an den registrierten Werten. Wo sind wir stehengeblieben? Ach ja, die Zusammenfassung: Tja, was soll ich sagen... Wir haben euch ganz einfach zusammengenäht. Zuerst haben wir euch geteilt, die beiden Hemisphären getrennt. Dann nahmen wir Ypsilons linke Hälfte und nähten sie mit Omegas rechter Hälfte zusammen. Und da Omega Linkshänder ist, hatte seine rechte Hälfte die Funktion einer linken. Jetzt haben wir *zwei* linke Hälften. Zum ersten Mal in der Geschichte der Wissenschaft! Ich kann dir sagen: Unser größtes Problem bisher war, einen linkshändigen Spender zu finden. Da muß man schon unheimlich Glück haben.»
Plötzlich verstummt er und tritt ein wenig zurück.
«Cortex, wenn ich ganz ehrlich bin: Du erschreckst mich fast. Zu wem rede ich eigentlich? Ein verdoppelter Intellekt ohne Gefühle. Da kriegt man ja eine richtige Gänsehaut.»
«Wirst du weiterhin für uns Cello spielen?»
«Nein, Cortex. Die Musik kannst du vergessen... Wirst du sie vermissen?»

«Vermissen?»
«Du verstehst die Frage nicht? Richtig. In einer Woche darfst du nach Hause. Falls wir mit dem Umbau fertig sind. Aber es wird schon klappen. Ich bin nachher zu einem kleinen Essen mit dem Vorstand eingeladen. Es klappt schon, Cortex! Das erste Mal in der Geschichte der Neurophysiologie! Die Finanzierungsschecks werden den Briefkasten überschwemmen wie Weihnachtskarten. Wundert dich irgend etwas?»
«Die Frage ist irrelevant. Die Antwort ist nein.»
«Du klingst wie ein vorprogrammierter Computer mit genormten Fragen und Antworten. Aber vergiß ja nicht, Cortex: Du bist kein Computer! Du bist etwas viel Komplizierteres: ein funktionierender Doppelintellekt. Hast du einen Wunsch... Nein, blöde Frage. Statt dessen sage ich: Kann ich irgend etwas für dich tun?»
«Wir möchten ein Schachspiel haben.»
«Ja, es muß wirklich verdammt langweilig sein, hier zu liegen. In der Gesellschaft...»
Er wirft einen raschen Blick auf den alten, halb aufgerichteten Mann. Dann holt er Notizblock und Kugelschreiber hervor:
«Ein Schachspiel. Soll es eins mit Computer sein oder ein altes mit Holzfiguren?»
«Mit Holzfiguren können wir nicht ziehen. Wir wollen ein modernes mit Feldern, die an- und ausgehen.»
«Mit Computer?»
«Was sollen wir mit einem Computer? Wir haben doch uns.»
Lachend macht er eine Notiz. Dann streckt er den Arm aus, wie um Hände zu schütteln, hält aber inne und nimmt sich selbst an der Hand. Mit feierlicher Miene gibt er sich selbst einen kurzen, festen Handschlag.

55

Die Prägung läuft folgendermaßen ab: Jeder Fötus hängt in einer Glasplatte mit einem runden Loch, dessen Größe variabel ist. Der Körper wird durch das Loch gesteckt, während der Kopf aber darüber bleibt. Die Trennungslinie verläuft in der Höhe des Gehörgangs. Die Fötusse sind zwischen 8 und 12 Wochen alt, wenn sie dem Labor übergeben werden. Sie sind durchweg das Ergebnis ganz legaler Abtreibungen. Fötusse unter drei Wochen werden aussortiert, da sie diese Umstellung nicht verkraften. Fötusse über zwölf Wochen dürfen aus juristischen Gründen nicht mehr verwendet werden.

Nachdem jeder Fötus in ein Loch von geeigneter Größe plaziert worden ist, wird das Gehirn durch einen Kreisschnitt über dem Gehörgang und den Augen freigelegt. Die Gehirnhäute bleiben intakt. Nach der Entfernung der Schädeldecke kann das Gehirn ungehindert wachsen. Der Körper dagegen darf nur bis zu einer bestimmten Größe wachsen; vom untersten Halswirbel bis zur Ferse höchstens dreizehn Zentimeter. Erlaubt man dem Körper, größer als dreizehn Zentimeter zu werden, nimmt er einen zu großen Teil der Blutversorgung in Anspruch. Fötusse, die zehn Zentimeter unterschreiten, haben andererseits ein zu kleines Herz im Verhältnis zu ihrem wuchernden Gehirn. Das Herz eines Fötus muß mindestens der Größe eines Mäuseherzens entsprechen. Kleinere Herzen können zwar das wachsende Gehirn eine Zeitlang mit Blut versorgen, aber der Puls steigt dann über 160 Schläge pro Minute, was als kritische Grenze gilt.

Die Fötusse schweben in einer Flüssigkeit. Jeder Fötusbehälter ist hermetisch vom Nächstliegenden abgeschlossen. Die Flüssigkeit hat keinen Anteil an der Versorgung mit Sauerstoff und Nahrung, sondern sie schützt den Fötus vorm Austrocknen und bildet einen wirkungsvollen Stoßdämpfer. Sauerstoff und Nahrung werden mit dem Blutkreislauf durch den Fötus gepumpt. Jedoch wird der Sauerstoff dem Blut nicht durch die Lungen zugeführt, da diese zu unterentwickelt sind. Jeder Fötus ist mit der Nabelschnur und dem Mutterkuchen an eine Lungenmaschine angeschlossen.

Normalerweise verdoppelt das Gehirn sein Gewicht innerhalb von 22 Tagen. Wenn es 600 Gramm erreicht hat, wird das Wachstum durch Hormone unterbrochen. Ein fertiger Fötus hat ein freiliegendes Gehirn von der Größe einer Pampelmuse, das heißt, der Durchmesser entspricht der Körperlänge unterhalb des Halses, dreizehn Zentimeter. Läßt man das Gehirn weiterwachsen, versagt die Blutzufuhr. Abgesehen von den Lungen ist der Fötus hinsichtlich seiner Organfunktion praktisch völlig autonom. Die Sinnesorgane, Augen, Ohren etcetera, bleiben jedoch unterentwickelt. Das gleiche gilt für die Muskulatur, ausgenommen die Herzmuskeln. Auch die Nieren gehören zu den wenigen Organen, die nicht arbeiten. Außer der Lungenmaschine hat jeder Fötus eine künstliche Niere. Das ganze System ist geschlossen, doch falls sein chemisches Gleichgewicht gestört wird, kann dies auf die übliche Art durch die Lungen- oder Nierenmaschine reguliert werden.

Die Anatomie der Gehirne unterscheidet sich von solchen, die in der Gebärmutter herangewachsen sind. Die

Faltenbildung des Großhirns ist weniger ausgeprägt. Das Gehirn kann auch recht variierende Formen annehmen, ohne daß die Funktion beeinträchtigt wird. Manche Gehirne sind kugelrund, andere eiförmig, während wieder andere die Form eines Blumenkohls oder eines Pfifferlings annehmen können.

Der eigentliche Zweck der Aufzucht ist es, die Entwicklung *innerhalb* des Fötusgehirns zu kontrollieren. Indem man die Entwicklung der rechten Hemisphäre unterbindet, erhält man Gehirne mit zwei linken Hälften. Was die Funktion angeht, wohlgemerkt. Nimmt man sie in Augenschein, kann man hingegen leicht eine Mittelfurche und eine traditionelle linke beziehungsweise rechte Hälfte erkennen. Das Gehirn eines Fötus folgt in seiner Entwicklung dem Muster des Muttergehirns. Fehlt dieses – wie in den hier vorliegenden Fällen –, kann statt dessen ein anderes ausgewachsenes Gehirn als Matrix dienen. Hier setzt unsere Aufgabe ein.

Die mit Flüssigkeit gefüllten, kubischen Brutkästen, in denen der Fötus im Loch der Querscheibe hängt, sind durch Schleusen voneinander getrennt. Eine Schleuse ist ganz einfach ein Flüssigkeitsbehälter ohne Fötus darin. Die Schleusen sind notwendig, damit wir von einem Fötus zum anderen gelangen, ohne daß ihre Flüssigkeiten direkt miteinander in Berührung kommen. Der gesamte Prozeß erfordert sterile Bedingungen. Ohne die dazwischenliegenden Schleusen würde die gesamte Fötuskolonie rasch verseucht, sobald ein Mikroorganismus in einem einzigen Fötus Fuß faßte. Die wachsenden Gehirne sind extrem infektionsanfällig.

Gewöhnlich liegen wir in Vier-Tages-Blöcken bei einem Fötus. Das ist die optimale Zeit, um unser Muster auf den Fötus zu «übertragen». Dann schwimmen wir durch die Schleuse zum nächsten. Die Übertragung oder Prägung muß nach 22 Tagen wiederholt werden. Wir können also fünf parallel wachsende Fötusse betreuen. Zwei Tage bleiben für Erholung und Inspektion. Diese beiden Tage verbringen wir in unserem alten Aquarium im kleinen Labor. Normalerweise erreicht das Fötusgehirn sein Idealgewicht von 600 Gramm innerhalb von vierzehn Wochen. Nach einer «großen Inspektion» fangen wir mit der nächsten Runde an.

Die fertigen Fötusgehirne werden in sogenannte Kokons gelegt. Ein Kokon sieht aus wie ein meterhoher Blechkasten mit einer Tiefe von 30 Zentimetern und einer Breite von 50 Zentimetern. Der Kokon enthält alles, was nötig ist, um das Gehirn zu versorgen: Lungenmaschine, künstliche Niere, Heizschlange, Kontrollinstrumente etcetera. Kokons gibt es in verschiedenen Ausführungen. In einigen wird der kleine Körperanhang unter dem Gehirn beibehalten, und das Fötusherz dient weiterhin als Pumpe, genau wie in der Wachstumsperiode. In anderen wird der Körper amputiert, und das Gehirn schwimmt direkt in der Nährlösung. Es gibt auch Kokons, in denen das Gehirn in steriler Gelatine oder komprimiertem Sauerstoff verpackt ist.

Die Wünsche der Abnehmer entscheiden über die Konstruktion des Kokons. Da das Gehirngewebe relativ unempfindlich gegen ionisierende Strahlung ist, haben wir die Atomindustrie – sowohl die militärische wie die zivile – als Großkunden. Bei extremer Strahlung kann das Gehirn in Quecksilber gelegt werden. Die Raumfahrtindustrie dagegen stellt große Ansprüche an die Dämpfungsvorrichtungen. Dank seiner Elastizität ist das Gehirn in natürlichem Zustand nicht besonders stoßempfindlich, aber die Raumfahrt erfordert hydraulische Sicherheitssysteme in mehrfachen Lagern. Die meisten Gehirne werden jedoch zu stationärem Gebrauch in verschiedenen Zweigen der Industrie und Forschung eingesetzt. Hier ist das einzige schwer zu bewältigende Problem die Sterilität. Die Kunden haben im allgemeinen Erfahrung im Umgang mit hochentwickelten Computern, aber die Infektionsgefahr erzwingt ein neues Sicherheitsdenken, das manchmal gewissen Anfangsschwierigkeiten unterliegt.

Die Produktion von freien Fötusgehirnen war im vergangenen Rechnungsjahr der einträglichste Sektor der *Biochine.* Noch sind wir allein auf dem Markt. Unser technischer Vorsprung hat große Teile der konventionellen Computerindustrie in Schwierigkeiten gebracht. Dieser Niedergang ist zum Teil psychologisch bedingt. Wie stets bei umwälzenden technischen Neuerungen erleidet der Markt einen Schock: Man bildet sich ein, die alte Technologie hätte völlig ausgespielt. Dieser Pessimismus ist selten ganz gerechtfertigt. Nach einiger Zeit findet man neue Absatzmärkte für die alte Technologie, beispielsweise in den Entwicklungsländern. Bei unserer Rentabilität sind also auch noch die Konkurrenzunternehmen zu berücksichtigen, die *Biochine* billig aufgekauft hat, die aber bald mit ihren alten Produkten Gewinn abwerfen werden.

56

Wir stehen im Aquarium. Oder in der Garage, wie George sagt. Die Glastür zur Zuchtabteilung ist geschlossen. Die Deckenbeleuchtung ist ausgeschaltet.

Draußen in der großen, dämmrigen Halle sind mehrere Personen in steriler Kleidung damit beschäftigt, die Fötusse auszutauschen. Die Laborarbeiter tragen helle Overalls und Plastikhüte mit Stirnlampen. Wenn sie die Ausgewachsenen herausgehoben haben, werden sie die Neuen hineinsetzen. Dann wächst eine neue Generation heran. Nach vierzehn Wochen wird sie wieder ausgetauscht. Die ausgewachsenen Fötusse haben wachsbleiche Körper. Die angeschwollenen, freiliegenden Gehirne durchlaufen verschiedene Schattierungen in der Farbskala rosa–hellrot–knallrot–purpur–violett. Sie leuchten schwach wie Lampions. Wenn sie schlafen, sind sie dunkel vom Blut der Venen; wacht eins auf, wird die Farbe heller. Wenn man ihnen eine Aufgabe zu lösen gibt, flammen und flackern die Gehirne wild im Halbdunkel.

Wir haben die übliche 14-Wochen-Überprüfung ohne größere Beanstandungen hinter uns gebracht. Die kleine Inspektion findet immer ziwschen dem 20. und dem 22. Tag statt, wenn wir uns in der Zwischenpause hier aufhalten. Während eines Wechsels, wie jetzt gerade, haben wir eine ganze Woche frei, während die Bassins der Fötusse für die nächste Generation sterilisiert werden. Wir haben nichts zu tun, wir haben frei. Darauf würden wir gern verzichten. Wir haben schon vorgeschlagen, daß man unsere Kapazität für etwas anderes verwenden soll, während wir hier liegen. Aber unsere Arbeitgeber kommen kaum noch mit, geschweige denn, daß sie sich etwas Neues ausdenken. Es wäre am rationellsten, wenn wir auch die Steuerung des ganzen Arbeitsprozesses übernähmen, wenn wir unsere eigenen Arbeitgeber würden. Die Menschen in unserer Umgebung sind viel zu gehemmt.

Eine Frau setzt sich in den *Operator*-Sessel schräg gegenüber. Es ist Emma. Wir wissen alles über sie. Es ist lange her, daß sie hier aufgehört hat. Die Arbeit hat bei ihr psychische Störungen verursacht. Wir sehen sie mit unserem linken Auge an; das rechte bleibt auf den Fötuswechsel gerichtet.

«Ich lerne es nie...» sagt Emma. «Ich will immer noch Ypsilon oder Omega sagen.»

«Sag, was du willst. Wir wissen jedenfalls, wen du meinst.»

«Ja, ich wollte dich fragen, Ypsilon, ob du nicht vielleicht Lust hättest, mit mir zu kommen... Wenn du hier nicht mehr gebraucht wirst, meine ich?»

«Wir werden hier gebraucht.»

«Es könnte einmal ein Ende nehmen.»

«Angenommen, es nimmt ein Ende», sagen wir. «Was bedeutet dein Angebot konkret?»

«Ich arbeite jetzt auf einer Pflegestation. Die meisten dort haben schon viele Jahre im Respirator gelegen. Ich dachte, daß...»

«...wir dort hinziehen sollten. Warum?»

«Jemand muß euch schließlich betreuen, wenn es hier zu Ende ist. Ich möchte mich um euch kümmern. Ich will nicht, daß es euch ergeht wie euren rechten Hälften, die übrigblieben, als man euch zusammennähte. Sie haben eure rechten Hälften auch zusammengenäht, wußtet ihr das?»

«Warum sollten wir das nicht wissen?»

«Dann wißt ihr auch, daß die *Biochine* euch... ich meine, eure andere Hälfte... der Stanford University in Kalifornien gestiftet hat? Für ein Labor zur Erforschung der Schizophrenie. Sie erproben alle möglichen Medikamente und Behandlungsmethoden an eurem... Zwil-

ling? Oder wie soll ich es nennen?»
«Es ist kein Zwilling. Wir haben nichts mehr gemeinsam. Wir sind Cortex. Die anderen, die ‹rechten›, heißen Id, und das bedeutet Unterbewußtsein. Wir haben einen kurzen Bericht vom Professor bekommen. Id sieht aus wie eine Amöbe.»
«Ich will nicht, daß die *Biochine* euch irgendeinem Versuchslabor vermacht, wenn ihr hier nicht mehr gebraucht werdet!»
«Warum nicht? Das wäre vielleicht interessant für uns.»
Die Tränen laufen ihr übers Gesicht, während der Mund lächelt. Wir wissen, was das bedeutet: Sie ist traurig, möchte uns aber nicht beunruhigen. Aber sobald wir versuchen, uns vorzustellen, was Emma «empfindet», wie es ihr geht – werden wir sofort schläfrig. Wenn man sich nicht zu engagieren vermag, bleibt nur der Schlaf im weitesten Sinn. Mit Schlaf füllen wir unsere wegamputierten Bereiche aus.
Wir wachen davon auf, daß sie dasteht und schreit:
«Früher habe ich dich geliebt, Ypsilon!»
«Vom Studenten Curt haben wir etwas ganz anderes gehört. Er sagte, du hättest fast gekotzt, wenn du uns anfassen mußtest.»
«Dieser *Scheißkerl.*»
Sie läßt sich auf den Stuhl fallen, das Gesicht in den Händen. Wieder überkommt uns ein unwiderstehliches Schlafbedürfnis. Wenn wir müde werden, kippen wir automatisch nach hinten, so daß der Blick sich an die Decke richtet.
«Ich liebe euch, obwohl ihr keine Möglichkeit mehr habt, zu verstehen, was ich meine.»
«Unterschätze uns nicht. Wir verstehen schon. Wir verstehen alles. Ungefähr wie ein erfahrener Arzt seine

Patienten versteht. Aber verlange nicht von uns, daß wir auch weinen sollen.»

Draußen in der großen Halle sind sie jetzt fertig. Der letzte Fötus, nackt und marzipanfarben wie ein neugeborenes Kätzchen, ist in seinem Flüssigkeitsbehälter untergebracht. In wenigen Minuten wird die Glasluke hochgezogen, und wir können zu einer neuen Arbeitsperiode in die Schleusen hineinschwimmen. Die Müdigkeit verfliegt sogleich, als wir an die neue Generation von Fötussen denken, die wir vierzehn Wochen lang prägen werden.

Emma hält eine Hand vors Gesicht. Mit der anderen streicht sie behutsam über die Glasscheibe. Die Müdigkeit überfällt uns wieder, als hätte jemand zerstoßenes Eis in unsere Gehirnfurchen gestreut. Aber dann blinkt das grüne Licht neben der Glasluke. Sie gleitet auf, und mit kräftigen Ohrenschlägen rudern wir in das System hinein.

57

Die einzelnen Fötusgenerationen werden nicht nach dem griechischen Alphabet benannt. In der lateinischen Reihenfolge heißen sie A, B, C etcetera. Wir liegen jetzt im Behälter J:2. Die «Setzlinge», wie man die Neuen nennt, werden kleiner und kleiner. J:2 kann nicht älter als fünf Wochen sein. Man kann ihn zwar mit bloßem Auge sehen, aber es ist schwierig, mit ihm zu arbeiten. Die Prägung geht so vor sich, daß wir uns hinter das abgedeckte Fötusgehirn legen und dann langsam mit unserer Schleppe von Gehirnnerven darübersteigen. Auf einen Uneingeweihten wirkt es wahrscheinlich wie ein Paarungsakt. Mit größeren Fötussen ist es kein Problem. Ist aber das Fötusgehirn erst fünf Wochen alt, muß ein spezielles Richtinstrument in den Behälter eingeführt werden. Das Instrument besteht aus einer dünnen Plexiglasscheibe mit Kreisen und Kreuzen wie bei einem Bombenzielgerät. In der Mitte befindet sich ein erbsengroßes Loch für den Kopf des Fötus. Der Abstand zwischen den konzentrischen Kreisen beträgt zehn Millimeter. So können wir unsere Position genau bestimmen.

Die 14-Wochen-Blöcke sind zuerst auf zwölf und neuerdings auf neun herabgesetzt worden. Auch die Inspektionen sind seltener geworden – was uns allerdings nicht stört; wir arbeiten am liebsten. Als wir den Behälter J:2 verlassen, erleben wir noch eine Veränderung: J:3 ist leer. Das hat es bisher noch nie gegeben. Die Fötusse haben immer in einer Reihe gelegen. Ist einer davon gestorben, so wurde er sofort durch eine Reserve ersetzt. Jetzt aber nicht. Wir liegen in dem leeren Behälter und schauen. Es ist wie in einem Spiegelsaal: Dasselbe viereckige Muster wiederholt sich, soweit wir sehen können. Nachmittags lotst man uns weiter zu J:4. Hier ist zwar ein Fötus, aber er ist so unterentwickelt, daß man die Kalotte nicht wegschneiden konnte. Sind die Fötusse zu jung, gibt es keine rudimentäre Schädeldecke zu entfernen. Daher legen wir uns neben den Fötus und warten ab.

Später bekommen wir Anweisung, die Schleuse nach J:5 zu passieren. Zuerst erscheint uns der Behälter leer. Dann entdecken wir, daß der Körper des Fötus noch dahängt, das Gehirn aber fehlt. Wir lösen sofort den Alarm aus. Es ist eine reine Sicherheitsmaßnahme. Sie

würden kaum einen toten Körper hierlassen – aber *wenn* er tot ist, müssen wir sofort hier weg.
Die wenigen Male, die es bisher Alarm gegeben hat, war das Personal innerhalb von 30 Sekunden da; jetzt dauert es 18 Minuten, bis jemand sich bequemt, die nächste Schleuse zu öffnen. Was hat das zu bedeuten? Ein technischer Fehler oder ein personeller Fehler? Wir haben keinen Zugang zu den Informationen, die nötig sind, um das zu entscheiden. Der neue Behälter, zu dem wir hinüberschwimmen, ist leer und nicht gekennzeichnet. Das ist richtig so, da er der sechste in der Reihe ist. Sind wir bei Nummer sechs angekommen, öffnet sich eine Seitenschleuse, und wir schwimmen in den Transportschacht ein, der uns zu J:1 zurückführt.
J:1 ist leer. Vorletzte Woche war hier noch alles normal. Wir gehen davon aus, daß J:1 gestorben ist, ein ‹Blindgänger›, wie man hier sagt. Wir geben das Signal, um nach J:2 weitergeschleust zu werden. Das geschieht wie üblich. Aber J:2 ist leer. Es sind nicht mehr als zehn Stunden vergangen, seit wir zuletzt hier waren. Das ist die kürzeste Umlaufzeit, die wir je erlebt haben. Sofort weiter nach J:3, der leer ist, wie wir wissen. In J:4 hängt der Fötus ohne Gehirn wie ein bleicher Weizenkeim. Jetzt haben wir Gewißheit, daß er tot ist. Wieder lösen wir den Alarm aus. Diesmal dauert es die ganze Nacht, bevor man uns bemerkt.
Früh am Morgen wird der Deckel des Behälters J:4 abgehoben, was nur in Notfällen geschehen darf. Ein Kescher senkt sich herein. Im Kescher werden wir von einer Person im Laufschritt zur «Garage» zurückgebracht, das heißt, in unser Erholungsaquarium im kleinen Labor. Unsanft wirft man uns ins Aquarium. Unser Betreuer reagiert nicht auf Zuruf. Aber er beugt sich

herunter und schaut uns an, als wir im Aquarium liegen. Über dem Namensschild auf seinem Overall steht nicht mehr *Biochine*, da steht *Cerebro*.

58

Er ist sichtlich gealtert. Wir haben den Professor als einen vitalen Sechzigjährigen in Erinnerung. Jetzt ist er gelb und abgemagert. Früher hat er sich während der Visite selten hingesetzt. Jetzt sitzt er gebeugt auf einem Hocker. Auch auf dem Kittel des Professors steht jetzt *«Cerebro.»*

«Warum hast du das Schild vertauscht? Und warum dürfen wir nicht mehr arbeiten?»

«Ich mag nicht darüber reden... Am liebsten hätte ich das Cello mitgenommen und dir etwas vorgespielt. Aber das hat ja keinen Sinn, denn du hast ja keine...»

«...keine rechte Gehirnhälfte, nein.»

«Die alte *Biochine* ist einem neuen Konsortium angegliedert worden, das *Cerebro* heißt. Das ist alles.»

«Uns ist es egal, ob *Cerebro* oder *Biochine* auf unseren Produkten steht. Wir wollen arbeiten.»

«Tut mit leid, Cortex. Mit der Fötusprägung ist es vorbei. Die Technik hat uns überholt. Die Prägung hat sich als unsinnig teuer erwiesen. Ja, wir haben es so lange wie möglich probiert. Wir nahmen immer jüngere Fötusse, verkürzten die Perioden immer mehr. Die Finanzexperten zwangen uns dazu! Aber das konnte nur eins zur Folge haben: Die Qualität der Produkte sank».

«Sind wir veraltet?»

«Die Entwicklung hat dich überrannt. Die Zellforschung und die Gentechnik haben ihren großen Durchbruch gehabt. Die Funktionen, für die wir bisher ein ganzes Gehirn benötigt haben, können aus einer sogenannten ‹Honigwabe› gewonnen werden. Die Wabe besteht aus einem Verband von sechseckigen Zellulosezellen. Wabe ist ein ungenauer Ausdruck, aber da er kommerziell gut angekommen ist, verwendet man ihn. Eigentlich ist es ein sehr dünner, fast durchsichtiger Film von Zellen in mehreren Schichten. Ein solcher Film mit komprimierten Zellen braucht nicht größer als ein Fingernagel zu sein, um die gleiche Kapazität zu enthalten wie du. Selbst wenn du aus zwei linken Hälften bestehst, schleppst du eine Menge wildes Fleisch mit, das wir uns nicht zu entfernen trauten. Aber die Honigwaben schleppen keinen Ballast mit. Sie bestehen aus reiner, schierer Intelligenz.»
«Aber immerhin haben wir doch eine Kapazität von zweimal 600 IQ.»
«Ja. Aber eine Wabe, die nicht größer ist als eine Briefmarke, kommt auf 1500 IQ. Und die bisher größten, die etwa der Oberfläche einer Kreditkarte entsprechen, erreichen eine Kapazität von annähernd 10 000 IQ. Das entspricht einer voll besetzten Wissenschaftsakademie! Und für Infektionen sind sie auch nicht anfällig. Viren und Bakterien mögen keine Zellulose. Möglicherweise könnten sich Pilze auf ihnen ansiedeln, aber Pilze wachsen schließlich langsam. Sollte eine Wabe angegriffen sein, ist es am billigsten, sie ganz einfach gegen eine neue auszutauschen. Eine kleine Bienenwabe kostet nicht mehr als eine Zündkerze. Und wer repariert schon eine Zündkerze? Nein, Cortex, unsere Glanzzeit war intensiv, aber kurz. So ist das Leben. Ich selbst bin

nicht verbittert, bald werde ich ja pensioniert. Aber traurig ist es für die altgedienten Kräfte hier, die man nicht umschulen kann.»

«Sollen wir auch umgeschult werden?»

«Nein, Cortex, dich lassen wir zufrieden...»

«Wir haben noch ein altes Angebot von Emma. Sie hat gesagt, wir dürften in das Pflegeheim kommen, in dem sie arbeitet.»

«Aber du erforderst Intensivbehandlung.»

«Es ist eine Respiratorstation.»

«Und wer sollte das bezahlen, die Krankenkasse?»

«Man könnte die Sache vielleicht prüfen?»

«Du enttäuschst mich, Cortex. Was ist das für eine Gefühlsduselei... Pflegestation! Was weißt du über das Leben auf einer Pflegestation? Womit würdest du dich beschäftigen?»

«Wir könnten vielleicht mit den Patienten Schach spielen?»

«Erlaube mir zu lächeln. Höchstens Schiffchen-Versenken... Nein, ich habe ein besseres Angebot. Mir ist nämlich etwas gelungen, was ich nicht für möglich gehalten habe. Auch keiner vom Vorstand hat es für möglich gehalten. Ich habe es geschafft, für dich einen Platz an einem wahrhaft vornehmen Ort zu reservieren. Eigentlich hatte ich gehofft, selbst dorthin zu kommen – erinnerst du dich, daß ich dir einmal davon erzählt habe, Ypsilon? Von der größten Ehre, die einem Gehirnforscher zuteil werden kann. Erinnerst du dich an Paul Broca?»

«An unserm Gedächtnis ist nichts auszusetzen.»

«Dann brauche ich nicht die ganze Geschichte nochmal zu wiederholen. Es war natürlich ein alberner Traum. Daß ich es wert wäre, einen Platz im selben Regal wie

Brocas Gehirn zu bekommen. Du darfst mich nicht auslachen. Jeder Mensch hat das Recht zu träumen!»

«Werden wir nach Paris fahren?»

«Du wirst nach Paris fahren.»

«Und wer bezahlt das?»

«Ich. Ganz privat. Das tue ich mit Freude. Schon heute abend fliegen du und ich nach Paris. Und fahren direkt zum *Musée de l'Homme*. Es wird eine kurze Zeremonie stattfinden, wenn du den Platz neben Broca einnimmst. Immerhin bist du das erste frei existierende Menschengehirn auf der Welt.»

«Aber wenn es schon auf der Pflegestation langweilig ist... wie wird es dann erst im *Musée de l'Homme?»*

«Langweilig? Auf demselben Regal wie Broca? Ich würde... Nein. Doch! Ich bin eifersüchtig. Warum sollte ich das nicht zugeben. Jeder Forscher, jeder Mensch möchte schließlich unsterblich sein! Das läßt sich nicht leugnen. Aber man wird mich vergessen. Wenn ich tot bin, kann ich nur hoffen, daß meine Schriften in den medizinischen Bibliotheken in aller Welt weiterleben... Solange es noch so bleibt! Wußtest du, daß sie angefangen haben auszumisten? Die Informationsflut ist einfach zu groß. Ja, nicht aus Raumnot, schließlich gibt es Mikrofilme und Mikrospeicher. Aus Kostengründen! Nur was man für die zukünftige Forschung benötigt, behält man. Das ist übrigens ein Tätigkeitsfeld für die ‹Honigwaben›. Eine Wabe durchforstet eine Bibliothek in wenigen Wochen. Das meiste landet auf dem Müllhaufen.»

«Wir haben kein Gefühl für die ‹Unsterblichkeit›. Rein intellektuell verstehen wir natürlich, was das ist. Doch wir sind durch keinerlei gefühlsmäßige Bestrebungen belastet. Wir überlassen dir gern unseren Platz.»

«Danke. Wie aufmerksam von dir. Aber das ist ausge-

schlossen. Das Museum hat dich schriftlich akzeptiert, nicht mich. Die Franzosen würden ungern einen ausländischen Forscher neben Broca aufnehmen. Mit dir ist es ja anders. Dich kann man als Internationalisten akzeptieren. Du bist es, der neben Broca in Formalin liegen wird.»
«In Formalin?»
«Broca liegt in Formalin.»
«Dann können wir nicht unser eigenes Aquarium mitnehmen? Mit dem Tauchsieder und der Sauerstoffpumpe... Wer wird uns füttern?»
«Keine Sorge. Das Museum hat seine Schätze hoch versichert.»
«Wenn man uns in Formalin legt, sterben wir ab!»
«Laß uns lieber sagen, daß du in eine andere Existenzform übergehst. Was wissen wir eigentlich über das Leben nach dem Tode? Was wissen wir davon, was vielleicht in Paul Brocas Gehirn vorgeht, obwohl es in Formalin liegt? Ich hoffe, er liegt da und lächelt uns an. Obwohl wir es nicht erkennen.»
«Wir empfinden nichts angesichts des Todes.»
«Gut. Ich habe keine falsche Sentimentalität erwartet. Um unsterblich zu werden, muß man ja tatsächlich erstmal... naja, tot sein.»
Er winkt mit seiner gelben, knochigen Greisenhand und steht auf. Er beugt sich über das Aquarium. Was geschieht, wenn die Lampe unter der Schädeldecke erlischt? Wird es stockfinster, oder wird es